目　　录

序言 灵魂从来高于风物

2019 年非常宁静平和。这一年,我绝对没有意识到之后将有席卷全球的新冠病毒肆虐,而且整整三年,我们被困于屋隅无法动弹。2019 年,我仿佛又预料到什么,开始报复性行走,无论国内还是国外,我马不停蹄赶脚。

2019 年我出国 3 次。是年 5 月,我与一拨女友游览以色列。那时都说以色列不安全,边境不时有战火,我们却没有放在心上,也没有恐惧,照例登上戈兰高地。我们登上一处山崖向远处俯瞰,那里正是叙利亚的村庄和田野,感觉十分静谧。2019 年 9 月,我与广东省期刊协会的文友一起到奥地利、匈牙利、捷克诸国,看到 1991 年内战时在炮火轰炸中留下的残垣与废墟。2019 年 12 月初,我与家人坐大型游轮游览菲律宾。国内呢,2019 年 3 月我回河南故乡,同年 10 月少年时的闺密 6 人相聚于大连,12 月底又到海口与分别从京沪来的女友会合。正是此次海口之行,如果我晚返穗两天就有可能被封在海口。我的上海好友夫妇正是被困海口将近两个月才返沪。紧接着,就是 3 年疫情了。

停止行走反而激发了对行走的想象与记忆。我觉得,可以将这么多年来出国行走的见闻和体会写出来。我不会写成游记的那种书,这些尽可以通过查找资料获得。我曾经在广东旅游出版社做过编辑,知道大家对介绍性、资料性游记类不怎么稀罕。就我个人秉资来说,在外出游览时,我对风物景致并无太大兴趣。在家中房间里待久了觉得憋闷,希望跑出去透透气,以使自己僵硬的神经得到松弛,日渐麻木的感受力再次得以跳荡。在外行走中,我是那么功利,我听着导游的讲解,我心想一定要回去把参观过的人文与历史景观的内容恶补一下。我要努力弄明白,然后变成文字。我不能仅仅是个看客,我更希望在那千山万水的皱褶的隐匿中去发现有趣的灵魂。我对人的命运、灵魂的悸动更感兴趣。

想好了所要写的内容,我就拟了写作提纲。

新冠病毒仍然猖獗,大家开始行动不便了。我正好利用这段时间,开始心无旁骛投入这本书的写作。越是停止行走,心里的远方愈加寥廓霜天。中国的改革开放,正式打开国门,让世界呈现在我们面前。我们胸襟开阔,在异域文化的观察、对比、发现中,我们"见贤思齐、见不贤而自省之"。

那段时间,每天都有一件事牵挂着。睁开眼睛,我就进入此书的写作中。我的视线,移向城郭与石阶,湖泊与亭榭,广场与远树,孤桐与斜阳。我蹀躞于蔚蓝天空之下，时而满眼凄迷，时而明月温柔。那巫魅性灵之风，将四季吹拂，将堞垛、篱笆、屋脊、围墙、瓦砾照亮，亘古弥漫。那有趣的灵魂，在苍茫的风物后面闪烁着奇异而晶亮的光。

灵魂，从来是高过风物的；而物质的存遗，也因伟大的灵魂，即使在暗夜也会发出蓝宝石般的璀璨。

我来到意大利的威尼斯，看那涟涟水波、纵横小桥，却总会想起每逢圣诞节都要来到这里的布罗茨基。他死后埋在这里。我来到佛罗伦萨，在青铜和大理石无与伦比的精美艺术雕塑中，我会想到为文艺复兴时期做出历史性贡献的美第奇家族。他们相貌奇丑，内心却是极其美丽。因为他们对艺术的赞助，才有了日后我们所熟知的达·芬奇、米开朗琪罗、提香等人。在德国海德堡石子铺就的路上行走，总令人想起韦伯和汉娜·阿伦特这两个享誉政治哲学界的了不起的人物。漫步法兰克福期间，会想到二战之后的西方马克思主义学说继承人"法兰克福学派"的哈贝马斯、霍克海默等人。而在捷克的黄金小巷，犹如看见躲在暗影处寒鸦般的卡夫卡，正是他，为文学带来另一荣耀。我在罗马，又仿佛看见古罗马时期的五贤帝之一的哈德良。在法国的协和广场，我似乎看到罗兰夫人走向断头台。

单纯的游玩没过几天我就会觉得索然，就想回去，想尽快回到书桌写作，在外跑得太多会将浓郁的语境稀释。可如果出外开阔眼界，学习知识，并在有趣的灵魂生活过的地方徜徉、领悟，个人的心扩大了，就觉得不虚此行了。我仿佛跨越时空，与这些有趣的灵魂倾谈。回来以后，我带着满满的玫瑰、郁金香、葡萄、海花、珊瑚，带着清气的芬芳和归途的凉风，在夜露如水的苍凉台阶，在细雨薄寒的平静西山,在涧泉竹篁的逶迤峻岭,慢慢寻味。我的眼睛向远方凝视,看到大地、山川和陌野,那每一道沟壑与皱褶都隐匿着有趣灵魂的低吟,这是不分国度与时间的天地馈赠。行走的期待没有完美之物,却因短暂的邂逅邂逅而亲密相会。

艾云　2024 年 3 月 29 日

穿越时空的红海之风

如果没有来到以色列，关于大卫王、所罗门、希律王以及耶稣等，我都仅仅认为是故事与传奇。历史学和宗教史多次记载过这些人物与事件，但我总是执拗地认为这是演义和渲染，带着文学的想象以及叙事的虚构。

2019 年 5 月上旬的一天，当我，走进耶路撒冷以及别的城市，我发觉一切都是存在过的，是实有而非虚幻。一切以石头为证。石头砌垒的城门、城堞、拱门、廊厅，巨石中凿出的水路、屋宇、渠道，以及裸露于天穹之际的石头的墙基、铺面、酒窖、马槽、石磨，都以不容置疑的存在而存在。西墙的石头，有的重 5 吨，有的甚至重达 50 吨。这巨大的石头，扛不动，搬不走，谁都掩饰不了、消灭不了它。一切都因为石头，将历史凝固成不欺不瞒的永恒。

　　我必须先说到耶路撒冷，说说这世界上若有十分的美丽，这里要占九分；世界上若有十分的忧伤，这里也占九分的地方。

　　5 月的耶路撒冷，阳光清澈而又娇美地洒落在任何一处。那最为耀眼的是闪烁在石头上的光芒。这些从山上采来的石头，乳白中透着金黄，它坚固强硬，却又柔婉明媚，被命名为独特的"耶路撒冷石"。在耶路撒冷，随处可见用这种石头建的楼宇，还有地下呈现的遗址。

　　阳光下的石头进溅出星星般的光朵，它是那样迷离、璀璨而又安详。这是大卫之星。

　　是的，耶路撒冷又称大卫城。这里记录了 3000 多年前大卫王的千秋霸业，也记载了他的多情与犯忌、原罪与受惩。那个一手抚着竖琴一手握着剑柄的最英俊的美男子，他时而是讴歌爱情的女神的祭司，时而是吟诵诗篇的深沉的歌者，时而又是纵横沙场无畏的勇士。他更是君王，被叙说、传唱最多的情绪跌宕、个性斑驳、精神丰富的有血有肉的君王。他是以色列的第二代王，但他的光芒盖过了第一代的扫罗王，而后的闪光在他儿子所罗门身上得到发扬。这是以色列的全盛期，膂力超凡，而又活色生香。在大卫王时期，以色列及其人民还没有遭遇到后来的被入侵、被囚禁、被流亡、被屠戮的悲惨命运。

　　在耶路撒冷的大街小巷穿梭，过了几座城门，我来到耶路撒冷考古公园，沿斜梯向下，走到一座搭起的木制平台向下俯瞰：峡谷中，大卫王当年的宫殿遗址就在这里。下面到处堆放着被考古挖掘出来的石头。 它是遗址，并不是废墟。 废墟是如尘烟一般触目惊心的荒凉丑陋；而这里，坍塌的殿檐那美丽的石雕花瓣仍然生动盎然地绽放，仿佛可以看到它在晨曦的晶莹露珠中晃动。 正是在这里，大卫王颁布典章、法令，制定建设规划；也是在这里，他窥见美丽的拔示巴在另一处房屋沐浴，从而起心动念。 他因为这件事留给后人更多的诟病。 大卫王公元前 1000 年到公元前 960 年执政，在位 40 年中，他书写了以色列辉煌壮丽的历史诗篇。

我站在这里，仿佛有一种穿越感。 一阵阵的风，吹拂的可是旧时往事？ 关于大卫王，我来以色列之前，所知不多。 我曾经在意大利佛罗伦萨看到过米开朗琪罗的著名雕塑《大卫》。 我原以为大卫是古希腊罗马中的人物，却不知他是以色列的骄傲；我原以为他只是代表奥林匹克精神健硕的美男，却不知是文武双全的旷世君王。

是的，以色列以大卫王为自豪。 他明亮而坦然，想到了就去做，没有孤僻和阴冷。 他的爱恨情仇都那么鲜明，快意人生。 他倜傥风流，却又有君王谋略之气概。 他彪炳史牒，以石为镌刻，无边无涯，一直存在。

他曾经是个牧羊人，赶着羊群在故乡伯利恒的原野，漫不经心地踯躅。 谁都不知道这个牧羊的少年在想着什么。 他无法接受更好的教育，却又无师自通。 他如此的多才多艺，精通音律，也写诗章。 他渐渐在荒原和旷野长大。

且不要以为他只是一个多愁善感、具有艺术气质的青年。 虽然他有深情的双眸，有警醒的耳朵，面孔娇美如粉色的玫瑰；但他又是那样高大挺拔，身体健壮、四肢匀称，他线条清晰的下巴，五官诱人的轮廓，无不显示着雄性激素的膨胀。他性感而又无畏。

面对着令以色列人惊恐不安的菲利亚人，大卫以计谋击杀了他们的勇士歌利亚，从此，闻风丧胆的菲利亚人溃不成军。

以色列的第一代君王是扫罗。扫罗之前的谱系和人物先放下不表。以色列繁复的姓氏让人实在是记不住，暂且简明扼要记之。在扫罗还没有称王的时候，被魔障缠身的扫罗日夜抽搐，痛苦难忍。大卫走到扫罗的窗前，为他弹奏竖琴。悠扬美妙的歌声驱走了魔鬼，扫罗痊愈，日后被推举为以色列第一代王。

被收于麾下的大卫骁勇善战，以至于民谣这么传唱：扫罗杀敌千千，大卫杀敌万万。功高盖主，自然引起君王的嫉恨。扫罗对大卫已有了防范戒备之心。扫罗早年，体恤下属、孝敬父母长辈，颇有仁爱之心，又作战勇敢，因此追随者众。大卫投在他的麾下，毫不奇怪。扫罗40岁登基，执政40年，他多次打败入侵者，建国立业，却仍被神抛弃，这和他日后暴露出的各种人性弱点有关。他后来变得心胸不那么宽阔，嫉贤妒能，残害忠良。因此可以这么说，不要以为人到老年可以不言自明地受人爱戴，除非他一直有修炼伴身。否则，年轻时需要加以掩饰的各种毛病、某种劣根性，都可能暴露在人迟暮之时。大卫在遭扫罗毒手时，被扫罗的儿子约拿单暗中保护。约拿单和大卫的友谊，动人心扉。

大卫对扫罗的感情非常矛盾。他娶了扫罗的女儿为妻，扫罗是他的岳父，他与扫罗的儿子约拿单又情同手足，偏偏，扫罗又是要灭他的敌人。大卫所能做的，就是让自己在险恶的环境中活下来。 活下来，才能实现自己真正的抱负。

神不会死，可人是终究要死的。 扫罗死了。 大卫先是在希伯伦被立为犹大家的王，七年以后被立为以色列的王。

大卫选择了耶路撒冷为自己的首都。 大卫王命人开山凿石，命人运来香柏木建造富丽堂皇的宫殿。 他同时也想建圣殿，神不允准，说大卫战功赫赫，却是杀人无数，手上沾染太多的鲜血。 圣殿后来交由他的儿子所罗门建成。

大卫王的宫殿建成了。 那雄伟与美丽，无法用语言表达。

人若是不生邪念该有多好，大卫王却未能完全遵从神意成为一个大全大有之人。 一切皆缘于他澎湃的肾上腺的冲撞，他肉体的强烈欲望催生罪恶。

站在皇宫的阳台，兴许是香气太过沉醉，春风太过撩人。 当他瞥见那对面似有似无的美丽女人的胴体，神秘的诱惑让他一定要找到这个女人，他要撩开裙裾，一睹真正的芳容和肉身。

拔示巴，与他共度销魂之夜，并有了身孕。

此时的大卫王还不想怎么样。 他已知拔示巴是有夫之妇，其丈夫乌利亚是一员武将，正在前线领兵打仗。 他命人召回乌利亚，希望他能与妻子共度良宵，以此掩盖孩子的生父是谁。 如果这样，此事也就过去了。 这时候的大卫王，像个酒后乱性酿出祸端而又手足无措的失德男青年，他想把自己做的错事遮盖。

谁知，过于忠诚、愿为君王马革裹尸的乌利亚没有答应回来。命定他要惹来杀身之祸。 大卫王急昏了头。 他命人杀了乌利亚，随后娶了拔示巴。

谁能理解大卫王的做法？ 到处是美丽多姿的女人，为王的他想娶谁不成？ 他却偏偏看上了拔示巴。 他如果坦言于乌利亚，那也不是没有可能让乌利亚放弃；他何苦要为这个女人犯下如此的罪孽？ 许多事情都有解释不清的悖论。 大卫王的做法匪夷所思。但因此，以色列拥有了睥睨黄金和权力、独慕智慧的所罗门王。这世上的所有事物，都在一环扣一环的演绎中，推行着偶然的荒诞和必然的杰出。

西方人老说有上帝，我们中国人总说有天意，但不由你不信，大卫与拔示巴的儿子生下来不久就死了。 大卫王先是要经历丧子之痛；随后，他治下的国度发生大面积瘟疫，7 万百姓死去。

叙事至此，我的心头总是掠过深深的疑虑与不解。 至高至大的神，到底是宽容大度、解民众于苦海的仁慈的神，还是一个锱铢必较、容不得犯错、必予惩罚的苛刻的神呢？

我始终不能理解，神若是惩罚犯罪的这个人，那是正确而又公道的；但为什么要让以色列 7 万无辜的百姓做出这样的牺牲？ 瘟疫，如分散的尖刻的铁荆棘扎在陪罪者的心口，在噬咬的疼痛中仆地毙命。

7 万人的死亡，那是怎样的浩劫。

为什么会这样？ 为什么会不分青红皂白，让惩罚的面积如此之大，力度如此之深？ 是为什么？ 从前或是往后的人们都会有质疑难解的发问。

却没办法解释。

也许，神是一种绝对，悖逆者、不遵守者必受天谴。 不仅你要遭遇厄运，你治下的百姓更会遭殃。 实话说，对于拥有六个妻妾、十二个儿子、一个女儿的大卫王来说，丧失一个儿子的悲痛并不是彻骨的难挨；但百姓的大面积死亡，将给他带来另一种惩罚。个人的忏悔是如此微不足道。 执政者不得不忌惮的，是违反神谕的下场之可怕。

因为大卫王太过辉煌，所有的厄运和惩罚加在他的身上，也难掩其万丈光芒。 大卫王仍然被称颂。

大卫王和拔示巴又生了一个儿子，那就是所罗门。 所罗门将继承并光大父亲的事业，将以色列的繁盛推向最高峰。 然后，以色列开始黯淡，沉入无边的暗夜。

以色列人不讨论女权

一　多舛的命运

《圣经》上说，亚当一个人，时间长了，他感到孤独寂寞难耐，他渴望一个女人的陪伴。于是，他从自己身上拿下一根肋骨，让他变成了女人夏娃。

《圣经》引申了许多解释。它不仅是神学，还是社会政治、法律、伦理、经济、艺术的来源。尤其西方许多的实证与隐喻性话题，都与《圣经》有深刻的渊源。有一个阶段，西方乃至蔓延到东方的对"女人是男人肋骨"一说的不屑，是女权主义讨论中的重要方面。女权主义者不承认这种定义，认为这是虚拟的想象与传说。女人和男人是平起平坐彼此独立的存在，何来肋骨之言？

这一话题在世界范围内的热烈讨论中，以色列人几乎是置之度外。

他们依旧一周内要安静几个时辰捧读《圣经》，对"肋骨说"不作怀疑和追问，正如同对待信仰。信仰是绝对，不作质疑与反诘，不证实也不证伪。它无来历也无去处，却又是无边无际、自始至终存在于历史和苍穹中。

在以色列的许多城市，特拉维夫、海法、雅法，我在街上观赏走过的人们。我总看到有年轻的母亲，臂弯挎着一个襁褓中的婴儿，另外一只手牵着一个刚刚会走路的孩子；最大的那个也就七八岁的样子，无论男孩或是女孩，都拎着一袋东西，老二在东张西望中，却又紧赶着跟在母亲身后。

以色列的已婚女性，生育四个孩子算是标配。孩子大致相隔两或三岁，女人在35岁左右大致完成孕育任务。那些年轻的母亲不显疲惫，她拖儿携女，却很有劲头地走着。关键是那些小小年纪的孩子都不娇气，会走路了就自己走，略懂事了就帮大人做事。女人不觉得自己是被孩子纠缠着困身，反倒像添了个小帮手、小伙伴。这些，给我留下很深的印象。

说得再好听，谁都知道带孩子是一件多么辛苦的事情。尤其是多子女的母亲，那种甘苦唯自心知。但是以色列的母亲好像比中国的母亲要显得轻松自如些。这里边当然有很多原因。首先，中国女人结婚生子以后，仍然要出外工作。朝九晚五工作一天，再回家带孩子，又休息不好，第二天又有繁重的事情压头，周而复始，没多少天就疲惫不堪。

以色列女人生育以后是在家专职带孩子还是继续外出工作，我没有调查也不大了解，这里先作存疑。但我在雅法，在逛商店时，观察那些大楼里走出不少白领女子，都在适婚适育年龄。她们究竟是怎样安排自己的个人生活，一下子不好说清。

但依着以色列人的传统要求，女人在适婚和适育年龄，恐怕要完成女人的使命、母亲的使命，乃至民族的使命。

生育和民族联系在一起，这是以色列人的共识。

这一切，应该和他们多舛的命运、悲惨的历史、险峻的处境有关。

以色列民族有着多灾多难的历史。

以色列人也就是犹太人，公元前 6 世纪之前称希伯来人。公元前 722 年，它为亚述侵略；公元前 586 年，又沦为新巴比伦王国的囚徒；公元前 539 年，处在波斯帝国、马其顿的亚历山大大帝的统治下；公元前 63 年，又遭罗马人镇压，绝大多数犹太人流散世界各地。它后来成为阿拉伯帝国的一部分，被纳入奥斯帝国的版图。尤其在第二次世界大战中，希特勒借口净化雅利安血统，残酷屠杀流落在德国、波兰等各国的犹太人。二战期间，有 600 万犹太人死于毒气室和集中营。

二战结束以后的 1947 年 11 月 29 日，联合国通过巴勒斯坦和以色列分治的决议，1948 年 5 月 14 日，以色列宣布建国。

即使建国以后的七十来年，外部又有多少的觊觎、冲突、战争。

以色列人品尝到没有祖国、惨遭屠戮的悲剧命运，也深知亡国灭种的可怕结局。

复国以后的以色列，明白必须要将自己的人口数量增长到一定规模。他们祈盼、护佑着每一个生命。只有生命存在着，才能不中断自己的历史，才能让族群繁衍壮大。没有人口红利，其国家和民族的前途命运会令人忧虑。

女人自然担当生育职责。生育，成为国之大策。

从来都是枕戈待旦的以色列人，无论男女，长到 18 岁都要服两年兵役，然后才能上大学或就业。他们培训三个月之后，先要为祖国宣誓，然后就要给父母写遗书。他们是军人了，战争随时可能发生，他们随时可能会为国捐躯。这之后，他们要分别留下自己的精子和卵子。一方面，这是要给父母一个念想。处于虎视眈眈的险峻生存环境中，战争会随时爆发。倘若儿子或女儿在前线牺牲了，有愿意捐出配对的卵子或精子的，也有愿意做代孕的女子，就可以孕育出一个新生命了。这样，一个人的血脉就会得以延续下去。再就是，居安思危的国家，是如此珍惜一粒粒生命的种子。他们相信生命的星星点点，都可能形成燎原之势；只有生命是迫切而持久的希冀。

因此他们在刑法上已废除死刑。这里试有一问，对那些罪不可赦、罪大恶极、犯有人命的人，也不让他以死赎罪吗？这样做是不是太便宜这些人了呢？因为不了解以色列的情况，这里搁下不表。总之，以色列是个废除死刑的国家。

但有一个例外。 那就是对艾希曼的死刑判决。

在残酷屠杀犹太人的二战期间，艾希曼是"最终解决犹太人"计划的忠实执行者，也是200万犹太人死于奥斯威辛集中营的主要负责人之一。 但他在二战结束后成功逃脱追捕，先是在德国一个偏僻的村庄隐姓埋名做了一名伐木工人；后来，他又前往意大利，继而来到了阿根廷，他甚至和当地的一个姑娘谈起了恋爱。

以色列1948年建国以后，从未放弃追捕漏网的犯下滔天大罪的纳粹凶手。 1960年5月初，以色列情报组织摩萨德成功逮捕了艾希曼，并押往耶路撒冷审判。 1962年5月底，艾希曼被控以"危害人类罪、战争罪"被判死刑，立即执行。 他的死，并不能使死于二战的600万犹太人复生，但这"迟来的正义"必须彰显。

即使以色列已废除死刑，也必须判艾希曼死刑。 艾希曼案件，正是在延续纽伦堡审判时定下的规则：一个人因为执行军事命令而犯下的罪行，他必须承担个人的法律责任，没有豁免权。 这是人类生存底线伦理与罪恶的冲突。 二战中，600万犹太人被屠杀。 你尽管说犹太人寄居各地，占据高位，尤其会做生意，敛财有道；你尽管说犹太人长期流散生活，腹背受敌，养成了孤僻阴冷、乖戾讨嫌的性格，但他们不该如此大规模受死。 这是20世纪人类的耻辱，是人类历史上作为人的洗不尽的耻辱；同时，它也粉碎了西方现代理性和文化作为普遍宽容必要手段的幻梦。

犹太人，已定居德国多年的著名思想家汉娜·阿伦特追踪报道此次对艾希曼的审判过程。 后来她的系列思考结集为《艾希曼在耶路撒冷》出版。 正是她，提出了"平庸的恶"的思考。

她的这番话既出，引起世人大哗。有多少人不屑，有多少人反驳，或者有多少人陷入沉思，都由他去吧。

阿伦特不想再喋喋不休地表白，她但愿人们冷静下来以后，能弄明白那戕害生命的真相。平庸的恶，丧失判断力的人们，才能将反人类的罪行顺利推行，而抵达惨绝人寰的程度。

时隔 33 年，又有一桩震惊世界的死亡事件发生，其中一个凶手却没有受审。1995 年 11 月 4 日晚约 8 时，26 岁的以色列青年阿米尔枪杀了以色列总理拉宾。

这一天是周六，是以色列的安息日。秋风中的寒意，愈添清朗与静谧，只有当时的首都特拉维夫的"国王广场"甚是热闹。傍晚时分，人们正聚集在这里，举行支持和平进程的盛会。

以色列总理拉宾将要在这个集会上做题为《要和平不要暴力》的主旨演讲。这次集会由"支持和谈结束以阿争端总委员会"组织。以色列外长佩雷斯和许多政要都参加了这次集会。

当晚 7 时 50 分，拉宾结束演讲。他在众人簇拥下走近轿车。正在此时，犹太青年阿米尔蹿出人群，掏出手枪，朝着拉宾背部连开 3 枪。在送往医院途中，拉宾不治身亡。

凶手阿米尔当场被捉。这个年轻人正在大学法律系读书。他代表着国内许多右翼犹太复国主义者的立场。他们对拉宾与阿拉法特握手极为不满，他们认为不能用土地换和平。

即使以色列人承认 1995 年 11 月 4 日这一天是黑暗的一天，但他们仍然执行了废除死刑的规定。阿米尔没被处死，只是被判终身监禁。

戏剧性的一幕就要上演。俄罗斯裔、嫁人以后随丈夫到以色列生活的拉丽萨，知道了阿米尔这件事。一开始是怀着人道主义同情，她给狱中的阿米尔寄了一张贺年卡。这样，一来二去，两个人开始了频繁通信。一次两人被安排隔着玻璃见面后，他们不可抑制地爱上了对方。已是四个孩子母亲的她选择与丈夫在2003年夏离婚。不久，她与阿米尔决定结婚。在狱中无法出席婚礼，无法以新郎身份到场的阿米尔由人代替，与大他十多岁的拉丽萨举行婚礼。2006年2月，以色列总监察长宣布婚姻有效。2006年10月26日，他们在没有任何监控的情况下圆房。不久，拉丽萨怀孕。2007年11月4日，在拉宾遇害12年后的这一天，拉丽萨与阿米尔的儿子举行割礼仪式。

　　阿米尔被重申不得提前释放。他必须终身坐牢。他的这种暗杀方式绝对不能暗中鼓励。

　　拉丽萨现在带着孩子住在保守的犹太聚居仓。她每周可以带孩子去探望狱中的阿米尔，每月去看阿米尔时，他们有12个小时待在一起，享受夫妻生活。算来，他们的儿子已经有12岁①了。

　　这就是以色列人，情与法都很奇葩。究其根源，他们内心深处，有着对土地狂迷般的看守，这是因为他们曾经没有祖国，流离失所；他们对生命有着吊诡的看重，这是因为他们曾经有过几乎是亡国灭种的可怕记忆。

　　若要繁衍光大，必须欢呼生命的降生。

――――――――――

　　① 该文章写于2019年。

二 生育中的女人无法谈论女权

如果将人口数量的增长与民族的未来命运联系起来考虑，作为生育主体的已婚女人，责任大矣。

在女人生育的有效期，受孕、怀胎，随着婴儿降生，抚养要耗费她大量时间和心血。担负起看护一个生命成长的职责，母亲需要比父亲付出更多。父亲有时还可以借口逃一下，他可以借故找朋友喝个小酒，吹牛聊天，或是下棋打牌，或是钓鱼远足。总之，父亲有溜走的口实，而母亲没有。孩子自出生即日起，就会牢牢捆绑在她身上，她脱身不得。琐屑而艰辛的育儿工作，让她必须放弃所有的幻梦。母亲一旦走神，孩子就看护不好了。

她不再有关于女性权利的诉求。

现在，她必须用软语温存说服配偶与她一道完成抚养孩子的任务。她得让这个父亲一道负起责任。她必须寻求身边这个男人的帮助，睁开眼睛，她可能找到的撑托也就是他了。男人这时候必须担当起养家糊口的责任。女人也需要他外出工作，以提供家庭中的经济保障。

但也不一定啊。女人很少有完全待在家里照看孩子的。一方面是，现代女性很难忍受一直待在低矮的屋檐下，这会让她有窒息感。她希望走进社会，呼吸到一些新鲜空气。再就是，男人一个人未必可以支撑起整个家庭。

全世界的女人，几乎都处在既工作，又要照顾家庭、照料孩子的双重挤压中。

仍以以色列为例。这里，有极端正统的犹太教徒，他们又称哈瑞迪犹太人，人数占全国人口的十分之一。2019 年，以色列全国人口约 800 万人，他们占到 83 万。他们的男子长到 14 岁，就要到宗教学校研读犹太经典，婚后仍然如此，既不服兵役，也不参加工作。他们拒绝任何的世俗活动，严格恪守传统的礼教和仪式。极端正统的犹太人，却是鼓励多多生育，一个家庭生有 6 到 15 个孩子。男人不工作，却又要养活那么多孩子，他们出生率高失业率也高，这是一个贫困的群体，也是人口数量增长最快的群体。

但是，读经和祈祷毕竟不能当饭吃。他们要靠纳税人的钱提供的社会福利活命；另外，担负如此耗神伤血生育任务的女人还要外出打零工，以补贴家用。

这次到以色列，我发现街头到处可以见到内着白衬衫，外边穿着黑色礼服，礼服下端低垂着白色穗子，头戴黑色礼帽的男人。他们两侧的头发绺成卷曲的小辫，走路时一晃一晃，与衣角下款摆的穗子颇有呼应。大热天的中午，他们依旧衣帽整齐，仿佛去赴一个隆重的集会。这就是极端正统犹太人。他们的脸上看不出生活贫困和愁苦的样子。

一般来说，犹太人长得都不难看。他们面孔容长，脸庞小小的，很上镜的那种。他们眼神晶亮，鼻子高挺，却又不是鹰钩鼻。 尤其他们的肤色和口唇，有着玫瑰色的透亮、清澈。 男人上了些岁数，肤色没那么通透了，却仍然十分耐看。 关键是在这里很少看到胖子。 顺便多说几句，这里的年轻人好像都清秀中有着矫健，这和他们到 18 岁就要服兵役的政策规定有关。 严格的兵营生活和军事训练，不可能养出一个贪吃贪睡、大腹便便的人。

体态匀称的以色列人，是因为多读《圣经》而有着自己的诫训与禁忌？ 无疑，他们全部的共识是让身体强壮、让生命无恙。 外部敌对者虎视眈眈，60%的沙漠，生存条件贫瘠而艰难，他们不会自己作践自己。 这不仅失德，更是自取灭亡。 在荒凉而有限的土地上，他们采取滴灌技术，让每一滴水都能充分利用。 他们的农作物绝不滥用农药、化肥。 以色列的苹果，小小个，吃起来却是本味的清甘。 他们的菜蔬、水果和农作物是无害的，入口的东西安全，至少人少生病。 我不是在贬低我们自己。 我只是觉得我们国人太傻，为了那点小利润，农作物拼命用化肥、农药，吃的家禽鱼鲜，也是各种激素催生。 生产过多的内藏隐患的食物投放市场，广告又在鼓励人们胡吃海喝，人吃下去的，除了多余的让自己肥硕，也吃下去让自己得病的毒素。 某一天，人生病，又要到医院。 医院为了利润，又要给你过分医治，吃药打针不成，便做手术。 中国人现在好像是亚健康者多过健康者。 查一查，男女老幼，都有这样那样的病。

这是一个时代的病症。 在盲目昏聩中自欺和欺人，这才是一个民族很大的隐忧。

免疫力低下的国人，说句让人害羞的话，我们的男人和女人在适婚适育的年龄，已变得对性事冷淡，生育力下降，从长远看，这是个可怕的征兆。

有的人说，一切都离我那么远，我顾得了那么多吗？没有危机感的民族，不知上帝会牵引他走向何方。但愿一切在个人悟觉中悄悄改变吧。

当然，光靠祈祷的极端正统犹太人，现在也得外出工作了，否则，他们会把整个民族拖累的。目前，以色列政府已制订出相关政策，先对他们进行专业技能培训，然后再让他们去工作。一天里，他们工作的时间只有半天。女人上午9点至下午3点、男人下午3点至晚上8点外出工作。这样，祈祷和谋生的事都兼顾到了。

就女人而言，忙于妊娠、抚育，又要工作的女人，纵有三头六臂，想要对付那一整天的劳作，身体也难以承受。这还要她始终健康强壮，不能有病。时间有限、精力有限，上手的事情太多，她怎么可能再去虚拟世界想入非非？存在决定意识。在劳顿中，人的意识只有疲惫，一有空隙就想眠睡，以补充体力，让自己不要垮下来。

写到这里，我发觉相比较以色列女人，我们中国女性是太幸福了。

生育中的女人，绝对不会奢望情欲与快感。生育与义务和责任相关，情欲与快感则和美学生活相关。这不是一码事。这令我想到中国作家阎连科的长篇小说《日光流年》。他描写了三姓村的人们，为了躲开人活不过40岁的魔咒，为了躲开村人灭绝的惨剧，男人和女人没有任何情欲与快感的销魂游戏，只有交媾的机械动作，那是午夜生育之歌，为的是让种子深入腹壤，让生与死在赛跑中获胜。阎连科的笔下，一切如此惊心动魄，如此沉重如铅。

这里，没有男权女权，只有生命的权利，活下去，让生本能战胜死本能。三姓村人的生育，带着血泪交融的悲剧感。

不从意识形态，只从现实情境考察中国女性主义，也有称之为女权主义的兴起，不能回避中国生育制度的改变。以前是多子多福，是"不孝有三，无后为大"的老思想。但到了20世纪70年代，面对迅速增长的人口，无论吃穿用度方面的经济窘困，还是升学就业的诸种压力，1973年，合理的人口增长被列入国家国民经济与社会发展五年计划，并正式提出，一个家庭两个孩子最理想。实际上，20世纪70年代初，全国范围内避孕药物已实行免费供应。这已降低了生育率。1978年，国家正式提出"只生一个好"的计划生育口号，并全面实施独生子女政策。1982年，此政策被写入宪法，成为国策。

以1978年划界，中国进入改革开放的历史新时期，也进入清算极左潮流、拨乱反正的新阶段。此时，文学奇异地承担着思想启蒙的使命，几乎成为一个民族的精神寄托与情感诉求。各种探索、各种思潮、各种主义纷至沓来。此后不久，作为人权争取的一个重要部分，女权主义也从长久被历史罢黜，无以发声的沉默中，亮出自己的声音。

这个时期，比较早提出女性主义主张的，是李小江主编的"妇女研究丛书""性别与中国""性别论坛"等几套丛书。红色家庭出身的李小江，身上有着凛然的正义感和道德热情。她的几篇论文《人类进步与妇女解放》《马克思妇女论理的研究起点和要点》《论中国妇女解放的特点和道路》，等等，都可以看出她和正统马克思主义研究中的妇女解放问题，并无歧义。 她在郑州大学任教时，所谈论和实践的，和河南省妇联都有合作。 李小江对普通女性生存中的困难与不幸给予关注，对边缘的、底层的女性，对罢黜出历史之书之外的女性，给以热忱的、持久的关注。

2018 年深秋时节，我与李小江还有鲁枢元、刘海燕、青青等友人同游三门峡。 李小江身上的大气、豪爽、肝胆相照的侠义，留给我很深的印象。 与她交谈，她不时会说到她以前和正在做的边缘女性访谈节目。 多年来，她走到各地，与普通女性面对面交谈，并录音。 她说她很庆幸，当时录音设备和条件那么差，以为放置多年的录音资料在时间的流逝中会受损，可没想到，现在听来，声音还很清晰。 她说现在正在找人进行录音整理，并留下文字，给历史以现场感，以存照。 她现在供职于陕西师大文学院妇女研究中心。 她很高兴那里建了中国女性博物馆，陈列中国自古至今女性的生活用品、服饰、书籍等各种物件。 李小江的女性研究，应归属美国女性研究一支，更社会性而非文学性。

中国在 1978 年以后的文学浪潮中，自然涌溅出女性主义文学这独异浪花。 说浪花都太轻飘了，这同样是浪潮，带着诡异的迷人、斑驳的光晕。

三 个性独立与民族未来

　　谈论以色列，自然会联想到我们自己国度的事务，这让我同时陷入纠缠难解的思绪之中。 世事嬗变更迭，过去若干年，计划生育是作为一项国策大力倡导和推行的；现在一切都在改变，不仅提倡三胎，而且早已暗示三胎以上不会罚款，不影响生育父母的工作和晋级，这等于是放开了生育。 如此的倡导，收效却不是很明显，生育率并无多大提高。 人们日益疲于奔命，揾食不易，生存压力太大，不想让生孩子一项困住自己。 是的，国家出台这一新的政策，肯定是有长远考虑。 一旦人口红利不再，所谓的鼓励生产和消费，富民强国、国际政治中处于主动有利位置等，都将不可能实现。

　　但是，这么多年计划生育政策的实施，早已改变了人们的价值观念和生活观念。 曾经的少生或不生被认为是"时代楷模"。 我身边有许多的独身者，尤其女性；也有许多的丁克家庭。 他们夫妻两人从不为生活琐事而累，也不用操心子嗣带来的麻烦。 他们有不错的社会地位和经济收入，得风得雨，潇洒自在。 只是现在进入晚境，面对自己多处房产和财富有一阵的恍惚不安。 挣了不少的家业，到头来，却连个继承者也没有，让人不甘。 人未完全老去，却有远房亲戚打起了主意，这让人颇不爽；却也得承认自然规律的无情。当然，也不会后悔，毕竟夫妻两人是洒脱自在一世了。

话说不再为繁衍后代，不再为怀孕、分娩、养育子嗣所累的中国时代女性，她们会少了束缚，有精力和时间接受完整的教育，学有所成以后走入社会，可以从事自己喜欢的职业。塑造独立人格精神，实现理想与抱负，都成为可能。从智力上来说，只要女性得到与男性一样公平、公正的待遇，比如，系统完整地接受了教育过程，她的能力一定是不差的。独生子女政策，家中独女将与男丁一样被格外宠护宝贝，望女成凤的父母，一定会为女儿提供很好的学习条件。现代社会，文明法则将代替现代社会的丛林法则。女性的灵活、机敏、谨慎、持之以恒的工作态度将更为人所欣赏。当世界不再以膂力为征服他人的手段，而以规则和智性更好地胜任工作、解决问题时，女性的地位必然提高。如此的出色能力，又加上生育不多，自然，女性对生命个体权利的诉求将会更多。

以文字表达为己任的女性作家，无论西方还是中国，她们以动人心扉的灵魂表达，将女性执拗地从自然主体向历史主体的表达唱响在天穹之上。中国的女权运动也可以称为女性主义运动，是以文学的形式，以暗藏激流的铺天盖地，冲击和席卷着人们传统的思维与行事标准。

曾经，异国的文学前辈是谓楷模：伍尔夫、杜拉斯、波伏瓦、汉娜·阿伦特，是对中国女性产生重要而深刻影响的作家。除杜拉斯之外，以上提到的这些女杰，好像都无生育经历。我想，这不是偶然，而是她们的自觉选择。婚姻与欲望绝不是一回事。婚姻中的孕育、养护子嗣将与个人独立与生命欲望发生一定冲突。婚姻及生育，必须以责任、义务、隐忍为前提，生命欲望以自我活在恣肆欢悦的身体感官为满足。我们中国女性接受了这种婚育观，计划生育的国策暗合了这种婚育观，试想，通过写作已获得世人认可和社会地位的女性作家，何苦再为婚育自找麻烦呢？婚姻中，要与配偶磨合、忍让、妥协，何必为此委屈自己呢？生育孩子又那么累人，反正不生也是国家鼓励的，又为什么要生呢？为个人欲望保留一个秘密空间，无论婚姻内外。当矛盾冲突发生时，心底的反抗性独白，再次形成女性话语与写作的素材。她们聪慧的大脑，可以将人性的复杂表现出来。

但是现在一切又在改变中。当政策以鼓励人们生育为要旨，适龄已婚状态的年轻男女好像还不能马上适应过来，尤其女性。已经接受完备教育、学有所成的年轻女性，正在工作中大显身手，干得风生水起。这时候，你让她生育，将更多时间投放家庭，她难以接受。她想：凭什么呢？国家需要考虑到我个人意愿了吗？独生子女政策实施以来的30多年，已经长大的孩子，个人自由成为考虑一切事务的前提。国家、民族的未来与她们有何关联。从个人意愿上来说，她不想麻烦、不想为生育所累，况且身体也不行了。我们考察任何一个重大问题与事件，除了大的宏观性格局，还必须观察细节。

再来反思计划生育。当家中只允许生育一个时，无论是儿是女，全都珍贵无比。计划生育倒是无形中改变了男尊女卑的千年恶习。

独生子女这个特殊的群体，从出生到成长，可以说都在过分宠护溺爱的包围中，他们想挣脱都很难。 过去家庭子女众多，父母哪有财富及耐心施与子女，子女在艰辛中能顺利地活下去已经不错了。 娇纵宠爱那是想都不要去想。

现在，却是全然不同。 千娇百宠于唯一的孩子，家人想要将最好的吃食、最好的教育都给予这个唯一。 接下来，问题却是如多米诺骨牌一样到来了。

先说很好的饮食。 为一个宝贝，家中的所有营养品、好吃的恨不能一下子都塞到宝贝的胃中。 他们不知，一个幼儿脆弱的肠胃不能一下子接收那么多热能。 幼儿会用身体反抗，热能过甚会咽喉发炎、发烧感冒、呕吐下泻。 这些，都是幼儿在反抗，告诉你家长可不要这么填鸭式喂养了。 可哪有家长能读懂幼儿的呼声。 一看孩子不舒服，貌似负责任其实是推卸责任，不分辨孩子病因就赶紧去医院。 医院自然是血液化验、一应检查、吃药打针。

若是婴儿发烧、出疹子，先要分辨属风热还是风寒引起。 若是风热，只需将喂养孩子的奶粉用稀米汤调拌，清一下内热就会慢慢好了。 风寒呢，只要注意适当保暖，或者给孩子拍拍、揉揉，舒通一下筋络，用远红外线烤烤脊背，也会好的。 可无知而又紧张的家长哪会相信这些。 他们只会反问你，耽误了孩子最佳的治疗时间谁负责？ 是啊，谁敢负责，孩子的健康只有在家长掌握中。 可家长又将一切责任悉数交给医院。 孩子吃药打针看似一下子好了，可内分泌会失调，免疫力会下降，所有的疾病会逐渐缠上他们。 父母将用更多的西药打发孩子，病已入骨，日后很难调治。 到一定年龄，用药过多，不懂饮食调剂的孩子会出现许多怪病，积累到一定时间，西药寒气袭身的孩子会阳气稀薄。 所谓抑郁症和各种毛病，都是元阳之气耗散的结果。 孩子从小已经被频繁用药给伤了气血和经脉，他们从小到大都过得十分辛苦。 可家长仍振振有辞地说："我可是把全部好东西都给了我的子女。"家长因无知，给孩子的是一具千疮百孔的身体。 此等身体，连自己的日常生活维持都很吃力，何谈让他们结婚生子。 阳气稀薄，带来性冷淡。 看似道德而洁美，实际是元阳下降，他们根本没有剩余精力去考虑男欢女爱的天然愉悦之事。 本能在隐藏。

再说教育。 家庭将全部的希望都寄托在唯一的孩子身上，一旦孩子到了上学时间，除了学校课程，业余时间还要有各种补习班备着，孩子没有业余时间，没有嬉戏、玩耍、娱乐的时间，只有学习。 我们大人试试，只是看几页书就觉心累，就比如我现在写的文字，刚写几行就要停下转悠转悠，要不然会胸闷脑涨，很不舒服。 可家长对孩子，从不设身处地去想，从小逼迫。 好像现在的家长十分疼爱孩子，我只要你读书，家里的任何活计都没让你干哪，你的一切都由父母包办了，连内裤、手帕也不让你洗呀。 甚至，孩子的体育锻炼时间也被压缩乃至剥夺，认为在浪费时间。家长以为这是疼爱孩子，这其实是另一种戕害。

家长全然意识不到，其实适度的家务劳动和体力劳动，可以让孩子在动手时清理和整顿自己的思绪，用空下来的头脑去反思我今天做了什么好的、应该坚持的，又做了什么不得体的、应该改进的事情。所谓"吾日三省吾身"，正是这样来的。在劳动中，孩子将懂得在分配的时间内怎样完成这件事，若有困难该怎么克服。时间观念、解决问题的能力，甚至是意志力，也就在这些劳动过程中无形具备。这将为长大成人、胜任工作提供实践性预习。还有适度的体育锻炼与户外活动，让孩子体内释放快乐因子多巴胺，可以让他们有更大的兴趣投入学习，身体也得以完好发育。

然而现在中国的家长却是不懂，以为将全部时间都安排满的孩子才能不输在起跑线上。好了，孩子将依家长所愿学习特优，考了大学，然后读硕、读博，孩子给家长挣了充分的颜面，可他们的身体也在十几年求学生涯中铸成可怕的病灶。难受了忍住，有病了家长及时送医院，吃了药，又飘飘欣悦，又可以在药力作用下更好地读书。殊不知，一切都在可怕的透支中，暂时的药力效果如蛰伏体内的猛兽，终有一天它会张开大口吞噬一个年轻的生命。那些渐渐长大，却长得单薄体弱、手无缚鸡之力的年轻人，某一天，他们看起来似乎学有所成，可早已透支的身体、免疫力的极度下降、药力已经失效，阳气供不到大脑和各个内脏器官时，这个已经完成学业使命的年轻人将为抑郁症和身体提前到来的各种疾病所侵扰。许多人在大好前程到来时选择自我了断，或日后常卧病榻打发余生的情状，并不是个案。

到头来，都是一场空。而一切的悲剧，皆由错误的认知、错误的细节造成，是教育理念和家长的双重愚蠢合力屠戮着孩子，这为中华民族的复兴也隐伏下可怕的后果。这绝不是危言耸听。

如此难受经历每日煎熬，身体早已弱不禁风的年轻一代，他们活着已属不易，你再让他们承担繁衍后代的任务，他们自己的生活都不乐观，还可能再去额外增加负重吗？

　　当有人喊出"我们是最后一代"时，我心头悲凉。个人体能堪忧时，不要指望他们有更多责任与义务的承担。我自己都顾不了自己，怎么有能力去管顾民族的未来？"在我之后，哪管他洪水滔天。"

　　目前的世界，比中国生育率更低的国家更多。欧美、日本、韩国等所谓的发达国家，逐年下降的生育率令人忧愁。可你又怎么办呢？就连曾经形成强大潮流的世界范围内的女权运动，现在也已经偃旗息鼓。两性和解尚有可能，但是仍然阻止不了人口下降的趋势。

　　以色列女性对自己民族屈辱而苦难的历史记忆犹新，她们宁愿舍弃小我的舒适而选择烦冗的生育之劳苦，也是居安思危的大局意识了。但是也不要忘了，合理的饮食习惯，不迷信西药和手术，教育方面不要过分强调分层制的尊卑贵贱，以全民族的强健体质为第一要义，才会使男人和女人在成年以后，有正常的婚育观。当身体机能良好时，异性之间强烈的吸引与热爱，就会成为他们孕育子嗣的本能与助力。

　　我相信我们中国会面临新的人口问题与生育困惑，但是国运仍是上升情状，缘分与时势都将决定我们不可能败下阵来。

撬不开舌头的秘密

来到捷克的布拉格，那里最大、最重要的圣维特大教堂是一定要看的。

走到跟前，它的外观已强烈吸引着我。金黄色的墙体，横檐与间隔的石头上雕刻着各种图案与花纹，圆弧形的圈框以及精致细腻的浮雕，因岁月沧桑已见出灰黛色，但是因此更有隽永深沉的美之震撼。教堂的塔尖高耸入云，仿佛接近上帝。苍穹之下，圣维特大教堂犹如一件公开展示的瑰美艺术品。

无论西欧还是东欧，人们总是把教堂建得美轮美奂。可能通往天堂的地方，本该是如此超尘，充满吸引力吧。圣维特大教堂的圣者执掌教权，执掌超验、信仰之权；同时，这里又是皇权可控之地。捷克王室的加冕和辞世的仪式在这里进行，皇帝的长眠之所也往往会选择在教堂。

我进入教堂。 这里庄严肃穆，却又恢宏大气。 透光的穹顶、五彩缤纷的花窗、美不胜收的雕塑、内容丰富的壁画，令人目不暇接。 早已听说这里有十大珍宝，现在，我则驻足在珍宝之六的"圣约翰之墓"前。 教堂很古老，圣墓则是后来建造的。 1930 年巴洛克建筑师艾拉许用 20 吨银子打造了这座有着精美浮雕和华丽装饰的象征之墓。 这座圣墓，是圣维特教堂的另一种咏叹与传奇。

圣维特大教堂里边安放着一个人，他不是统治者，不是皇帝，而是一个普通的神职人员，这个人就是约翰·内波穆克。 他原本普通，却因为一件事情而成为圣者。 这是关于守信的故事。

那么，故事要从 14 世纪说起。

1393 年夏季的一天，波希米亚国王瓦茨拉夫四世的皇后若菲耶紧裹纱巾匆匆向圣维特大教堂走去。 她的内心正经历着剧烈冲突，那是情欲与忠贞、逾越与禁忌的搏斗。 她似乎就要断裂、承载不了，焚烧与煎熬让她玉莲花般的面庞有些憔悴与愁容。

她的裙裾拖曳着扫过木制台阶，拂过棕色檀木门上黑色的木幔，在狭窄的告解室里，她向隔壁聆听的神父倾诉自己压抑已久的内心秘密。

倾听皇后倾诉的是约翰·内波穆克神父。 从声音里他听出这个年轻女人正是贤淑端宁的皇后若菲耶。 她与其说是在忏悔，毋宁说是在倾诉。 她倾诉着自己情感的欣喜与胆战、欢悦与恐惧。当行，还是当止？ 矛盾如缠绕于岩礁的海草，牵引撕扯，让她的心时而悬在高空，时而沉入渊底。

她倾诉着。但后人永远无从知道若菲耶皇后说的是什么内容，因为约翰·内波穆克神父从此噤口，信守着这个秘密。那么我们这些后世之人猜测：美丽的皇后一定是情感上遇到了困惑，她爱上国王之外另外一个男人了吗？那是年轻英武的御前侍卫，还是俊朗健康的田野农夫？一切皆有可能。

她陪伴在一国之君的身畔，她对这个无判断力的孱弱者已爱不起来。他多疑、猜忌、心胸狭隘。他固然给了她优渥舒适的皇室生活，可她的心是那样空洞虚无。多少个夜晚，欲望如一条蛇在身体内部上下蹿动，按捺不住的火信子在噼噼啪啪中尽情燃烧。她爱上了国王之外的另一个男人。皇后若菲耶是否想到了布拉格的建造者莉布丝公主的故事？公主爱上了农夫培密索尔并嫁给他。以夫君的名字命名，霍什米索王朝诞生了。她们都是勇敢不羁的女人，是不计利禄荣华的女人。可莉布丝毕竟是有继承权的公主，而自己只是局外人的皇后。只有一次的命，遭遇到热爱却是真实、逾越也是真实的悖论。她的胸膛已盛不下这种撕掳，她如果不在这黝黯的告解室讲出堵在心口的块垒，她会疯掉。

另一侧房间的约翰·内波穆克在听完这些以后，震惊之余也感到一种被信任的光荣。他已发誓要将这秘密守护到底。

其实，从皇后若菲耶走向教堂那一刻，国王瓦茨拉夫四世已派人跟踪了她。

来人找到约翰·内波穆克神父，让他讲出皇后究竟向他告解、忏悔了什么内容。

约翰·内波穆克神父必须恪守一个神职人员的职业道德，他必须保守告解者的隐私。他紧闭双唇，拒绝说出告解的任何内容，无论这内容是在正当范围还是越界。反过来说，人所做的告解，肯定与不宜公开坦露的隐秘有关，所有可以在光天化日之下尽情坦露的，也就不需要忏悔了。

瓦茨拉夫四世没想到约翰·内波穆克神父是这个态度。他认为皇权高于教权。他在一个普通神父这里碰壁，实乃耻辱。他再一次威胁道："如果不讲出皇后告解的内容，将割下你的舌头。"约翰神父仍然紧闭双唇。于是，国王下令割下神父的舌头，拖到查理大桥那里将他投河淹死。

这是一个关于守信的真实事件。保卫他人隐私的神父约翰，从此成为教派的光荣与神圣。

现在，我在圣维特大教堂仰头看着金灿灿的祭台上有一枚长舌形粉红色翡翠宝石闪着光，这正是以圣约翰的舌头为图腾崇拜的圣物。关于舌头，这是有着丰富内涵的隐喻。舌头，可以开口说出秘密，也可以噤言保守秘密。约翰·内波穆克神父成为天主教会中第一人因坚守告解保密而遭杀身之祸的殉道者，后人以圣约翰为他封圣。圣约翰为人保守秘密，为普通人也为皇室保守秘密。只要来到教堂忏悔，便是天知地知你知我知，别人不可知。哪怕割舌也坚决不泄露。这是诚信的底线，为的是维护作为上帝使者的纯粹。

知道了如此悲情凄美的故事，我自然很感兴趣到查理大桥游览一番。

从圣维特教堂出来，步行，穿过一条条锃光溜滑的石子路。

这些石子路也是布拉格的特有风情。 路面由一块块小小四方的石子整齐砌成。 多少年来行人的踩踏使之越发净明。 这可不是一般的小石子，它上端凿成四方块，下端很长如锥子般嵌在底下，坚固恒久。 这样的路面铺设，有着长治久安的目的，它不会像我们这里，逢到岁尾，大小城市的道路都在挖了修、修了挖，到处可见挖坑埋管、道路滞阻、尘土飞扬。 有些人行道路面好端端的，却要挖了铺新的，而新的路面铺砖很劣质，踩不了几天就裂开了。大家都知道是怎么回事。 而路面铺的砖的质量却无人问津。 这种人人都知道的弊端却年年继续上演着。

现在，我们踏在坚固的石子路面。 这样恒定的设想，不轻易拆毁的长久打算，就必须对地下管道的设施规划有超前、科学的统筹与设计。

拐过一个路口，路面蹲伏着一个地下管道工的铜像。 这是为了纪念一个普通人，一个普通的管道工。 这个城市的清新、整洁、安谧，与地下管道、地面铺设的管理者、制订者、修建者有太大关系了。 他们应该被后人铭记。 铜塑管道工蹲伏于地面，有着重要的象征意义。

我一路想着一路往前走着，走到一个高坡，一棵银杏树耸立中间，秋叶扑簌簌落下，满地金黄。 我有时会纳闷，布拉格道路两旁很少种植树木，不知是担心地下庞杂缠绊的树根会对旁边的楼宇造成损害，还是唯恐遮掩了楼宇外墙精美绝伦的浮雕。 的确，布拉格的城市之魂由建筑美学构成重要内涵。 各式楼房外墙都有十分漂亮、夺人心魄的浮雕，堪称一件件公开展示的艺术品。

在这个高坡见到这棵银杏树，倒是十分稀罕，我们纷纷摄影留念。

从高坡可以俯瞰布拉格。到处是橘黄色如童话般的屋顶，查理大桥也隐约藏于其中。

穿过熙攘的人流，登上查理大桥，30 座形态各异的雕像震撼心扉。两侧石栏杆，每隔 20 米一座雕像，分别由天主教圣徒和保护神、女神、武士、人面兽身和兽面人身像组成。当然，动议修筑这座大桥的查理四世的全身雕像就在一端的入口处。他威风凛凛，在阳光下、在风中，成为永恒。帝王，自然是作为臣民的保护神立于其中的。

而这座大桥的真正保护神则是信守秘密的圣约翰。

我观赏着一座座雕像，重点则是在寻找圣约翰的雕像。在 8 号雕像前我停下脚步，这个雕塑人物和别人都不一样。他的头顶有闪闪发光的金环缭绕，圆环上缀着五颗金星。这正是圣约翰。

但见他的面容沉郁悲怆，是受难的表情。他一手怀抱耶稣受难的十字架，一手拿着金棕榈。只有圣约翰的雕像由青铜铸成，其他的都是石雕。在圣约翰雕像的脚下有两块铜浮雕，左边是"皇后忏悔图"，右边是"神父受难图"。

人们抚摸着，认为可以为自己带来好运。

抚摸这浮雕者何许人也？大多是女人吗？若是女人，是心有凄惶的、藏着密密麻麻心事的女人吗？女人这一生，真不容易稳妥平顺地度过。若是内里燃起了小火花、起了大波澜，就要逢着大事变要担待了。　一切桃色韵事的兴起与承载，非一般狭窄的小心灵可以承受，除非是大淫大德者才行。　既宴享其中妙处，又可以水波不兴，风平浪静。　道德以及美德都是有年龄、有时间、有造化的，年老体衰者，心胸狭仄者，更容易将此作为抵御伤害的盾牌。

　　我望着圣约翰从大桥往河里投落的地方。　这条河，叫伏尔塔瓦河，它波光粼粼，闪着金绿色涟漪。　圣约翰被淹死的地方有个围栏，中间是一个金色十字架。　滔滔河水，冲走了圣约翰，他被冲到不为人知的地方，连同皇后的秘密也一并被冲走。　至今，人们都不知皇后是否私通，她私通的对象是谁。　圣约翰不是为一个女人而死，他是为恪守自己的职业道德而殉身。

　　当初，建造这座大桥的查理四世可能怎么也不会想到，他儿子瓦茨拉夫会在这座桥上将守信的神父投进河里。　他如果九泉之下得知，会感到羞赧，为这个不仁之子。

　　我望着大桥一侧入口处的查理四世雕像，是那么英武威严。实际上，查理四世驼背、长相很普通。　但他有雄才伟略。　他当上了德意志国王，并在 1355 年加冕为神圣罗马帝国的皇帝。　他必须动用复杂的心魂及残酷的手段，才能在德意志诸侯的角逐中稳操统治大权。　况且，他还面临皇权和教权的无情争斗。　他并不喜欢凡事靠征伐、武力解决，他认为没有比黄金收买更划算的了。　联姻、许诺、媾和、缔结盟约，都可以在兵不血刃中达到自己的目的，何乐而不为呢？　他留给后人的《黄金诏书》，是对欧洲政治产生重大影响的文本。

查理四世统治时期，他鼓励生产与贸易。 经济发展、生活富庶了，他就开始了对布拉格的规划与营建。 谁不想住在好地方呢？ 他修宫殿、建塔楼、筑楼宇、盖教堂、办大学，当然也修了以他的名字命名的这座大桥。 想当年，也就是 1357 年，当那个年仅27 岁的建筑师帕尔勒日被国王钦点在伏尔塔瓦河上设计并建造一座大桥时，接到圣旨的那一刻他竟是长跪不起。 他发誓一定要建成欧洲最好的大桥。 他用 60 年时间耗在大桥上，临死之前大桥也没有建好。 布拉格人太有耐心，也可以说太不急功近利了。 人们有耐心也有信心等待。

在澄澈的秋阳中，我走在这座 600 多年前修筑的大桥上。 这座由 16 座桥墩建成的桥梁，长 520 米，宽 10 米，它没用一个钢钉，全部用石头嵌缝构成。 长条形石块砌成两边的围栏，两端拱形门廊通向市区街衢。 进口的塔楼耸立在璀璨的阳光下，黑灰色泽，凝固着岁月的沉淀。 桥上游人如织，光顾着那些艺术品和手工作坊，也有一些临摹人像的画家。 这里不通车，是步行大桥。这 30 座雕像，出自 17—18 世纪巴洛克艺术大师之手，现已成为不朽的杰作，并被称为"欧洲的露天巴洛克雕像美术馆"。

查理四世留下了这座大桥，也留下了可凭后来人在这里欣赏的雕塑艺术品。 这个奉行实用主义、和平主义的人，的确不会想到他的儿子会有那乖戾残酷的性格。

我走到圣约翰被淹处，眼望滚滚流淌的伏尔塔瓦河。 烟岚缥缈的远方，一座又一座大桥横跨河流。 整个布拉格有 18 座大桥穿城而过，沿河两岸哥特式、巴洛克式、文艺复兴时期的建筑连成一体。 山清水秀的布拉格，堪称多桥之城，布拉格之美，世人称誉。

阳光洒着金子般的光，天际的云朵犹如鸟群或奔马，或者如迷幻玄奥的海市蜃楼。 近看水面，湛青色的浪在我眼前变幻不定，它堆积着晦暗的秘密。 那诀别的多情男女，缠绕他们的是舔血的火焰。 舌头与刀刃，灰烬与燃烧。 圣约翰身子划出优美的弧线，被水推载，顺利抵达神的彼岸。

站在查理大桥，除了让人想到守信的故事，还会想到妥协的故事。 拐过头来，仍要再说一下查理四世。 他是妥协的典型。 他的开基立业以及强国固本，皆是妥协的产物；他的《黄金诏书》也可以说是妥协的文本。

话说查理四世仿佛有神护佑。 他 17 岁时，被父亲从就读的巴黎城召回，任命他为波希米亚军队总司令，而后随父出征。 1346 年夏，父亲阵亡，他正式继承波希米亚王位。 当时，任神圣罗马皇帝的路易四世准备讨伐他。 谁知，1347 年路易四世猝死，查理四世成了无可争议的德意志国王。

他要统治这个分散而庞大的帝国不是一件容易的事。 全境上下有十几个大诸侯，有 200 多个小诸侯，另外的小股政治势力也是十分活跃。 查理四世决定采取合纵连横政策。 他选择拉拢大诸侯中说话比较有分量的强势者，组成 7 人的皇帝选举团。 选举团 7 人决定皇帝的继位与罢免。 小诸侯中若是有图谋不轨者，按叛国罪处以死刑。 1356 年，代表大诸侯利益的《黄金诏书》正式颁布了。 之所以这样称谓，缘于它加盖的是纯金制成的印章。

查理四世的登基充满险情，但他的统治则变得顺遂。 有诏书在先，保障着他代表的卢森堡王朝家族的利益，也同时确立了以德意志大诸侯为政治实体的格局。

后世的人们对查理四世念兹在兹。 这个君王，是波希米亚帝国的骄傲。 虽然他很早就随父出征，未能接受完整系统的学校教育。 但他善好习学，从未放弃任何汲取知识的机会。 他阅读西塞罗、但丁的著作和文章，翻译过奥古斯丁的作品，也与文艺复兴时期的先驱彼得拉克关系密切。 他平日有坚持写日记的文字习惯。每每将感受与心得记载下来，实在是对自己每日言行举止、判断决策的反省与勘检。 这保证了他始终处于清醒理智状态，而不是懵懂冲动。 这个学者型统治者，符合柏拉图对君王应该成为"哲学王"的要求。 查理四世虽然还没有达到这个标准，但他已经在向这个目标迈进了。 这是个有权谋、有判断力的人，因此才可以在群雄恃傲的纷争中稳操权力之剑。

现在，我在美丽的布拉格大街小巷溜达。 遥想往昔，遥想当年的查理四世。 这个以小国之君而成为神圣罗马帝国皇帝的人，其治下仍然为的是要民众过上好日子。 他妥协，从不穷兵黩武，从不为留取英勇强悍之盛名而将国家与民众拖向流血的战争。 因此，士兵不会为无端争战化为战场上一缕硝烟一粒尘土，市民不会因兵燹之残酷而葬身于血海之中，美丽的城市也不会在炮火连天中化为废墟。 治国需要魄力和英勇，也需要仁慈与理性。 在查理四世治下，妥协是金色的。 他将大家共同想要的东西提出来，把大家不想要的东西搁置一边，以期找出一个可以共同遵守的方案，这就是妥协。妥协不是灰色，而是金色。这一时期，布拉格成为波希米亚美丽富庶的象征。

说到捷克，说到布拉格，人们总是会说到波希米亚。说到查理四世，人们又会说到他是波希米亚王。说实话，来这里之前，我以为的波希米亚是一种放浪形骸、不拘一格的艺术生存方式，是与大篷车、长摆裙、载歌载舞的行旅、流浪的生活态度联系一起。待我做了一些功课，方才弄清了一些原委。

捷克曾经就被称为波希米亚地区。这是欧洲中部地区的一块高地。早在罗马帝国时期，一支波希人部落聚居此地，生存繁衍，后来这块土地就被称作"波希米亚地区"。公元1世纪开始，陆续有日耳曼人、斯拉夫人迁到这里，但波希米亚人仍占三分之二。1306年，波希米亚王国成为哈布斯堡王朝的一部分。然后就到了查理四世，他居然坐上了神圣罗马帝国皇帝的宝座。但他之后，如果没有英主，将会遭遇周边许多强势国家的觊觎。

发生在1619年7月的白山之战，时任波希米亚国王的腓特烈五世打不过神圣罗马帝国皇帝斐迪南二世，波希米亚国运颓损。随后的30年战争，兵戈不息，经济凋敝，再加上占领者的血腥报复，基本上掐灭了它最后残存的希望。波希米亚不再是一个独立的王国，而被说成是隶属于哈布斯堡家族的世袭领地。零星的反抗无法形成大的威胁；后来，波希米亚的新老贵族放弃了领土意识，宣誓效忠哈布斯堡王朝。

历史的残酷真相是，弱小的国家，从来都难有护卫国家社稷的能力。 波希米亚，也即捷克，它一直被外族惦记着。 它屡易其主，民族精神已经破灭。

如果说还有什么民族精神遗存的话，那就是妥协性。 这是当年曾经自立于诸雄之林的查理四世的创造发挥。

令人庆幸的是，几百年间的流血与吞并，建立在布拉格大地上的许多令人惊羡的人类宝藏，府邸、皇宫、塔楼、桥梁、教堂等都还没有遭到毁灭性破坏，甚至还可以说保存得不错，这也是不幸中的大幸了。

我坐在装饰华丽的供旅人游览城市的老爷车上，风一样穿梭在这里的大街小巷。 道路两旁没有树木的遮掩，各色风格的建筑物一一闪过，那些外墙无不被精美浮雕装饰着，皇宫与教堂，民宅与店铺，都有动人心扉的美，犹如一幅幅艺术珍品，尽收眼底。

布拉格沉静大气，清新整洁，风都显得干净甜馨。 沿路看到一对显然是失业的中年男女和一条狗蹲蜷在华丽楼宇的墙角，他们的神情没有凄怆愁苦，而是面带微笑，显得自然淡定。 整个布拉格都在这种祥和恬静中，慢慢度着自己的日子。

有人会因此诟病，布拉格之所以还保留着精美的建筑，是因为这个国家总是屈服。 是这样吗？ 的确，英勇的人们，会为一种好名声而牺牲；但是还有的人，则要为自己的祖国一直存活着而活，顽强而又妥协地活下去，以期待日后的命运有所改变。

捷克，这是个领土面积狭小，四匝被强邻包围的国家，它所做的一切就是顽强地活下去，不被灭国。 多少年来，奥匈帝国、纳粹德国、苏联都曾对它图谋不轨，它在夹缝中，如野草般柔韧地坚持，忍辱负重。

有人说了，布拉格之所以城市优美，是因为二战时期他们屈从了，没有遭遇纳粹的狂轰滥炸。 说话不能这么偏执，需要放在具体的历史条件下去考察思辨。 1938 年，英法在"慕尼黑会议"上已提出肢解捷克的计划，波兰也举双手赞同。 1939 年 3 月，纳粹德国出兵占领了捷克斯洛伐克的全部领土。 按当时的情况，捷克人选择抵抗，最多可以坚持三个月至半年。 整个世界局势摆在那里，要么玉石俱焚；要么留着青山在，不怕没柴烧。 时任总统爱德华·贝纳斯逃亡英国，组织流亡军队，进行游击战。 捷克成了德国的附属国。 弱国、小国无外交，否则又能怎么办？

但是，侵占捷克的外人，全是匆匆过客。 捷克人有不屈的个性，他们总是能看到月朗风清的那一天。 祖国存在着，希望就不会破灭。

我在经过总统府时，突然想起了一个人：捷克总统哈维尔。政坛对他熟悉，文坛对他也不陌生。 尤其中国人，谈起哈维尔就像谈起隔壁邻居那样。 哈维尔原来是个演员、剧作家、导演，逐渐成为一个批判知识分子，最后成为享誉世界的捷克总统。 哈维尔个人生活经历具有传奇色彩。 他生于二战时期的 1936 年，出身贵族。 但因成分不好，他从小处在被社会抛弃的边缘地带。 然后，通过个人努力，在戏剧创作中有了一定名声。 他是个具有前瞻性思考的人，因持有不同政见而三次入狱，多次被拘捕。

1991 年，随着苏联与东欧社会主义阵营的解体，一直处在苏联重压之下的捷克斯洛伐克重整纲纪。 刚刚出狱的"公民论坛"主要负责人哈维尔在群众的簇拥中，在广场发表了重要讲话。 在一个历史转折点，他提倡理性与克制，"天鹅绒革命"是温柔的抚摸式的革命，在这场声势浩大的游行示威中，虽然群情激昂，却无任何人挑事儿，这场看似澎湃的巨浪之下，竟没有人打碎一块楼房的玻璃窗，没有人推倒和点燃一辆汽车，也没有人在混乱中去冲击政府机构。 哈维尔是个非暴力主义者，是个温柔的反抗者。 1989 年 12 月，声誉极高的哈维尔成为民选的总统。 1990 年至 1992 年，他是捷克斯洛伐克联邦总统，1993 年至 2003 年，在捷克斯洛伐克分家以后，他当了十年的捷克独立后的第一任总统。 他在世界声名远播，被称为"哲学王"。 若不是已有先人查理四世有"哲学王"的禀赋，600 余年后的哈维尔，更是名副其实、当之无愧。 他年轻的时候一张圆脸，略显稚嫩、长相普通；越是年纪渐长，棱角分明，眼神深邃，越见男人的性感魅力。

他不是个圣人，而是鲜活生动的男人。 入狱期间，他给妻子奥尔嘉写信，以寄托忧愁与感伤、思念与热爱。 后来，这些信件结集出版为《给奥尔嘉的信》。 妻子多年生病，1996 年奥尔嘉病逝，不久，他娶了比自己小 20 岁的女演员。 这一年，哈维尔 60 岁。 当有人拿这件事攻击他时，他回答："这件事奥尔嘉生前是同意的。"

哈维尔不是一个道德主义者，他的名言是："生活在真实中。"这种真实，不拿大棒子打人，却遵循人性的尺度。 正是他，千方百计将精神、将道德带入政治与生活中。

他是个作家、剧作家，他特能讲，广场上的演说极富煽动性。

但他不仅有文人浪漫主义的思想，还有治国才华，他确立着公民权利、懂得三权分立的制衡与监督，他倡导民主自由，却又维护着一个国家的主权。他治下的捷克，其国民经济改善，人民生活水平提高。要知道，这个欧洲的粮仓，曾经济凋敝，要依靠进口粮食，老百姓才不至于饿死。

狱中生活让哈维尔成了一个烟瘾极大的人。他得了肺癌，却仍然又活了15年。他于2011年12月18日在梦中去世。那是一个寒冷的冬天，他与世界摆摆手飘向远方，算得上寿终正寝。布拉格广场拥满怀念他的人，全国的教堂钟声齐鸣。人们为他举行最隆重的国葬，后世将传颂他的故事。

我的漫游竟和漫思结合了起来。

原本是走到圣维特大教堂，因教堂神父圣约翰守密的舌头而起了感慨，又由圣约翰遭到投河的查理大桥想起建桥者查理四世的往事，又由查理四世关于妥协的民族精神遗存，想到捷克的历史与文明的宿命，以及当代著名的"捷克革命灵魂"的总统哈维尔。漫游将人的思绪拉向广阔的远方。

我漫步在捷克的布拉格，心想：这个民族的肌肤与器官、心脏与眼睛都透着复杂性。她的沉郁、倔强，体现在守信中，也体现在温柔与韧性中。残窗弃园可以修补，荒烟蔓草可以歇息；如果需要献祭，那就勇敢地走向前去；如果需要存在，那就咬碎牙齿沉默地活下去。活着，是为了告别的相聚。

石头缝隙藏身的灰色寒鸦

一　黄金巷 22 号

从捷克布拉格那巍峨肃穆的圣维特大教堂出来，穿过一条寂静的小路，便来到标识卡夫卡生前重要写作时间的旧址，位于黄金巷的 22 号房子。中国旅游者大都会来这里。卡夫卡，中国读者耳熟能详。我发现这样一个现象，比较而言，中国读者对西方作家的熟识了解，远远胜过西方读者对中国作家的研读兴趣。我们有许多专门机构和分散的译者，他们偷运天火，把古今的西方作家、诗人、哲学家、社会政治理论家的著作译介过来，帮助我们了解人类复杂的共同情感与事务。

卡夫卡出生、工作在布拉格，22 号是他想要躲开尘嚣，欲以找一个独立的工作间写作，特意租住的一个房子。

房子的外观是灰蓝色，门楣上端有"22 号"字样。 进到屋子里，房间狭仄，到处是书橱，摆放着卡夫卡的各类书籍，里边有一个年长的白发男子，他是这家小型书店的售书者。 我们在那里翻看书籍并拍照留念。

回转身来，我发现进门的墙壁两端张贴着卡夫卡不同时期的一些照片。 年轻时的他，面庞有些方圆，神情稚嫩，这是他葱茏青春岁月的形象；进入中年以后，他面容瘦削、神情冷峻，从他带有警觉的双眸里，可以看出某种紧张和抽搐。

这后一种表情，是真实的卡夫卡。

我环顾四围，想象着 1922 年时节这间房子的样子：放有一张简易的床，床头有盏台灯，床头一侧应该有个书柜。 那么，在靠近窗子的地方，就应该是书桌了。 卡夫卡在这里，写下他的每一字每一句，沤着沤着，像深翻自己疼痛的心。

我临窗向外观看，但见窗外是一片低凹地带，到处是灌木和树林，那些橡树、楸树、橄榄树和银杏树，在深秋的下午，发出金黄色的光泽。 风中的树，哗哗作响，那华美的凄迷一下子笼罩心头。 俯看着不远处有灰白色寒鸦飞过，在树丛和空中啁啾，如不祥的咒语。 此等情景，当年的卡夫卡一定看到过。

房间如囹，心绪如铅。 我想象着当年的卡夫卡，他常常会在写作之余向窗外远眺。 秋风劲吹，将爽适和明媚收走；接下去，寒冬就会来临。 然后，坡地、沟壑、树杈都将被银白的霜覆盖，大地只有寂寥。 黑夜来临，卡夫卡蜷缩在孤冷的床榻。 沿街的作坊，黄金制作的手艺人已停止敲打锤子；漆黑如墨，他更深地陷入负值情绪里。 这个家庭环境并不太差劲儿的人，却执拗地将出生和存在当成了无可摆脱的梦魇与困局。

1883 年出生的卡夫卡家境良好。 1908 年 7 月他大学毕业并获法学博士学位，而后比较顺利地进入国立保险公司工作。 这在外人看来的确是个体面的职业。

热爱写作的卡夫卡却在办公室日益感到压抑和厌烦。 自由时间被剥夺，他在夹缝中喘息。 不知是因为书写与工作的矛盾挣扎让他形成某种病理学特征，还是因为躯体内部早已植入伤痕累累的病态质地，总之，卡夫卡只想躲开人群，躲开喧嚣的外部事物，只想更深地沉溺于绝对的自我孤独里，只想静卧床榻，慢慢咀嚼心事。

外部事务的奔走不息，让卡夫卡日益感觉涣散、语言枯竭。 要改变这种情形，只能停止行走，拒绝人群，甚至拒绝一切的阳光、鲜花和任何喜乐欢娱；必须将一个人彻底陷进去，陷入很久，陷入世界的内部乃至深渊，多少招幌都不放自己出去。 可能在某一个神秘的瞬间，才可以听到上帝的箴言。 身体在停止行走时也会变得羸弱，但这是另一种情形；大多数进入语言的人，早已习惯了静居幽隅。 这些人天生有着阴郁、忧伤的个性。 他或者早已携带着病理学特征：长久的不舒服，只有躺下才觉得不那么难受；跑动太多则觉得消耗。 室内生活的主动性或被迫性，可以在外部世界远遁之后，发展出丰富敏锐的内心。 当然，这只是之于创造性秉赋者而言。 人在静冥沉思中，正在探究世界之内奥，一些神秘通道在悄悄打开。 想想真是奇怪啊，那些身体结实、习惯奔跑的人是坐不住的，他们必须借助于腾挪跳宕才能够让自己保持活力；而创造者则身体孱弱、灵魂茁壮。

卡夫卡苦笑了。 他羡慕强健有力的人，可自己却做不到。 是身体跟不上，也是灵魂排斥。

即使心理上如此拒绝，慑于父亲强势之威，妥协的卡夫卡在几乎撑不下去的情境下，居然在保险公司工作了 14 年，直到 1922 年才被批准退休。 他终于可以自由支配自己的时间了。

14 年，他活得异化。 所有的写作，那扭曲变形都是自我画像，都是隐曲表达。 他活给别人的 14 年，是不堪回首的往昔。 他之所以三次订婚三次悔婚，皆是因为他连自己也驭不动了，他怎么可能再去驭一个家庭？ 他一次再次写信给订婚对象菲利斯，不是他不爱，而是他爱不动。 一个活死人，一个连自己都照料不好的人，怎么可能去照料妻儿与家庭。

在寂静的冬夜，寒风呼啸，躲在被窝里的卡夫卡只觉难受与恐惧，他如在利刃上挣扎，劫难的序幕拉开并上演，死才能获得自由意志吗？ 冬夜，悄悄下起了雪，早上，推开门扉，但见白雪皑皑，覆盖在街道、枯条、屋顶之上。 黑色也被遮蔽，一切的不尽如人意都在银装素裹中变得肃穆圣洁。 银色映衬着小屋里的木床、书桌、杂物柜。 这默默飘雪，有一阵子让他发现有一种甜蜜的解脱，身心有恍惚的超然，随后，却又听到寒鸦呱呱叫着，格外凄厉瘆人。而自己的名字卡夫卡，就是寒鸦的意思，这是宿命的安排吗？

我望着窗外，窗外有一群鸟儿，其中还有寒鸦在金黄的秋叶中啁啾，时而飞起，惊起一片幽光。

卡夫卡从来都是作为失败者的存在。他对自己、对文学从来没有怀抱俗世成名的希望与信心。他只是每天都感觉不舒服。他患有胃病、便秘、神经衰弱、失眠，还有肺结核。这样的情况必然导致头痛。太阳穴四周像重锤一样在敲打，像要随时爆炸。这样的身体情况下，他居然可以将一切的谵妄幻化成文字，这也是一个勇者所为了。在稍稍好一些的时候，他将一切的感受转化成语言。写作是他摸索出的自救办法。后来的心理治疗中有一项疗治方法就是让病人将自己的种种不适、难受写出来，将自己种种的情绪感受写出来，这样可以在宣泄与释放中达到某种治愈功能。文学之于卡夫卡，也是这种救赎方式。他躲在阴郁地带书写，他不认为这些病态的呓语、变形的人物书写有什么价值。一只甲虫的蠕动、人的扭曲嘴脸和狰狞面目有什么值得阅读的。面对光天化日之下的真实生活、面对呼啸前行的历史趋势，自己的书写只是为了抗拒自我孤独，以便挨过那令人心碎煎熬的黑暗时光。是身体出了问题，他的精神才出现那么多妄念。他之于现实与历史是做着空耗与无用功，他想努力抗争，唯一的办法就是从胸膛里沤出那些污秽，从噩梦中驱散纠缠不清的魔魔，这样，才会感到轻松一些。他从来没有想过建功立业的宏志，没有荣膺道德文章的不朽。卡夫卡从来没有自恃过高，他的沮丧、虚无、孤独、恐惧，这全是不那么胸怀远大、不那么理直气壮的负面情绪。 于是，他在临终前告诉他的挚友马克斯·布罗德，希望在他死后能将这些笔记、通信、手稿一点不剩地予以焚毁。 卡夫卡说他也同时不希望已经出版的著作重版，他不希望这些劳什子浪费读者的时间和精力。

布罗德曾经听到过卡夫卡向他朗读自己手稿的片段，他知道这都是闪烁个人血脉独特焰光的珍品，他不忍心付之一炬。 卡夫卡1924年6月3日死于肺结核，享年41岁。

布罗德进到卡夫卡的住所，发现那些14开本的四个笔记本只留下封面，手稿已毁。 布罗德将未及毁掉的遗稿整理出来。 1925年，《诉讼》得以出版。 随后布罗德又相继出版了卡夫卡另外的作品。 幸亏布罗德善意的违背，这才使卡夫卡的作品得以重见天日。 没承想，著作出版以后，卡夫卡的创作居然成为文学的一个重要流派，成为影响人类灵魂的大事件。

20世纪以后，尤其经历过第一次、第二次世界大战，人类的英雄主义、整体性神话破灭。 摧毁了至上和信仰，战争、死亡、瘟疫、谬论，在那无神的庙宇，何处是人类依托之所？ 在这个千疮百孔、分崩离析的时代，个体生命和社会形态都生病了，没有人可以给出综合治愈的方案。 人文学者只能呈现诸多病理学特征，于是，弗洛伊德是心理病灶的考察者，海德格尔是存在病灶的考察者，福柯是疯癫病灶的考察者；而卡夫卡则通过病体、穿透病体，直到临渊，来到语言的边界。 他不是考察而是亲自体验众生的疾病与挣扎。

窗外的寒鸦在茂密的树林或稀疏的虬枝间聒噪着盘桓，卡夫卡禁不住联想："我是一只很不像样的鸟，一只寒鸦，一只卡夫卡鸟。 我的翅膀已经萎缩，对我来说不存在高空和远方，我迷惘困惑地在人的中间跳来跳去。 我缺乏对闪光东西的意识和感受力，因此，我连闪光的黑羽毛都没有。 我是灰色的，像灰烬，一只渴望在石头之间藏身的寒鸦。"

他给好友写下这样的话："刚才我四处行走，要么就是呆坐，犹如笼中一只绝望的困兽，到处都是敌人。"

卡夫卡心悸胸闷、头痛欲裂，深受失眠熬煎。 他感到处处是敌对者的目光。

久病经年，他是一只连自己也驮不动、耷拉着脑袋在虚白的空中挣扎的寒鸦。

二　疾病与现代派

我从卡夫卡故居出来，走在黄金小巷上。 小巷不长，房子低矮。 这里之所以叫黄金小巷，是因为过去许多制作金饰的手艺人在这里工作和居住，黄金小巷的名字因此留了下来。 这条路并不长，现在街道两旁的店铺卖一些旅游手信。 石子路面很是干净，走上去有笃笃的响声。

出塔楼的门扉，来到一个坡上，从这里的围栏处可以向下俯瞰布拉格的市容，坡上有一棵银杏树。

我在想，当年的卡夫卡也到这里散步、驻足吗？

奇怪，自己来到布拉格，已经对各种风光不再上心，满眼都是卡夫卡时而清秀时而佝偻的身影，以及由他而来的延伸性思考。

我在坡地停伫。银杏树冠盖嵯峨，那些心形薄叶金灿闪光，无比奢华地飘落满地。向下俯瞰，布拉格城尽收眼底：青灰色教堂的尖塔直入云霄，闪着瑰丽色泽的皇宫、塔楼，橘红色各式屋顶。隐隐约约，还可以看到给城市带来灵性的伏尔塔瓦河像一条银链缠绕，风格各异的美丽桥梁横跨水域。

布拉格之美享誉世界，人们称她"千城之城""文艺之都"。这里是欧洲大陆的中心，交通便利，位于德国柏林和奥地利的维也纳中间，有着重要的地理位置，也有着古老而悠久的历史传统。更早的定居者不用赘述，只说 9 世纪之后，陆续迁徙而来的人们在伏尔塔瓦河的右岸建起城堡。再往后，人们又在左岸安家，布拉格逐渐成为文化、宗教、政治、经济的重镇，神圣罗马皇帝查理四世在这里建都。因为布拉格太美，招来许多觊觎者贪婪的目光，17 世纪时她被外族占领。这个外族指的是日益兴旺起来的哈布斯堡家族。我写过特蕾莎女皇，因此还比较了解这段历史。哈布斯堡家族的特蕾莎女皇 1737 年统治奥地利、匈牙利及波希米亚 40 年，是这三个国家的女皇。波希米亚指的正是捷克，正是我现在站立的布拉格的土地。特蕾莎女皇继承了她的先辈们对波希米亚的占有权。布拉格太美，日后又有许多对布拉格侵入的辛酸往事，这里就不细细言说了。

我在想，出生、成长于斯的布拉格人卡夫卡，他会站在坡地去欣赏这全城景观，并发思古之幽情吗？ 不一定。 他顾不上，身体的难受让他没有这闲情，也没有回望历史的逸致。

从坡地一路走下来，我们坐上老爷车游览市区。 风吹着，有一种呼啸而过穿越历史的恍惚。 让我比较惊诧的是，布拉格道路两旁很少种树，兴许是为了让沿街楼房外那精美绝伦的浮雕完整呈现于世人面前。 是的，近距离欣赏这些风格各异的建筑真是更加美丽。 在这里，世界各种风格的建筑都能看到，这座绚丽璀璨之都，哥特式、文艺复兴式、洛可可式、古典主义、新艺术运动、立体派、超现实主义等建筑风格楼宇鳞次栉比，大楼外墙刷有本白、赭红、褐色、蓝灰，颜色都非常耐看。

坐车经过旧皇宫，门前有卫兵把守；车子经过伯利恒教堂，这座建于 1410 年的教堂，尖塔是钢灰色，沧桑沐雨之中，那浓烈深重的色泽比艳丽更夺目，比新潮更动人。 然后，我们来到享誉中外的老城中心广场。

市区处处让人思古幽怀，把其称为欧洲最美丽城市毫无虚言。

卡夫卡来过这些地方吗？ 当然来过。 他在布拉格生活 41 年，这里的角落、街巷、缝隅他都熟悉。 但是他不会兴致勃勃陶醉于美景的欣赏和对历史进行的叙事中。 有病的人不会有心情观看什么美景；只有健康的人才有闲心四处溜达欣赏。

我记得 2003 年秋我们省作协组织到云南采风。 面对大理、丽江、香格里拉、泸沽湖、玉龙雪山的曼妙之姿，我全无兴致。 我看到团队里的人那么兴高采烈，十分不解。 那时，我在生病，只有难受，没有快乐，对美景无动于衷。

因为我有过长期生病的经历，对于卡夫卡的感受深有共鸣。身体有恙的人，只想躺在幽隅。 躺的时间长了，脑子在虚白的史前状态下，会渐渐泛出些记忆的涟漪。 然后，他就从那里抠出些有毒的籽粒。 他在进入疾病与死亡的阴暗地带，写作是为了宣泄，这样才会不那么难受。 这是解构自身而不是建构历史。 你若说有了创作上的收获，也只是腐殖之壤长出语言之花，一切是化腐朽为神奇而已。 卡夫卡对写作从不寄予奢望，他只为倾吐。 对人类普遍性命运的挂虑，只是后来评论家附着于他的说辞。

我曾经长期处在亚健康的状态，我是如此厌恶疾病，从来不会将疾病美学化。

疾病中的人如一条虫，这虫蠕动着喘息着，浑身散发着腐败的气息，这正是我病中的写照。 我生病的日子，对那个面部肌肉扭曲、衣饰不洁、蓬头垢面、邋里邋遢、蜷缩床榻的自己心生讨嫌，觉得像垃圾一样。 疾病中的我想远离一切人，连身边最亲近的人也想回避。 不要说人在艰辛时会互相照料携助，并不是这样的。曾经再亲近的人，都不希望终日面对一个被疾病折磨得面孔浮肿、眼神焦虑、体态虚胖的人。 谁都希望看到身边人是衣着芬芳、面容鲜艳、状态饱满、笑靥盈盈的模样。 这是人性深处的真实感觉，与道德无关。 这也正是卡夫卡订婚三次又毁约三次反复之心境。

如果不是慢性病、不是器质性疾病，仅仅是急病、感冒发烧拉肚子，这时生病反倒是给人一个提醒。 灰颓中会想，赶紧好起来吧，好起来以后要穿最漂亮的衣服。 干吗不呢？ 买来的美丽贵重的衣服干吗要放着呢？ 总想将美服放到隆重一些的场合去穿，可人有多少好时光呢，每天活着都应该算作过节。 在疾病中会想到人赴死而生的生命。 西方哲学中的"先行在死中"，是说人从摇篮到坟墓的一生很是快递，为对得起必死的自己，没有什么是不可跨界的；只要是活在快乐喜悦那充沛的感觉里，什么都不是罪过。欲望化叙事都是那么动人心扉，青春、健康、丰盈，为抗拒衰老与死亡，哪怕是以逾越的形式，这何尝不是被上帝允准的。

可惜，卡夫卡以及许多悲剧性神学的书写者，他们不是一时生病，而是长久生病，具有亚健康、不可调治的病理学特征。 如此糟糕的身体，不会奢谈欲望化叙事，也不关注历史性叙事，他所可能投注的只有对自己变形、颠蹶、幻灭的呈现与描述。 这便是后来被称为现代派作家的精神气质与文学特征。

是的，类似于卡夫卡，以及尼采、叔本华、克尔凯郭尔、普鲁斯特等现代派作家，你不要指望他们有推动宇宙乾坤的正能量。但现代派又是如此重要，其重要意义就在于他们将人内心深处的真实予以展现：那些溅着墨汁的诸如软弱、无奈、烦躁，以及虚空，那看似夜色轻如飞羽般之物，却有着比金属箭镞更具穿透灵魂的重之能量。

疾病派生出现代派，现代派最大的特征是关于虚无与虚无感的体会。 过去，你以为你无所不能，但是现在你得明白，无论你怎样的建功立业，无论怎样的钵满库盈，无论怎样的著作等身，到头来都是在世的游戏。 这样的以为不是不让你奋斗，而是在其奋斗过程中，人因虚无、荒诞而有着清醒。 一生中在各个领域都需努力，这是个体生命充实的需要。 但这里所做的一切，是为了给世界带来善行而非罪愆。 那汲汲功名利禄者，到头来实则都是一场空。 这就是现代意识。 一个人若是有了这种虚无的现代意识，并在想透之后依然抖擞前行，那么，这个人所做的一切就有了几分可以令人信赖的东西了；否则，就必须打一个问号，写作尤其如此。

三　作为失败者的存在

白天在布拉格的游览暂告段落，晚上我们在市区酒店住下。房间整洁，东西不多，合用就好，空气中散发着净爽好闻的味道。

晚上我躺在床上，脑子却是依旧活跃，依旧围绕着卡夫卡在想自己的写作。 20 世纪 80 年代，西方现代派传入中国。 我有过对现代派的迷恋，这和自己生病、不健康的身体有关。 很小的时候我得过伤寒，虽然活了下来，但是肾与肺都不好。 我早早就是虚胖体形，常年头痛、胸闷。 我不知道自己这些年是怎么熬过来的。 我喜静不喜动，只觉躺下才舒服，这被迫性蜷曲，兴许格外发展了我对内心精神生活的爱好；因某种敏感气质，对文学有着热爱。 但我从来都是在幽隅中独语，是个胆怯、羞涩、后退的人，是作为失败者存在的人。 我从卡夫卡以及一切低抑的现代派作家那里找到共鸣，我对语言的虚无感深有体会。

谁的文字能如铜铸金鼎般留诸历史？ 我们留不下什么，我们的文字在急遽晃动之中注定了易朽性。 人类的历史早已留下先哲的铭碑，那才是刻在石头和青铜器上不朽的文字，其光泽永不衰褪。

我们这些弄文字的有多少人明白这真相呢？ 那知之不多的人注定无畏。 他们不知思为何物，当然也看不起那忍受孤独、斗室枯坐的入思者。 他们认为那寂寞无边的语言者是陈旧、落伍、跟不上形势发展的迂阔之人。 他说，多少信息需要我们去捕捉。 他在频仍闪回的信息中兴致勃勃，以揭露和否定他人引起轰动效应为乐事。 他说，总要弄出些声响来。 他认为即使是荒谬的、毫无理论规范的吵闹，也可以留给文学史，也是绕不过去的一笔，因此可以青史留名。

他热衷于潮流和运动，为自己廉价的鼓噪而兴奋。 他不会依靠自己的作品说话，况且他也写不出什么作品。 他害怕寂寞，每天总在外部逗留，这一个会议接着那一个会议；从这个城市跑到那个城市，心根本就静不下来。 一旦有空闲时间在屋里，他把电话攥在手里，拼命向外打电话，否则就会心头发慌。 他自诩自己多有名望，总有许多被邀参加的会议和活动。 他嘲笑别人不被邀请的挫败，他说：这些人多可怜哪，总无人邀请，不在舞台不在中心。 他说，那个可怜的人，虽说文章写得还行，可就是没有出名。 出名就是被很多人知道，混个脸熟。

热衷运动的人认为自己被关注而颇有影响，他们将自己贩卖出去，溅起一阵浪花，便认为自己是文坛重要人物。

　　这真是道不同不相为谋。

　　有那些于孤独中等待上帝箴言和神谕的人，他们必须在苦挨中，不被任何人记起和理会。他们背转身来，让世人忘掉自己。他们埋在思考的落叶中，与天地万物同在。他们挖掘人性的神秘通道，如辛苦的劳工默默流汗。他们掘进越深，越不可能被很多人理解。寻找世界的彻底性而非通俗性从来不是众者的事业，而只是人类的极个别人，这些人必然会遭受冷眼和睥睨。如果没有开初就作为失败者存在的心理准备，有人会中途失踪。真正入思者是冥冥中听从了一种天命召唤，愿意九死而不悔去寻堂奥。他们会为每一个难题的破译而欣喜。他们不计前程和功利，充实于苦寂寒窗。他们不会让纷至沓来的外部图景占据自己的视听。那通俗易变的传闻逸事，很快会被新的风潮覆盖，而成虚飘流云。

　　可为什么又有那么多人容易作秀、容易逗留于外部事物呢？中国的写作者，固然是接受了现代思潮以及现代派的影响，但相当一部分人只是认为现代派很先锋、很前卫，只是文学时尚；他们实在没有得到现代派的精髓。

　　作秀、喧嚣，唯恐他人不知。这个没有学会思考的人，他没有胆量和秉赋在孤寂中一个人前行。他略有一点小感受就急惶惶大声喧嚷，力图占有话语高地。他嚷嚷着，急于引起别人的注意。他不知道引起别人注意不一定就会得到肯定、让人由衷敬佩。他不了解，在他手舞足蹈、自我感觉良好时，人们侧目而视，记住他的只能是那浅薄的言辞、拙劣的表演。 人们记住这个人的同时已经将他遗忘和否定，因为他选择的路径不对。

一个致力于语言的人，首先必须把路走正。 走正路者，那致力于精神原创性的人，不惜以身殉言。 他连命都搭进去了，他不会在乎他人的注意与否，或者有无鲜花、掌声和荣耀。 他不会工于心计、不会以文字为敲门砖给自己以物质或名声的猎取。 致力于原创性，同时带有致命性，这让人不寒而栗，许多人惊怵地退出这条道路。

当松弛取代深刻，当数据取代灵魂，当赝品取代瑰宝，一些不好的信息的确在误导人，以为闹哄哄形成吸引眼球的事件就会被载入历史。 历史会记住君子，也会记住小人。 在一些人的惯常思维里，做小人也比做凡人好，只要被人记住，哪怕是为人不齿的小人，也终归是被记住了。 做君子代价太大，差不多又都是悲剧结局，做小人却可以自在逍遥，得到在世的既得利益。 这种误导让人憋气。

可是，如果以思考和语言为生的人都如此不堪和堕落了，人类还有什么可指望的？

且慢，人类尽管在曲折、反复中，但总有明理之人存在，无论在明处或是暗处，人类不可能只听凭一种谬误的声音让自己走向万劫不复之深渊，这正是人类可以如野火般生生不息的密码传递。

我今晚思绪一直在活跃，恐怕要失眠。 想到明天还要游览，我要求自己赶紧打住。 可思绪并不那么听话，我又想起了捷克另一位著名作家、我们中国作家和读者极为熟悉的米兰·昆德拉。

我对昆德拉的小说和随笔读过不少。

东欧的社会体制与意识形态与我们极为相似，他们写下的东西与我们的感受与体会总能共情。

明天，我得问一下导游，布拉格市区是否有米兰·昆德拉的旧址可供参观。

四　智者序列

第二天清晨去问导游，他说在布拉格没有参观昆德拉旧址这一项内容。

实际上，不是游览路线没安排，而是昆德拉早已移居法国，布拉格没有专门保留他的旧址。

昆德拉在卡夫卡去世 5 年以后的 1929 年出生，他的家乡不在布拉格，而在捷克的另一座城市。 但他青年时代是在布拉格的查理大学读哲学系，后又在这里的电影学院教书。 昆德拉的写作才华在青年时代就已显现，这是个犀利、有锋芒、有批判精神的作家。 1968 年苏联控制了捷克，昆德拉被开除党籍，被解除教职，其书籍也不能出版发行；在书店等待销售的，也得下架。

在布拉格很难待下去，1975 年，昆德拉和妻子移居法国巴黎。说是移居其实就是流亡。

无论居于何地，摹状人类命运的复杂、吊诡和隐晦曲折，是昆德拉创作最吸引人的地方。他的作品《生活在别处》《生命中不能承受之轻》《笑忘录》《不朽》《缓慢》《身份》《无知》等，无不具备流畅迷人的叙事特色，闪烁着深刻思想内涵的异光。他在小说中，借人物之口传递自己的社会观念和哲学认知。他不是生搬硬套，而是在故事情境与细节中，一切是如此水乳交融。

　　昆德拉对社会政治有着强烈关注，这和他健康的身体有一定关系。脑子好使，有灵动清醒的思维，如晨曦的风在清扬中。时而俯身，向着大地的本相逡巡。有足够的力气可以搬动上下千年的巨石，对社会政治的利弊、人类的真实看得透彻，也就有了对外部事物的兴趣。有足够的脑力，去分析事物内在的逻辑，铺陈稿纸，像个战地指挥员一样运筹帷幄，历史之幕徐徐拉开。

　　多少年来，昆德拉获得诺贝尔文学奖的呼声甚高；一届又一届，他被猜测可能获奖，但结果都是铩羽而归。他的创作在人们心目中早已是有着标高与赞誉，但他总没那么幸运。这很重要吗？之于一个坚信自己有蓬勃创造能力的作家，他的职责就是书写，在书写中完成自己对生活、世界及历史的认知，从而完成自己精神的淬炼与生长，其他都不重要。组织机构给予的官位、奖项的得失就一定很重要吗？有的人看重这些，有的人则处之淡然。不在话语权力的中心，在边缘地带，又有什么不好？文学不是秀场，而是个人生命的需要，用不着因为文学之外的原因，为成为炙手可热的人物而沾沾自喜。机构、组织的承认不是文学真实的价值，不要去谈所谓评奖、排序的公正和公道；只要自己在写作中不打诳言妄语，写出有启迪性和警策性的好作品，就足够了。

重要的是，捷克拥有着卡夫卡与昆德拉这样两位蜚声世界的作家。他们两个的写作风格全然不同，但在精神气质方面却有神秘交融，那就是：对人类深层命运的开掘。

卡夫卡面容苍白而抽搐地活着，在低处和幽隅。即使他喘息着勉强而活，却通过手中之笔独自倾诉无奈与忧伤，他表达着自身以及人类的怯懦。他是个人叙事，用寒鸦凄厉般的嘶鸣、用战栗的虚无感，让人类认清真实的生存境况。

昆德拉眉峰紧蹙，在颠沛流离中顽强地活着。他以揭示批判的拳拳情怀，反省人类的媚俗。他进入历史叙事，啄木鸟般不停地凿啄和敲击，对那些夸饰、狂谵的沾沾自喜、骄横跋扈予以反讽和戳穿。那些因谄媚、逢迎占据道德优越高地，并认为已经很舒服地拥有既得利益者，在睿智如昆德拉的摹状中，原形毕露。这是对人类的警策和自省。

文学不一定直接作用于社会政治与社会生活，但是有意味的文学则被赋予另一种无可估量的力量。卡夫卡对人类卑微的体验，昆德拉对人类卑琐的描述，都是在对人类命运真相与本质做着洞悉。

不讨喜的昆德拉去国经年，其作品的深远影响，让他成为人类精神的灯盏式人物。2019年末，捷克驻法国大使德鲁拉克在巴黎昆德拉公寓拜见了昆德拉，送给他捷克公民证，这意味着他已重获捷克公民资格与身份。2020年9月20日，捷克卡夫卡协会主席泽莱兹尼宣布捷克作家米兰·昆德拉获得年度弗兰茨·卡夫卡国际文学奖。 昆德拉十分愉快地接受了这个奖项，他感到荣幸，"因为这是卡夫卡奖——一个我感到非常亲近的作家命名的文学奖项"。

卡夫卡患疾而短命，在无力中以失败者语言，无意于潮流，却掀起现代派巨澜。 昆德拉，这个在屈辱中挣扎的倔强的高寿老人，年已 93 岁，依旧如斗士般活着。

作家生命无论长短，只要以诚实精神、精湛笔致、深邃内涵表达人类的歌与哭、爱与恨，他们就都已进入智者序列。

鹰的陨落

一　拉丁桥畔的枪声

2019 年 10 月，我们前往萨拉热窝。

下午，车子驶入市区，我们在城市的边缘下车，步行参观市内景观。 第一站要去的自然是拉丁桥。

漫步走着，左边是萨瓦河的支流博斯纳河。 河水很浅，有些浑浊，河两岸荒草凄然。 虽然草未完全枯黄，还有些绿色，但也是萧瑟的样子，沿岸堤栏没有修葺。 按我们中国人的标准，无论哪个城市，只要是有江、湖、河，总会在沿岸修筑起漂亮的栏杆和人行道。 这里的荒凉与萧瑟虽然也是一种自然之美，但不时吹过的纸屑、尘埃覆盖着叶脉与树木，天空的灰蒙，仍然让人感到这河流与城市是被粗疏对待的。 往右边看，一些建筑物的外墙涂着色彩凌乱的漫画，墙面上有着熏炙过沧桑的垢黄。 发生在 20 世纪 90 年代的战争，飞机的轰炸和子弹的呼啸，已让这座城市留下痛苦印痕。

没走多远，著名的拉丁桥到了。

这里，似乎抹平了痛苦的印痕。 拉丁桥上行人安静地走着，不时有小型汽车开过。 风吹着，让人惬意。 这风，还是当年的风吗？ 那时的风，可是挟着猩红的血液和乌黑弹孔的硝烟。

一切痛苦的记忆好像都被世俗的日常生活覆盖了。 只有路口一幢古老建筑的外橱窗里，陈列着介绍当年这里曾经发生过的、由此引爆第一次世界大战的惊骇史料与图片。

1914 年 6 月 28 日，那是一个阳光明媚的上午。 奥斯曼帝国统治下的萨拉热窝，城市的天空一片蔚蓝，只有白云在悠悠飘荡。绿树枝头的蝉鸣令人昏昏欲睡，一切都因暑热而缓慢下来。

19 岁的塞族青年普林西普和他的同伙却没有懈怠，他们就在这个上午，正策划并实施着一场惊骇世界的暗杀行动。

奥匈帝国的皇储弗兰茨·斐迪南大公与他的妻子索菲娅·霍泰克这个晴朗的夏天正处于出访的喜悦中。 他的妻子出身寒微，他爱上了她，执意要与之结婚生子。 这对奥匈帝国对哈布斯堡家族来说，都是一种蔑视与挑战。

哈布斯堡家族子女的婚配，一定要在同室的皇亲国戚中进行。

他们绝对不让平民的血流淌到皇室的高贵血统中。为此，他们不惜冒着种族退化的风险。

坐在敞篷汽车上的斐迪南大公夫妇，这一次是将正事与乐事结合在一起的出游。他们相拥相偎，车子缓缓而行。望着湛蓝高远的天空，他们眼神湿润，心情愉快无比。

斐迪南大公年已 51 岁，他仍像热恋中的年轻人一样紧紧牵着妻子索菲娅的手。他与她的婚姻，并不是他想要阻止皇室种族退化，他没有那么大的宏愿，他只是看到索菲娅，眼睛就再也离不开了。

索菲娅虽说也是贵族出身，但不算王室成员。她家道中落，从小过的是艰窘日子。她没有钱添置服装，那些高级的社交聚会她就不去参加了。20 岁那年，她成为伊莎贝拉大公夫人的侍女，这是一个很卑微的工作。但她却是兢兢业业做着被外人认为是低贱的事。索菲娅从来不抱怨，她淡定沉着，对所有到来的命运安排都坦然接受。一个年轻女子有如此悠游裕如之气度，肯定会被有识之人注意；况且，这又是个有情之人。

一次，索菲娅陪大公夫人参加一次宫廷舞会。她安静地坐在旁侧，但那不掩的美丽和独特气质，为斐迪南大公注意到。他主动邀她跳舞。他发现了不同寻常的一块美玉，他不顾皇室门第之差异，强烈地爱上了她，并决定娶她。这一消息，引起皇室的轩然大波。除了斐迪南大公的继母，没有人赞成这桩婚事。骄傲的哈布斯堡家族，早已定下贵庶不可以通婚的规矩。

是的，这个庞大的家族和帝国曾经的发展扩张史，并不是在刀光剑影中开拓，而是在粉色盈盈的联姻关系中完成。 哈布斯堡家族流传着这样的箴言："让别人去打仗吧，你，幸福的奥地利，结婚去吧！ 战神马尔斯给别人的东西，爱神维纳斯会赐给你。"正是这种沿袭的观念与传统，使得哈布斯堡家族成为欧洲历史上支系繁多的德意志封建统治家族，成为统治领域最广阔的帝国。 他们统治过神圣罗马帝国、西班牙帝国、奥地利帝国，以及 1867 年合并了匈牙利之后的奥匈帝国。

哈布斯堡家族对血缘的纯正与高贵有着迷信的罔顾科学的狂热。 皇室联姻家族内部通婚，的确让他们尝到不去打仗也能扩展领土的甜头。 但随着时间的流逝，一系列的后遗症也就纷纷出现了。 高贵的王室成员出现了许多隐性疾病。 他们中间有的人有先天性缺陷；有的男性长大以后阳痿、无法生育；有的患上消化不良、肌肉无力、尿血、佝偻病。 哈布斯堡家族的男人们面部有显著特征，他们下颌前突、大下巴，这就是被称为的"哈布斯唇"。

王室成员和具有同等社会地位的人越来越少，于是，婚姻已不顾辈分而缔结，乱伦现象不足为奇。 堂兄妹、叔叔与侄女结婚很是普遍。 譬如，继承哈布斯堡家族西班牙王位的卡洛斯二世，他的父亲娶了自己的侄女做妻子。 卡洛斯上边有四个兄长早逝，他出生后就体弱多病。 4 岁时他才能讲话，8 岁时才学会走路，并且一直跛足。 他小小年纪父逝，由母亲摄政让他登上王位。 他在位时期，西班牙全线没落。 一个每天都在病痛中挣扎的人怎么可能治理国家？ 他娶了妻子，无法生育。 妻亡。 他再娶，仍无法留嗣。 1700 年，他结束了艰辛而又短暂的 38 年生命。 没有一儿半女继承王位，绝嗣覆国。 西班牙最后的王朝土崩瓦解了。

斐迪南不一定是为哈布斯堡家族的健康繁衍考虑，他只是遇上了，就放不下了。 迎面走来的那个姑娘，美丽端庄、暖玉温存。她身为侍女，却仪如皇后。 斐迪南一定要娶她，哪怕王室成员全部反对，他已不再顾忌能否顺利登上皇位。 但他仍然成为王储。放眼望去，在位的约瑟夫皇帝已无更合适的人选继承皇位。 约瑟夫的弟弟马克西米利已经当上了墨西哥的国王，但在法国与美国的幕后操纵与阴谋中，被人暗杀。 约瑟夫皇帝的唯一儿子鲁道夫在1889 年 1 月自杀，年仅 30 岁。 没人再有资格成为皇储。

于是，皇室做了妥协，同意斐迪南迎娶索菲娅，但对她约法三章：她不能成为皇后，他们婚后生育的子女没有皇位继承权，索菲娅不能与丈夫享有同等待遇。 她不能与丈夫坐同一辆马车或汽车出行，不能与丈夫一同出席重要活动，不能一同接待外宾。 索菲娅原本对这些外在光环就不在意。 她忍辱负重的个性，坚韧优雅的气度，渐渐为人们所尊重。 她在聚光灯之外的幽暗处，照料着一女两子这三个健康可爱的孩子，一切都让她心满意足。

1914 年的夏季，斐迪南大公偕索菲娅出访萨拉热窝。 在这个远离皇室的地方，他们可以不遵守任何的清规戒律，可以坐同一辆车，可以相互依偎。 他们巡视军事要塞，也观赏着这座山峰叠嶂、流水潺湲、风光旖旎的美丽古城。 这座城市建于 1263 年，市中心保留着中世纪土耳其时代的古老建筑。 他们游览着，丝丝甜风沁人心脾，鸟儿在繁枝茂叶的缝隙啁啾，岁月悠悠，仿佛永生永世。

夫妻二人从要塞赶往市政厅，突然听到爆炸的声响。他们以为附近有人在放鞭炮，没有意识到有刺客在行动。此时，6 名年轻的刺客拿着炸弹和手枪，隐伏在斐迪南大公夫妇可能巡视的地方。

市政厅炸弹未能造成人员伤亡。不以为意的皇储夫妇急于想要看望荣军医院的病人，他们没有停下，也没有改变行程，而是继续出发。

车行驶到拉丁桥，跟踪而来的普林西普拿出手枪，对准斐迪南夫妇连开数枪。皇储夫妇乘坐的敞篷汽车速度缓慢，又是公开暴露在光天化日之下，枪弹击中了他们。中弹的皇储此时意识还清醒，他搂着流血如注的夫人，看着她奄奄一息的模样，伤心地吁恳："索菲娅，你别死！为了我们的孩子，你要活着！"

皇储说完这话，自己也昏过去了。他们被紧急送往医院，终因流血过多，夫妻双双去世。

暗杀者、塞族青年普林西普当场被抓捕。后来他被关押，1918 年死于第一次世界大战结束之前。

在关押狱中的 4 年日子里，这个嗜血的塞族年轻人，可能没有想到，他和他的同伴计划的这次暗杀行动，竟然导致了第一次世界大战。他原本只是带着对哈布斯堡家族的仇恨，认为他们正在向南扩张，正在吞并巴尔干岛，正在肢解波斯尼亚和黑塞哥维那。塞尔维亚的国王对哈布斯堡家族唯唯诺诺，好斗的、剽悍野猎的塞族人岂能容忍。1903 年，国王亚历山大·奥布雷洛维奇与皇后马欣在贝尔格莱德的皇宫被反对他的军方和政府高级官员推翻，并从窗口扔下致死。皇帝时年 27 岁，皇后比他大 10 岁。居住在日内瓦的皇族卡尔齐洛继承王位。 从历史事件可以看出，塞族人的血液里，从来都有报仇雪耻的狂暴激烈成分，普林西普的行为并不奇怪。 从此，爱情、刺客、一战，构成了波诡奇异的历史演义。

斐迪南皇储被杀害的消息很快传到奥匈帝国皇帝弗兰茨·约瑟夫那里。 他该做何反应呢？

二　美泉宫与一战硝烟

这天下午我们来到奥地利的美泉宫。 这座宫殿有米黄色外墙，间或有白色横隔。 外观没有沉着威严的皇族之风，一切显得活泼生动。 但那整齐对称的设计，门前宽敞的广场和偌大的草坪，仍可以看出豪奢大气的皇家风范。

我站在那里，望着美泉宫，望着那一扇扇窗户。 我在想，哪个房间是约瑟夫皇帝居住的，哪个房间又是茜茜公主居住的呢？

此时，茜茜公主的窗户早已关闭不开。 皇帝自己居住的房子，他则嘱人开窗，因为他肺腑憋闷，快要窒息。

他的那个逆子鲁道夫，自认为接触到了现代的新思想，口口声声奢谈自由精神，反对贵族，喜欢新型的知识分子。 鲁道夫一次又一次挑衅着父皇的权威，父子俩在许多问题上龃龉，达不成和谐一致。 他对儿子的言行反感担忧，却又无可奈何。 他已经到了晚境，随时会两腿一蹬离开这个世界。 伟大的奥匈帝国，永恒的哈布斯堡能否在儿子治下永葆其昌？ 他忧心忡忡。

1914 年 6 月的阳光有些诡异，光线不太柔和，一缕缕紫雾烟岚旋着旋着溢满空间，一种幻觉，正从窗口、从门扉向他袭来。 大热天的，他不禁寒意透过脊骨。 在东方中国，紫色是好的，紫气东来是祥和气象。 在美泉宫，特别设了一个富于东方情调的中国宫。 那里的家具、灯饰、屏风以及瓷器都从中国购买而来。 但在西方，紫色并不具有那么美好的隐喻。

他已经听到斐迪南皇储在萨拉热窝遭暗杀的噩耗。 平时，他对斐迪南并无十分好感，传皇位于他，实在是因为迫不得已。 此时，约瑟夫心口发堵，流通的空气也不能让他的呼吸畅通。 他一阵干咳，然后躺在沙发上。

闭着眼睛，他在回想自己几乎可以说是漫长的一生。 1830 年他出生，略微长大一些，因当政的伯父斐迪南一世没有后嗣，他遂被立为皇储，18 岁那年，他登上皇位。 初执权柄，他便发现一切都没有表面仪式那样光鲜：财政吃紧，国库亏空，哈布斯堡家族从政治、经济乃至遗传方面都潜伏危机。 他该如何让世人瞩目的伟大家族重放光彩？

是啊，这个家族曾经历过那么多艰苦卓绝而又辉煌灿烂的历史发展阶段。 他们发端于瑞士，在陡峭的山崖建立了古堡，又称鹰堡。 而后，勇猛异常的十字军打败了穿戴华美、战斗力却不怎么样的哈布斯堡家族的贵族兵。 于是，这个家族沿多瑙河河流迁徙，然后到了维也纳，从此定居于此，并发展繁荣。 双鹰徽章是家族标志。 哈布斯堡家族的鲁道夫一世曾被选为神圣罗马帝国的皇帝，这意味着其家族权势已达顶峰。 可要一直维持住这份庞大帝国的祖业，又太难了。 对比而言，比哈布斯堡家族晚两个世纪的意大利的佛罗伦萨也出现了美第奇家族，那也曾经是煊赫无比。他们可以左右意大利的政坛，可以推动文艺复兴的进展，仿佛一时间可以与哈布斯堡家族相媲美。 哪能那么容易呢。 美第奇家族到18世纪就退出了历史舞台，而哈布斯堡家族依旧雄踞世界。 也只有约瑟夫知道，要支撑起一个帝国，那是何等艰难万险。

想到这里，约瑟夫突然觉得十分伤感。

从登上皇位的那天起，他真是寝不安席食不甘味。 他要重建哈布斯堡家族的荣誉，必须从一个君王的严格自律开始。 他长期坚持洗冷水澡，以磨砺意志锻炼体魄。 他晚上睡的是行军床，不让优渥舒适控制自己。 每天工作至少12个小时，从不懈怠政务。除此之外，他学习并熟练掌握八国的语言。

约瑟夫实在搞不明白，自己如此勤政努力，命运对他却是如此刻薄，总是露着狰狞面目，死神在他的周围环绕，阴魂从不散去。

那一年，也即1889年1月30日，他30岁的儿子鲁道夫在离维也纳24公里之外的迈椰林别堡自杀身亡，他同时杀死了自己17岁的情人玛丽·费采拉。

他美丽的妻子茜茜公主在儿子下葬时，身着黑衣，神色凝重，她不掉眼泪，但那刻在骨髓的悲伤一寸寸侵蚀着她的肌肤与神经。她哭不出来，只有那瘆人的叹息，惊呆了河谷与山岗、飞鸟与树林。 从此，茜茜公主只在羁旅中才能让灵魂有片刻安宁。 她一年之中大半的时间都在外边。 曾经相亲相爱的他们，不再相守。

约瑟夫想到这里，已是老泪纵横。 他可以允许茜茜公主一直在旅程中，他甚至可以允许她不再爱他，可他绝不允许她以死亡的形式结束他们的关系。 而茜茜公主的决绝，则假以他人之手而完成。

1898 年 9 月 10 日中午，茜茜公主与陪行的宫廷命妇乘船离开日内瓦，她正向码头走去，半道上有人撞了她一下。 刚开始她不以为意，直到一枚尖锐的锥子向她胸膛刺去，她疼痛万分倒地，而后身亡。

这不是一次具有政治意味的暗杀，意大利的无政府主义者卢切尼想要一鸣惊人，他用锥子刺死了茜茜。 当约瑟夫见到躺在棺木中的茜茜，悲恸欲绝。 这是他深爱的女人。 从他见到活泼的 16 岁的茜茜公主那刻起，他就无可自拔地爱上了这个巴伐利亚的小公主。 他推掉了与她姐姐的婚约，执拗地要娶她。 棺木中的茜茜依旧美丽，因为死亡的苍白让她看起来更加端庄而沉静。 死无法复生，他必须得接受这个冷酷的无可更改的事实。

他用剪刀剪下茜茜的一缕头发永不离身。 他低吟着："我的天使啊茜茜。"

在茜茜离开他的寂寞时光，会有女人走向他，但只是走进他的肉体，没有人走入他的灵魂。 茜茜之死，将他的性命也随即拖进死亡之地。 这一年，他 68 岁，对这个世界不再抱有希望和憧憬。

他只是为这个家族、帝国苟活着。

痛苦仍然没有放过他。 他的弟弟马克利西也死了。 如今，延续哈布斯堡家族血脉、继承奥匈帝国皇位的斐迪南大公也被人暗杀了。上帝啊，你真是要灭亡哈布斯堡家族了吗？

浑浊的老泪像虫子一般蠕动在他的面颊和手臂。

我走进美泉宫，心里发着不尽感慨，以前，我以为那些金钱相伴、身居高层、待在皇位上的人，或是在聚光灯下风光靓丽的人，比一般的平头百姓要惬意、满足、快活。实际上并不如此。当我们切近人生真相，方才发现，人活在世上，好好活，充实、健康、无忧地活着，是一件太不容易的事情。著名人物、皇亲国戚也不一定就能很好地活着。很好地活着需要智慧，有时候也跟命数有关，比如约瑟夫皇帝，他享有至高权力、大富大贵，却又命中注定是个苦命人，一个悲剧人物。

哀伤中，约瑟夫又在想该怎么去处理这件发生在萨拉热窝暗杀皇储这个奇耻大辱的事件。难不成这就放下，不咸不淡悄无声响地咽下，权当什么事都没发生？如果这样，世界各国该怎么看一向强盛威武的奥匈帝国？这等于对世人说，我们今后可以任人欺凌、任人宰割。

约瑟夫皇帝几乎忍不住愤懑，他重重咳着，一口鲜血吐在地上。

我又一次发现，当一个人、一个国家受辱时，他们很难完全理智地隐忍下来。起码的血性和自尊，都会让你咽不下这口气。你想收拾那个恶棍，你不会白白饶过他，让他做了坏事又不承担责任。这是在包庇和纵容犯罪者。一个有尊严的人与国家，能委曲求全、忍气吞声吗？他们能避免做出过激举动吗？

作为一国之君的约瑟夫皇帝，荣誉是那么重要。 他无法咽下心口的一团恶气，他经历着听到暗杀消息以后的愤怒，也有惊怵与恐惧。 在长久的思谋中，他一定要有态度、有表示。

一旦决定要做一件事，面临着强悍的敌对势力，这时马上会想到谁有可能成为自己的同盟与朋友。 当然，在这个复杂莫测的世界，在政治格局中，没有真正的朋友，只有利益的捆绑。 纵是这样，他也决定孤注一掷。

也许，人有病，在衰老期，愤怒与羞辱会让他不再去做理性判断。 他决定联合德意志帝国去打这场针对塞尔维亚的雪耻仗。 他想，奥斯曼帝国一向与自己关系不错，估计开战以后会站在自己阵营这一边。 已经84岁的约瑟夫，决定为荣誉而战。

1914年7月，奥匈帝国向塞尔维亚发起战争。

谁都无法预料，原本一国对一国的战争，竟像滚雪球一样越滚越大，并起着连锁反应，进而导致了一场由30多个国家参战的世界范围的一场大战。

奥匈帝国向塞尔维亚宣战以后，与塞尔维亚订有密约的俄国不耐烦了，他们加入塞尔维亚的阵营中。

这边，德意志帝国从来对俄国没有好感，于是，普鲁士德国铁血宰相俾斯麦决定对俄国出手打击。

德国一旦参战，战争便像一头谁也无法控制的野兽，它咆哮着，摧枯拉朽，涤荡一切。

约瑟夫皇帝原本是想教训一下并不强大的塞尔维亚，他只想出口怨气，让战争在短时间内结束。 谁想，没人能控制住局面了。

他以为的盟友德国，早已磨刀霍霍想打上一仗了。 只是他们找不到借口。 如今借着别人打仗的机会，他们很想搅上一局。

这是一种政治利益，而不是什么正义之原则。

德国在一战之前已在高速发展工业，他们想要扩张瓜分和称霸世界。 英国、法国和美国对德国讨厌至极。

开战以后，迅速站队，奥匈帝国、德意志帝国、土耳其奥斯曼帝国以及保加利亚王国为同盟国，英、法、俄、意、美等为协约国，第一次世界大战残酷而漫长地进行着。

1916 年，约瑟夫皇帝已病得很重。 前线战事并不好，忧伤加剧着他的病情。 是年 2 月，德国与法国打了 10 个多月的胶着战，德军战败，这是一战的转折点，奥匈帝国同盟军事力量在衰弱中。

约瑟夫皇帝熬到初冬，他终于熬不下去了。 1916 年 11 月，他在美泉宫因肺炎病逝，享年 86 岁。 他的侄孙继位。 他死了，战争仍在继续。 打了 4 年多，15 亿人卷入，3000 多万人死伤。 这是惨绝人寰的悲剧。 1918 年，一战结束，哈布斯堡家族的奥匈帝国从此不复存在。

我即将离开美泉宫，仍在回望着它。 夕阳西下，绚丽的晚霞照在明黄色的建筑物上，漂亮到失真的地步。 这里，是多少人仰慕的宫殿；这里，却又发生了多少血腥的剧目。 一个帝国唱着挽歌，从此消失在历史的深处，只有美泉宫留在大地上。

三　霍夫堡皇宫的夕照

维也纳之行，恰巧遇上这里的节日。 放假三天，店铺也就关门三天。 他们说关门就关门，不会因为有太多游客来这里购物可以增加营业额而破了规矩。

我们可以有半天的自由活动时间，我和彩霞就在维也纳街头逛悠，看了教堂，在路边也喝了咖啡，又七转八拐，竟然来到奥地利的霍夫堡皇宫。 这是哈布斯堡家族最正式的皇宫。 美泉宫建在离市区较远的地方，当年只是用来调养休假的别墅区，又有说是夏宫。 这里才是皇室工作和生活的地方，它又称霍夫堡皇宫，算是冬宫。

这是一座拱形的楼宇，灰白色外墙，窗户框架上有各种雕饰。抬眼望上去，在顶楼，有许多大型雕塑群，有人物、有战马，估计是为某次凯旋做的纪念雕塑。 西方人很喜欢装饰楼房外观，我在德国、捷克的许多城市，都能见到外墙精美绝伦的雕塑艺术。 这无形中发展和推动了那时的艺术种类，也让普通的建筑留下生动永恒之美。

我们来到皇宫广场，广场中间有大型雕塑群，灰白色石块铺就的路面，晶莹玲珑，有专门载客游览的马车，踢踏踢踏声，不急不缓地敲打着石子路面。

在我目之所及的西北角，我看到矗立在那里的一个挂着茜茜公主画像的大型招牌。

茜茜公主？ 中国观众通过电影《茜茜公主》早已对她耳熟能详。 我们知道的茜茜公主，是由罗密·施奈德饰演的那个形象。那是穿着鹅黄色裙裾，在春天的原野自由开放的年轻活泼的模样。画像上的茜茜公主，显得仪态更为端庄高贵。 她褐赭色的头发盘卷着下披，发辫上缀满星星花瓣的闪闪钻饰。 她美得深沉、有内涵，那是一种历经劫难、内心跌宕起伏的美。 茜茜公主从她遇上弗兰茨的那一刻起，无忧无虑于巴伐利亚大自然中的少女时代就结束了。 她嫁入豪门皇廷，贵为皇后，但她并不总是愉快的。 与弗兰茨经过短暂时间的热恋，男人就将大部分精力投放到战争、阴谋、政务的繁重劳作中。 茜茜公主是遭冷落的，起码她这样认为。 但弗兰茨却始终认为他爱茜茜胜过一切。

茜茜公主无双的美貌在欧洲被公认，她却应了中国那句老话：红颜薄命。 茜茜公主有太多的不如意，每一件事都会让她紧张惊恐，吃不下饭睡不着觉。 她在这种压力下，会胃病发作，心脏不适。 可她只有扛着。 内心强大的女人才可以在独处时自我消化，把那难挨的时辰给挨过去。

电影中的茜茜公主的扮演者施奈德相比较而言更加清新明媚。她如一片晨露、一缕清风带给我们关于奥匈帝国王室最为浪漫美妙的遐想。 施奈德与茜茜公主，一个饰演者，一个历史上的真实人物，她们在交叠中幻化着出现在我的面前。

经过楼宇居中的通廊，我朝里边走去。 这座从 1275 年就开始筹建，一直建到 1913 年的哈布斯堡皇宫，真可谓建筑界的杰作。它有哥特式、文艺复兴式、巴洛克式和洛可可式不同的风格，其中包括 18 个翼，197 个庭院，计有 2500 个房间。 它的上宅用于帝王办公和迎宾，它的下宅用于居住。 这里真可叫"城中之城"。 庭院深深深几许，迷花玄境费思量。

　　我望着这些建筑，看到楼顶有青铜色圆形塔楼，与平直秩序的建筑，形成差异中的均衡之美。

　　我的脚下是砂砾的土地，里边非常阔大，想当年，这里是军队集合列队的阅兵操场。 英俊的年轻军人，刚毅的面孔、骏马待发，刺刀明亮。 正是在这里，茜茜公主克服胆怯，用她柔美而又坚定的声音，向军队的将士、向奥地利臣民铿锵有力地宣讲。

　　我望着这宽敞无比的地方，想象着茜茜公主明眸净面，正牵着儿女在夕阳下散步；想象着她在极端郁闷中，会躲在僻处的树丛轻声啜泣。

　　这些，都是想象，而且是通过电影《茜茜公主》、通过施奈德的精彩演出而进行的艺术延伸。 施奈德与茜茜公主，两个绝色美女，她们的命运有着奇特的重叠。

　　站在霍夫堡皇宫，似幻似真的场景仿佛历历在目。

　　1938 年出生的施奈德，当她 17 岁那年出演电影《茜茜公主》女主角时，她禁不住激动到战栗。 她说："这个角色嵌入了我的皮肤。"施奈德有着玫瑰花般的面颊，眼睛时而纯净如白云蓝天，时而又调皮生动如塬上的小鹿。 她的父亲是奥地利人，母亲是德国人，她演绎这部电影，有人甚至说她在帮助德国和奥地利恢复破损一地的民族自信心。 施奈德的盛世美颜，还有她自然流畅的表演，让茜茜公主重新复活。 电影空前成功，她也成为影坛奇迹。

美丽的女人总也难逃情感缠绊。 她20岁那一年，与23岁的大帅哥阿兰·德龙在电影《花月断肠时》相遇相恋。 她爱得过于痴情，却不料等到的是阿兰·德龙另娶别人的消息，5年的感情一笔勾销。 女人经不起这样的情感折磨，她不知道自己该怎么熬下去。

在极度灰冷绝望的情感空窗期，她与柏林剧院并不怎么成功的导演梅恩结婚。 1966年生下儿子以后，她的愁肠百结才得以片刻舒展。 施奈德内心仍爱着阿兰·德龙。 而阿兰·德龙欣赏施奈德自然无饰的表演，他又邀她演了几部电影，两人之间有着非常微妙的感情勾连。 1975年6月，施奈德与梅恩离婚。

与施奈德没有关系，但前夫梅恩的自杀让她痛苦难安。 更要命的打击还在后边。 她的独子因一场意外离世。 这对母亲来说，是摘了她的心，蚀了她的骨。 施奈德已经无法振作，她酗酒，消极，44岁盛年的她心跳骤停，终于到天国得以解脱。 面对施奈德的命运，人们只能惊叹她在复制自己饰演的茜茜公主的人生。 茜茜公主生于1838年，施奈德生于1938年，两个相差近100年的女人，分别代表着19世纪和20世纪的惊人美貌，也有令人艳羡的身份。 可她们都不愉快，活在压抑、痛苦之中。

我站在霍夫堡宫，似看到窗口掩面哭泣的茜茜公主。 强势的婆母把她生育的三个孩子都强行带走，她不再有作为母亲的辛苦和欣喜。 她只能远足，一次次离开皇宫，在别处让灵魂麻木，以忘忧愁。

她再一次遭受的不仅仅是忧愁。 她 51 岁那年，30 岁的儿子鲁道夫开枪自杀。 她来到世上，为什么要经历如此巨大的痛苦。 她不想再回到皇宫，弗兰茨的怀抱也不再温暖。 她死于被无端刺死，又是一种命定的安排。

施奈德与茜茜公主都有惊为天人的美貌，命运又都是如此悲惨。 这一切只能归为天命，否则无法解释。

光彩夺目、令人艳羡的女人，能完美走好自己的一生吗？ 不知道。 我望着夕阳中的皇宫，似乎看到路易十六的皇后安托瓦内特。 她也在这座皇宫出生，她的父亲弗兰西斯在 1745 年加冕为王，他的才能更适宜做企业而疏于政务，安托瓦内特那意志坚强、目光高远的母亲特蕾莎便实际当政。 虽然特蕾莎实际上没有加冕过皇位，但后人及史书都称她为特蕾莎女皇，安托瓦内特长成美女以后，嫁到了法国，成为一代皇后。 可她却在席卷一切的法国大革命中，同丈夫路易十六一起被押上绞架，成为断头皇后。

关于特蕾莎，奥地利人以她为自豪和精神楷模。 走在奥地利，在重要的建筑群，你会看到一个或骑马、或矗立的女性雕像，她就是玛利亚·特蕾莎。 特蕾莎看到丈夫无心政务，发现自己必须责无旁贷自觉奉献秉资独异的政治才华。 她太了不起了，她的判断理性而清晰，从丈夫登基的 1745 年，到她去世的 1780 年，她为奥地利忠心耿耿服务 35 年。 她凭着高贵的责任感，仁慈的心地和工作能力，掌舵着奥地利的航向，让它不至于走歪。 关键是她有面对失败的勇气。 很多人面对挫折和失败，是怯懦、沮丧和绝望；而她不是，正是在疾风劲雨中，才看出她意志坚毅的一面。而她却又是一个不偏颇不乖戾的人。 她生下 16 个子女，用异常多的责任抚养教育他们。 她钟爱丈夫，允许他的任何荒唐举动。 她的夫婿 1765 年 8 月逝后，儿子约瑟夫继位。 同年年底，特蕾莎与儿子约瑟夫发表她共同参与摄政的宣言。 她不是不信赖儿子，而是不能拿奥地利当一块试验田。 满脑袋装着法国启蒙主义思想的儿子追随着俄罗斯开明君主专制的叶卡捷琳娜大帝。 特蕾莎知道治国不能靠观念，叶卡捷琳娜有观念，也有太多的变通与妥协。女人治国，比男人更多依靠经验的实用性，而不是理想主义的华美辞藻。

她每天的生活都无松懈，睡得晚起得早。 她怕过多的睡眠耽搁她每天的计划："睡觉费了那么多时间，我不得不怪自己。"她凌晨醒来，想到有那么多没干的事，想到人生苦短，老之将至，常常为此悲伤而惊怵。 她以为凭借自己的钢铁意志可以不老不死，但肉身之人终有限度。 1780 年 11 月，她被大雨淋湿了，回到皇宫总是咳嗽。 不就是淋了雨吗？ 她没觉什么。 她无法想象死神在这年 11 月 29 日降临。 她在不甘中咽下最后一口气，逝于霍夫堡宫。她没有亲眼见到自己的女儿安托瓦内特被押上断头台赴死，这也是一种安慰。

名女人也会死，只是死的情况不同。 但所有的人，无论名人还是普通人，无论男人还是女人，他们这一生都有那么多难过、挫败与煎熬。 想到此，我们是否可以在难挨时分稍许解脱？

曾经走在大街、里巷、宫殿的人们，都已随风飘逝，我很奇怪，维也纳嵯峨壮美的皇宫、精雅俊秀的歌剧院、金碧辉煌的教堂、引人入胜的罗马拱廊仍保存完好。 人，好像活不过物。 我漫步在维也纳街头，心想，在最残酷的二战中，维也纳这些外部建筑何以躲过劫难？ 这一切，真也说来话长。

四　这个城市躲过诡异的劫数

茜茜公主的丈夫弗兰茨·约瑟夫皇帝 1916 年去世以后，他的侄孙登基，当然，不久，1918 年第一次世界大战结束，作为战败国，延续多少年的奥匈帝国土崩瓦解，奥地利和匈牙利分成两个国家。 奥地利再无往日的荣耀，哈布斯堡家族除了双鹰的徽章还存在，其他的都已淹没在历史的无情旋涡中。

同为一战的战败国，奥地利偃旗息鼓忍气吞声，可德国却在不服气、憋屈和愤怒中等待一个疯狂的机会。 那个奥地利籍、已成为德国公民的民族主义者希特勒，他在慕尼黑发动未遂的啤酒馆政变，谁都认为他这是胡闹、是荒唐，可他竟然在公开的选举中，诡异地登上了德国最高权力位置。 德国人心存屈辱，以为这个发誓要将德国引出泥沼的狂热民族主义者希特勒，可以帮他们报仇雪耻。 乖戾、偏执、疯狂、残酷的希特勒欲以称霸世界。 他是如何对待自己的母国奥地利的呢？

20世纪30年代初，奥地利同样有狂热的法西斯分子，他们倒向德国。英国、法国早已抛弃了奥地利，而同属日耳曼民族的奥地利，一开始大多数人对希特勒持欢迎态度。

1938年3月15日，希特勒照样毫不仁慈地入侵了奥地利，他当然是想扩大德国版图，吞并奥地利。但他不会像对待别的国家那样，通过狂轰滥炸让那里变成一片废墟。希特勒很聪明，他将奥地利变成了自己重要的民用和军事生产基地。他在这里建立了石油、橡胶等生产基地，在这里有战机生产基地，有武器组装工厂，有交通运输线。

奥地利的城市建筑以这种屈辱而诡异的形式保留下来。正如我们在捷克的布拉格游览时，也发现他们那里的城市建筑毁坏得不是那么严重，皆因二战时，希特勒占领捷克的布拉格苏台德地区，也是将那里变成一个自己的供给地。

反希特勒的国家当然要消灭德国纳粹的军事生产线。美军在1941年以后欲以摧毁之，但他们也只是派飞机轰炸了维也纳新城，古老的美好建筑仍然得以幸免。

人类曾经在荒芜之地，用双手拨开榛丛，搬走石块，在这里建起美好的家园。但有的时候，美好事物有其易碎性，比如，羽翼般轻滑柔润的丝绸，吹弹可破、细腻别透的瓷器，似乎无法与坚硬的钢铁、无情的斧钺、燃烧的火焰相抗衡，后者很可能一下子就会摧毁、砸碎、烧尽前者。在掌控权力者那里，如果他有坚强意志，灵魂又被魔鬼攫住，那是人类无可逃脱的劫数。

我从萨拉热窝走到维也纳，已经不是在单纯地旅游，而是在重补历史之课，重新了解已经发生过的历史事件和它对当代的启示。虽然萨拉热窝拉丁桥上的血渍早已洗净，而那震惊世界的一战永远无法抹去；虽然哈布斯堡家族的鹰早已躲在幽僻的岩洞缩头不出，天穹中不再能看到它骄傲飞翔的身影，但那帝国的骄阳仍露出难以掩住的夺目的光芒。

　　虽然人类因性情的真实经历着无数的喜怒哀乐，也经历着作践和自毁，但生命从来如涧缝间的野草，生生不息。死去的，又会活转而来。人类的真实性心绪，只为故事与传奇增添着素材与佐料。

铁的血

一　花房

我们的车子赶到贝尔格莱德时又是傍晚时分，必须赶在花房闭馆前入馆。还好，一切都还顺利，离闭馆时间还早，参观的时间比较宽裕。

花房，原来位于贝尔格莱德近郊；但是现在已经比较接近市区了。这里躺着前南斯拉夫社会主义联邦共和国的终身总统铁托。

穿过一片树林，然后走到草坪的弯曲路径，再走过高高的台阶，便见喷泉和雕像。进到一排不算高大的建筑物，红毯铺地，停着一个灰白色大理石棺椁，棺椁前没有太多的修饰语，只写着铁托的名字和生卒年月。 在铁托石棺的左边，有规格小一些的同样灰白色大理石棺椁，这里安葬的是铁托最后一任妻子约万卡。

我发现，在凭吊参观铁托之墓的游人行列里，中国人可真不少。 但凡有些人生经历的中国人，谁不知道南斯拉夫铁托首相呢？ 知道他的血是热的、骨头是硬的。 他的一生如同他的名字的隐喻，铁骨铮铮的男子汉。

我伫立在铁托墓前，感慨非常之多。

地下躺着的这个男人，经历了太多的挣扎、苦难的人生，在血腥残酷的战争中死里逃生，在敌对者林立的内部和外部世界，他又是怎样熬过来的？

我了解我个性中的荏弱，对外部的訾言、挑衅、磨难等刺激总有心脏承受不了的惊惧感。 因此我学会的总是躲避。 当然，后来知道逃跑主义行不通，只能在行动上试着解决，在观念上学会解脱。 我注定是一个胆怯、卑微的人，害怕承受意外与不幸，想到的唯有自保。 我是一个女人，生在和平年代，对于大风大浪、战火弥漫，心里充满惊恐不安。 躺在地下的这个男人，是怎样一步步挺过来的？

旁边陈列馆和纪念馆的墙壁上，挂着铁托的照片。 照片上的铁托，眼神坚毅、威严剽悍。 生前，他是个阳刚气概十足的性感男人，又酷又飒。 多少女人会爱上他。 他可不仅仅属于女人，也属于历史与永恒。

一个男人，他不仅缔造了一个国家与民族，而且缔造了一个联邦制共和国，他钢铁般的豪迈意志，让他活着的这一段，留给南斯拉夫以传奇。

待铁托1892年出生于克罗地亚一个贫困的农家。他当过放牛娃、在饭馆当过招待员，也进工厂当过学徒。贫困会扼死一部分人，贫困也可能会玉成一个人。这也就是我们中国人常常说的：故天将降大任于是人也，必先苦其心志，劳其筋骨，饿其体肤，空乏其身，行拂乱其所为，所以动心忍性，曾益其所不能。

待铁托长大，18岁时，他加入社会民主党，在工人工会里工作。1913年，他被征到奥匈帝国的军队服兵役，1914年第一次世界大战爆发，他自然被派往前线作战。1915年他因负伤到了俄国。

战乱兵燹，艰辛而又复杂的人生经历，让铁托从众人中脱颖而出。这个英气勃勃的年轻人，日益成为耀眼的政治人物。1935年，化名"瓦尔特"的铁托，赴苏联到共产国际工作。1937年，南斯拉夫共产党总书记戈尔基奇神秘失踪，铁托被派回国主持南共中央工作。1940年在南共五大会议上当选总书记。这一段时间，正值第二次世界大战，南斯拉夫绝无幸免地被卷入残酷激烈的战斗中。铁托领导着反法西斯的战争，他创立了第一支正规军队，任总司令。他身先士卒，指挥着7次战役，他是总司令上前线负伤的第一人。

铁托为中国人所知道所敬佩的还有，他是敢与社会主义阵营中的老大苏联叫板的人。1948年，铁托实在受不了冤枉气，他与苏联决裂，准备找一条适合本国发展的道路。我们中国，在20世纪

50 年代初，也与苏联发生龃龉，分道扬镳。

个性倔强的铁托，凭着意志力、出色的治国理念，以及独特的个人魅力，他硬是将一个宗教教派繁复、意识形态纷争严重的多民族国家领上了一条富裕强大的道路。 在他治下，六个加盟共和国斯洛文尼亚、克罗地亚、波黑、黑山、马其顿、塞尔维亚以及两个自治省组成了体量庞大的南斯拉夫联邦社会主义共和国。 现在争议极大的科索沃地区原先也归南斯拉夫。 贝尔格莱德是南斯拉夫的首都；现在，贝尔格莱德是塞尔维亚的首都。

如果铁托地下有知，他肯定不高兴。 作为克罗地亚人，他一直从各方面给克罗地亚以实际好处，对占大多数的塞尔维亚有所钳制甚至打压。 他在世时，因其个人威望与威慑力可以让不服气的塞族人屈服；但他之后，一切就改变了。

如果铁托地下有知，他肯定会对 20 世纪 90 年代初南斯拉夫的解体，被分裂成 6 个小国家感到痛心疾首。 但他已经作古，什么都无可挽回。 他的身后，只能听凭洪水滔天。

天色渐渐黑沉下来，环顾着肃穆庄严的花房，电灯拧亮了，不再有阴森之气。 我仍然在心底发着慨叹：纵是如此伟岸骄傲的一代英主，他也无法抗拒时间的有限性。 对于这个枭雄来说，他有太多的不甘，有太多的事情没有做完。 留给他活在世上的时间多，他才能做更多事。 人总是要死的。 人不到花甲之年，无法真切体会岁月匆匆的含意，无法体会面对有限生命的虚无、紧迫和无奈感。 我现在却对此有着深深的体会。 一切还没有开始就要结束了。 物器比生命还要持久啊：抚着周围的一切，衣着、首饰、书桌、床榻、灯盏等，这可都会比我的生命长久，无生命的器物比有生命的肉体更长久。 在一个人停止呼吸以后，只能化为一缕青烟远逝；而这些物什，你只要不扔不动，它会在相当长的时间摆放在那里。

铁托在世时即使拥有一切，也终究难逃必死的命定。 他有太多不甘哪！

我往左边铁托夫人约万卡的墓前走过去。

她的棺椁规格小了一些。 躺在这里陪伴铁托，是她的夙愿。1952 年，60 岁的铁托与 28 岁的约万卡正式结为夫妻。 先前，他们已经认识了很多年，那是战争中结下的情感。 约万卡二战中在部队当护士，看护过铁托，后来成了他的私人秘书。 这个黑发盘髻、丰腴蓬勃、细心周到的女子，是铁托离不开的人。 从此，她陪伴铁托 28 年。 在国际政治舞台，她在铁托身边，两个人犹如剑与菊、铁与梅。 铁托 1980 年死后，约万卡的日子就不大好过了。她被诬以策划政变、妄图推翻铁托，然后遭软禁。 她怎么可能策划推翻铁托？ 没有铁托她只是个小护士，不会拥有更多的东西。厄运中她很坚强。 她住在简陋的、冬天没有暖气的房子里。 她目睹了南斯拉夫的解体，心中不知作何感想。 后来，她的政治环境和生活待遇得到一定程度的改善。 可能人们又一次记起了铁托在世时南斯拉夫的强力与尊严，并且生出恻隐之心，记起了他的遗孀。 2013 年 10 月 23 日，约万卡 88 岁高龄去世，就葬在铁托身边，葬在她一生挚爱的这个男人的身边。 他们夫妻两个都活到 88岁，算是冥冥命运的安排。

花房到处传来阵阵幽香。 这是铁托生前栽培的花卉吗？ 晚年，铁托喜欢来到这里，自己种花除草浇水。 在劳动与大自然中，他享受另一种放松下来的惬意。 1975 年他 83 岁，自知死神会随时降临，他立下遗嘱，死后不再修建陵墓，就在德迪涅花房安葬。 他死于 1980 年 5 月 4 日。

铁托的影响力实在是太大了，其葬礼之隆重几乎是空前绝后的。 128 个国家 209 个代表团前来参加安葬仪式。 1980 年 5 月 6 日，中国最高领导人，时任中共中央主席、国务院总理华国锋便率中国党政代表团前往南斯拉夫参加铁托葬礼。 中国与南斯拉夫在社会制度和意识形态方面都有很多相似之处。 以前，两国交往并不频繁，中国进入 1976 年的改革开放新时期，中南两国关系骤然升温。 1977 年 8 月 30 日至 9 月 8 日，铁托访华，成为当年历史上的大事件。

铁托的葬礼上，他的朋友来了，他的敌人也来了。 一个男人，当如铁托。 他的顽强意志力和人格魅力，让见过他的人都久久难忘。 他对内搞活经济，让人民过上好日子；他对外不卑不亢，从不屈服于强权者的淫威。 这种男人太少见了。 他的敌友都对他由衷敬佩。

参观完花房，天色渐晚，我们入住贝尔格莱德市区不错的酒店。 然后，大家到顶楼的旋转餐厅一边用餐，一边欣赏着城市夜景。

二　铁匠铺

兜兜转转，还得再说回萨拉热窝。

如果我们到东欧游览，怎能忘记去找寻萨拉热窝的铁匠铺？南斯拉夫电影《瓦尔特保卫萨拉热窝》留给我们的印象太深刻了。在幽暗的铁匠铺，闪着蓝靛和橘黄色的火光更显夺目。那满脸汗渍的铁匠，正一锤一锤锻造着抵抗法西斯的武器。铁花迸溅，照着他们瘦削刚毅的面容。在中国，只要略有阅历的人，都无法忘掉瓦尔特，无法忘掉南斯拉夫电影中的铁匠铺。

走过几条街衢，来到一条银饰街。在一个店铺的玻璃窗前，我们看到张贴着"欢迎中国朋友"的纸板，纸板上写着："这里就是电影《瓦尔特保卫萨拉热窝》当年的拍摄现场。现在这家店铺的老板，正是当年影片中铁匠的儿子。"当年的铁匠是素人，不是专门的演员，他留下的正常打铁工作照，成为电影中的重要镜头。

早在 20 世纪七八十年代，南斯拉夫已拍摄了不少脍炙人口的关于二战题材的电影，它不仅引人入胜，还有恢宏的史诗般意味。许多的经典之作，如《夜袭机场》《苏捷斯卡战役》《67 天》《南方铁路之战》《桥》《瓦尔特保卫萨拉热窝》《黎明前到达》等影片，都令人难忘。

对于中国观众来说，《瓦尔特保卫萨拉热窝》可谓是耳熟能详。 大家不仅看一遍，甚至是看多遍。 剧情本身就够有意思：1944 年，德国法西斯已初现败象，但他们仍负隅顽抗。 故事就从这里展开：柏林当局命令 A 兵团从希腊和南斯拉夫火速撤退，但是需要把燃料从萨拉热窝的燃料基地运回 A 兵团。 萨拉热窝抵抗运动游击队长瓦尔特与他的战友们，必须阻止敌人的阴谋得逞。 他们斗智斗勇，派间谍打入敌人内部，最后挫败敌人，取得胜利。

瓦尔特，一个沉着、冷静的军人，一个如高山峻岭般的男人形象。 他是铁托，又是千千万万南斯拉夫抵抗者的形象。 二战结束后，铁托之所以受到人们的尊重，正在于他绝不屈服的精神意志。面对强大的似乎不可一世的德国法西斯，东欧的许多国家选择不抵抗，缩成一团，任人欺凌。 铁托的骨头是硬的。 若是抵抗是死，不抵抗也是死，那何不选择抵抗? 有尊严、有血性的死，比畏缩软弱的死更有价值。 说不定，抵抗的结果是获得生路，可以活下去呢。 这是作为男人的铁托面对强敌的心理能量与逻辑。 许多人的抵抗，才最终抑制了法西斯这一恶魔在世界上肆意施展邪恶手段的可能。

那时，南斯拉夫拍摄的以二战为背景的电影，是又多又好。它有着紧扣人的呼吸吐纳的节奏进展、紧张刺激的起伏情节、栩栩如生的人物形象。 敌我双方在残酷中的较量，配以铁血野猎的画面，将诸多电影暴力美学元素运用得当，并且有创造性艺术展现。南斯拉夫许多二战片，已成为世界电影史上的经典之作。

我们因电影而寻找当年的真实场景。 一切似曾相识，却又时过境迁。80年岁月已经远去，曾经为前线锻造武器的铁匠铺现在已成为银饰店。铸剑为锄、化铁为银，也许正是和平环境的写照。

我们进到这家银饰店，玻璃橱柜摆放着、墙壁吊绳悬挂着的都是银饰制品，有我们女人喜欢的耳坠、戒指、项链，也有各种花纹大小不一的托盘、茶具和日常器皿，琳琅满目，美不胜收。大家都挑选了自己中意的物件。我买了好几对耳环，价格都不贵。这么便宜的价格让人惊讶。东欧的经济增长不算太快，便宜的价格，维持住店铺的生意就行，这便是人们祈盼的。

出外走了一圈会发现，如猛兽般呼啸向前的经济发展只有在中国才能见到。国外的经济增长点都已进入瓶颈。但我们中国能一直不停地发展吗？按正常的经济规律来说，这根本不可能。我再一次发现，我们生活在中国经济高速发展时期的人，已忘掉贫穷、匮乏是怎么回事，我们以为好日子会一直这样下去，生活可以一直富足、丰裕下去。没有忧患意识的我们，提前耗蚀着大量资源，在吃穿用度上不知节俭，太浪费了。

街面上的银饰店没有专门的售货员，你去看这些物件时没有人向你推销和解说。店铺一边，有坐在矮凳上正低头制作银器的工匠。你挑选好了，告诉这个工匠收钱就是。这些工匠中，有年轻的，也有年纪大一些的。尤其年长者，我发现他们个个都像教授，沉着儒雅，风度翩翩。

我走到一个穿绿衣服的小伙子身边，想给他拍张照。他停下手中的活计，一边微笑着一边拿起一个正在制作的银盘让我拍照。他乌黑头发，眼眸晶亮，很帅的一个小哥。

在东欧地区，我发现男人们都很好看。他们很少发胖，大腹便便者并不多见。这里的男人无论年长年轻，大都身材匀称，属于比较男人的造型。

现在，他们守着一个银铺，一推一磨、一凿一锤正在制作美学生活的饰品。他们神情专注、动作稳健，在他们踏实耐心的劳作中，那闪着锃亮晶莹光泽、雕出细腻生动花纹的银制品呈现在世人面前。当年打铁的、端枪的粗黑大手，已成为雕琢银器的灵巧之手。这是和平年代给予男人的馈赠。男人健壮蓬勃的身体与生命，不是一定要在硝烟烽火中化为一缕炮灰，那样就太不人道了。

望着夜光中璀璨的银饰一条街，我眼前幻化出的却是波黑战争中燃起的熊熊烈火。

铁托死后 10 年，群龙无首。因民族矛盾、宗教争端和领土掠夺，南斯拉夫在分裂中被卷入内战。1992 年 4 月至 1995 年 12 月，三年多的波黑战争爆发。这是自二战之后欧洲发生的规模最大的局部战争。除了战士，平民也在战争中丧生。波黑地区原有 430 万人，死亡人数 27.8 万人，加上失踪的 2 万人，几乎有 30 万人死于战争。

我们行走在波黑地区，不时会见到被炮火摧毁的房屋和商店，那些断壁残垣还留有火炙的赭黄与焦黑，如无法医治的疮疤裸露在人们的视线中。宗教让人祈祷与热爱，但因某种不宽容，也生出冲突与残酷。教堂的墙壁和门廊前，不时可以见到弹孔的凹陷。血渍已洗净，生命无法转活。

三 莫斯塔尔桥

在波黑地区的莫斯塔尔桥上，一个身材干练、精瘦而性感的年轻小伙子正站在高拱处的桥栏上。 他裸着全身，仅着红色三角裤头。 他手里拿着一个托盘，谁往盘子里投放一定数额的钱币，他就从桥上往水里跳。

阳光下，他的身体闪着赭色的光。 他笑着，露出雪白的牙齿。 西方男人的面容大都显得比较单纯。 有人说，这是因为他们很少有人伦关系的纠缠、暗斗，他们若是冲突便开打，不藏不掖，久而久之，形成了某种透明的个性。

人群中一阵轰动，有人说小伙子跳水了。 桥离水面很高，我们忙着拍照，没有看到他跳水的那一刻，低俯下来，只看到他在河水里往岸边游划的身影。

我看着这座大桥。 它曾经在波黑战争中被炸毁；战后，人们从河里打捞起石头进行复原重建。 这些石头长条形状，黄白色，坚硬光滑，漂亮得犹如美玉。

抬头看桥的对岸，有建筑物，橘黄色斜坡屋顶。 蓝天白云之下，不远处的山峦，灰蒙蒙一片，几乎不见绿意。

这里盛产石头，所以我们看到铺砌桥梁的条石都是又结实又耐看。 石头留下永恒。 我们看到的是许多年的石头，它依旧存在于世界某个地方，不曾泯灭。 战争可以将一座石桥摧毁，可石头炸不坏，捡起来依旧可成为复原成桥的材质。

那曾经历战争的人，有的已经死了，有的活下来。 站在桥上跳水谋生的年轻人，可能正是战争幸存者的后代。 死了那么多人，但只要有偶尔活下来的，生活要继续，生命也会继续。 一批批强健的男人和美丽的女人又茁壮成长了，生命不息的奥秘就隐藏在这顽强存活的基因、族群里。

可是，下一代又该怎么活？

这个年轻的小伙子在他生命最为蓬勃耀眼的阶段，用自己的身体来换取谋生的食物。 他仗着现在还年轻、血气方刚，还可以用这刺激的举动赚些钱。 他没有考虑过这高空一跳，河水的击打碰撞会对他造成伤害，人体是肉身而不是橡皮。 他顾不上想这些，不会计较日后可能发生的不好之事。 眼下，阳光中性感男子，给人以生命的美好赞美与膜拜。 但人们，连同小伙子自己，都不会未雨绸缪，去考虑日后的潜伏危机。 我十分心疼同时也十分矛盾地望着这个小伙子：他日后会留下身体隐患吗？ 可他现在又不得不这样做。 人们如果因为不忍他身体受伤不给他的托盘里放钱，他就没有收入，就断了谋生的路。 就像我们在国内游览攀山时，那些轿夫等待你坐上他们的轿子，如果你说他们攀山越岭抬着人太辛苦了，你因为觉得他们辛苦拒绝坐他们的轿子，那么，他们就不再有营生。 苦命人从来不拿力气当回事。 可他们在耗干力气血养之后，身体就坍塌了。 原先挣的所有辛苦钱都不够治病的。 这值当吗?

要知道，能够预先考虑到日后潜伏危机的人，都已经有了自主意识，有了诸如感觉、追问等精神思考，他们不再仅仅用身体去换取资源。他们懂得掌握除身体之外的延伸性权力，并运用这种延伸性权力让自己在政治上获得自由，在经济上获得自在。反过来说，如果他们滥用了这政治和经济的权力，天道有眼，这已获得的又将被收回。他们的下场会比普通的质朴之人更不堪。

到了我这个年龄，深知人这一生何等不易。人生苦短而又漫长。一个人不知因为什么原因就会遭遇天灾人祸的威胁。瘟疫、疾病、饥馑、旱涝、海啸、地震、兵燹、战乱，数不胜数；一个人得有多少能量和上苍的护佑，才能不会一下子倒毙。寿终正寝的，是有福之人。

但每一个人，他每天清晨睁开眼睛的刹那，总是想着要如何恢复日常生活的勇气，如何活下去。西方也许有宗教，这在信仰上解决了生死的困惑。可上天堂的死仍然比不了在人间磨难的生。

在桥墩这一端的长廊，游人休憩着，拍照留念。有两个当地的年轻男子正嘻嘻地逗趣；角落中，有一个女孩正在专心地临摹着远山、近水、屋宇和塔楼。在石头的牢固和钢铁的坚硬中，女人如花一般存在着，给世界以增加而不是减损。

她们的存在，是铁与血中最后温柔的玫瑰。男人们无论怎么折腾，因女人的存在，历史与种族就有了连绵不绝的保证。

像羽毛一样轻盈飘飞的巴黎女人

一　巴黎街头的女人

走在巴黎街头，迎面而来的法国女人，很少见到臃赘的、腰身粗圆的胖子；当然，男人中大腹便便者也很少见。这个老牌帝国、时尚之都，但见缤纷光晕、衣香鬓影，街头、咖啡馆、购物商店，塞纳河畔到处都有让人目光移不开的妙人。

我的目光，没有朝向年轻的新生代，那自然天成的蓬勃生命之美，在天地之间无法阻遏地茁壮生长。我格外注意的是那经历岁月沧桑、有一定年轮刻痕的女人。

我望着对面走过来的已见出岁数的这个女人：她起码要有 70 岁了，个头不高，赭色头发已经泛白，在脑后盘成高髻，额前干净，面容恬淡。　这是 10 月，她穿着质地良好的卡其色风衣，一条花色沉稳中带着绚丽的围巾轻轻绕颈；西裙，露出小腿；一双黑色半高跟皮鞋，笃笃踩在石子铺就的路面上。

　　又见到两个女人，她们边走边聊，神情平和。　一个穿着黑色圆点的厚呢长裙，大红色珠子穿成的项链挂垂胸前；她的耳坠是红色，皮鞋也是红色，黑与红非常耀眼，但十分和谐，有一种沉静中的夸张。　另一个，穿着有些小喇叭的黑色西裤，紫色皮质短褛，卡着腰身，看起来非常飒。　她戴着白色大颗珍珠耳环。

　　巴黎街头的女人，并不年轻。　也许年轻女子正在工作，她们没有闲暇在这个上午逛街。　那么，在巴黎街头走着的，多是些有闲又有历练的女人了。

　　很少见到三人以上的。　一个人；或有伴儿，男伴或女伴，她们不喜群体行动。　一个人，是常态；两个人，或是闺中密友，多年的情分积蓄到晚年，彼此给予光照和支撑。　特别孤独的时候，至少可以聊聊天、逛逛街。　若是一男一女的，那是风雨走来的配偶，或是总也放不下的老相好。　我在巴黎的一个里巷，看到一对中年男女在那里热烈亲吻。　女人踮起脚，闭着眼睛，吻得缠绵而投入。　男人当然也是，他紧紧搂住女人，仿佛成为一体。　巴黎人讲求爱，时间与岁数从来不是阻碍；相反，这一切将成为燃烧激情的助力。　为什么不呢？　面对即将和正在到来的灰颓光景，如果有一个令人心神着迷的异性伴侣，为什么不去宴享当下？　是的，只管去宴享当下。 情感如此，穿着也是如此。

那闪光的首饰、漂亮的衣服，干吗还要压在箱箧，还以为有更隆重的节日去展现吗？ 当下，即使在巴黎街头漫步，都是重要的节日，绝妙的舞台。 一切都是活在当下。

我追逐着巴黎街头有历练的女人。

即便已入暮年，她们也总是腰板挺直，脚步有力。 她们的面孔，有些虽然已长出皱纹，但那小脸依旧紧致，下巴线条清晰，没有脖颈和下巴连成的赘肉的混浊。 女人的脸上，有种谦和的浅浅一笑，迎面走来时，她不一定与你直视，但那余光眼角，多是善的和煦，而不是面对陌生人时露出的粗疏狞厉。

我们参观巴黎圣母院、协和广场、香榭丽舍大道、安放拿破仑陵墓的教堂、老佛爷百货，总是被那饶有意味的女人所吸引。 我在老佛爷百货买了一件藏青色薄呢大衣，旁边也有一个法国女人在挑选，她的食指和中指都戴着华美的戒指，有金子的也有钻石的，当她手臂伸出，一道炫目的弧光闪过，令人惊艳。 你丝毫不觉得这繁复而又装饰感强的首饰俗气，只觉得漂亮和贵气。

我在惊叹，巴黎女人，她们经历了生命中的许多岁月，不可能一直养尊处优，一帆风顺，她们何以有强大的内心力量，可以拂去覆盖在身上的种种尘埃、垢土与瓦砾，然后像羽毛一样轻盈飘飞?

有人说，岁数大了，有啥看头? 要么是筋筋拽拽、皮肉分离的憔悴瘦削；要么是油腻满腹、蹒跚跟跄的滞重呆板。 一般的人都会认为，人老了，就成坍塌的老墙、枯萎的花瓣，一场狂风暴雨袭打，就成废墟和花泥了。 法国女人偏不要这样，就是要美给你看。 你说深秋到了，可这是耕耘过后收获的季节。 稼穑收割归仓、场光地净，你正可以手心放着几粒新稻，嗅着阵阵馨香，自己可以拾掇清爽，品咂各种人生意趣。 这时候，已入暮年，不必唏嘘，只有庆幸，庆幸责任已经尽到，义务已经完成；不再愧疚于谁，也不再忧虑对这个世界还要有所馈赠。 那惦记和惊恐都不必了吧，人要从容享受生活本身了。

可多少人能想到、做到呢?

我这些天来，状态不是太好，整个人滞重消沉，打不起精神。我深感年纪既长的无奈与恐惧，人活在不自信的怪圈中。

也因此，当在巴黎看到那甚至比我更年长的女人，看到她们晶莹如美玉的脸，看到挺拔向上的精气神，我受着深深触动。

大学时代，教我们外国文学的侯焕闳老师说过的一句话我至今记着。 他在讲某一作家作品时说：

年纪大了些的人，无论男女，穿着方面一定要更高级、更漂亮。 上了年纪，已见出下降的颓势，哪里都灰扑扑的，不再闪烁光芒，如果你穿着邋遢随便，会让人在心里鄙夷。 人越上年纪越要讲究服装质地的精良、剪裁制作的细致、款式风格的经典。 人靠衣裳马靠鞍不是没道理的。 人已灰颓，必须有光鲜衣着撑持。以貌取人不该被贬损，衣貌的线索处处透着人的修为与修养。 得体漂亮的衣饰，给人以体面与自尊。

回国以后，我一直在对这个问题进行思索。

二 人为什么会变得丑陋起来

面孔、肢体、形象，包含着意识形态特征，记得批评家南帆很早在一篇文章里就涉及这个问题。

现在，大家不知发现这个现象没有：除了活跃在影视圈的偶像明星，很难找到那让人看着舒心、提神的面孔，很难找到优雅、潇洒的形容了。有人说，现在的人比过去变丑了。过去，生活条件、生存环境都不是很好，却仍然有令人赏心悦目的面容。这是怎么了？单说知识分子吧，20世纪初，也就是民国时期，我们从胡适、戴望舒、徐志摩，从许多人文与科技知识分子那里，还可以见到虚静儒雅文质彬彬的模样；但是现在，你发觉在这个群体中，面孔形体都在改变。粗俗、庸拙、蠢相出来了，让人实在不敢恭维。这个群体，原本要过的是沉思静朗的内心精神生活，洞明真相，守住灵魂，他或她在日夜淬炼，包含着自由境界的拔擢和外部形体的修为。在福柯看来，关于自由精神的，一定与气质相关，是精神运动及自我呵护在外部的理想呈现，否则，还能是什么？

如果当你发现知识分子都那么混浊、浅陋，你还指望谁来肩起动物界最高等灵长目的人类，来守护自己俊毓爽目的形象？如果说这种形象只能在明星那里去找，但明星又能有几年不凋的面孔与仪态供取我们的想象力飞扬呢？

看看我们自己、我们这些中国女人。年轻的时候，豆蔻年华，有一段自然天成的灵动身段和白皙面孔；但是没几年，就变难看了。她们眼神倦怠、愤怒，皮肤粗糙、灰暗无华，一朵花凋谢得太快了。无论哪个阶层从事哪项工作，就连那些从事教育、文化的女人也毫无例外地难逃此等规律，姣好容颜已难寻觅。

时代的飞速变化，让女人承担得太多，她们心力交瘁，再也无法给这个时代以美的馈赠了吗？

小时候，我在古城可是见到过终老都面孔白皙的女人。我见过同学里不少美丽的姥姥。靳玉、华朵、柳米、李娜娜她们的姥姥都很好看，即使老年，也是馨如丁香、百合。

在古城的街巷里，进一院落，北厢房门口旁侧种着石榴树、夹竹桃、美人蕉和玫瑰花。白皙面孔的姥姥在那里浇花。那时候，我觉得女人老了一点儿也不可怕，美丽姥姥的造型留给了我太深的印象。

那时，大家的生活条件并不是太好，姥姥们却有一种能力，让日子过得熨帖舒服。柳米的姥姥自己种玫瑰，待花儿开放，她便将快要凋谢的花瓣一朵朵摘下来洗净，然后放到一个广口玻璃瓶用糖腌渍。过几天，她取出来，捣泥做馅。我们到柳米家时，总能品尝一口玫瑰花瓣的小包子，那是难得的享受。李娜娜的姥姥，将她们姐妹仨的小衣服叠得非常整齐放在一格格的柜橱里。靳玉的姥姥，世家出身，名门闺秀。她夏天一身白色纺绸衣，冬天黑色缎面中裰，总是威严而飘逸。她的先生是著名书画家，属开明人士，新中国成立后将许多收藏品捐赠给了国家，先生到了市政协工作，家里没受什么冲击。 华朵的姥姥，总是把床单浆洗干净，屋子里散发出皂角的清香气息。

那时的姥姥，她们没有到社会谋职，只是安于自家屋檐，不急不躁，过自己平朴而洁净的日子。 她们没有嫌弃自己是在低的屋檐下，不会时时在焦虑中离巢飞远。 也许，她们习惯了低的屋檐。 不在单位、集体、组织中讨生活，可能没有运动中同事反目相互揭发批判的煎熬，也没有起伏升迁时一惊一乍的惊怵。 总之，她们情绪平和，心态稳定，能够说服自己安之若素，做好家庭的守护神。 最重要的是，她们始终把自己拾掇得清爽怡人，没有耄耋之年可怕的腐朽气息。

那时的姥姥，手头并不宽裕。 但她们若是添置一件衣衫，一定要选一件上好的料子，找个有口碑的裁缝去做。 这件衣服，估计要穿很多年，甚至是一辈子了。 一次，我在华朵家，看她姥姥的衣橱，也就那几件衣服，却都看耐穿。 平日居家她们会穿普通一些的棉质衣衫；若是走亲戚、外出办事却会穿戴整齐。 即使是"兴无灭资"的年月，比较激烈的风头上，她们便装简服悄悄地活着。 时局一旦安稳下来，她们又会头发纹丝不乱、衣服熨烫平展地走出家门。

那时候的姥姥好像没有胖子，她们到老，都是纤瘦苗条的那种。 她们的腰板可能挺不那么直了，但那股子利落劲还在。 她们总是步履轻盈，身段瘦削。

直到现在我才理解，身材好比面容好维持起来似乎更难。 何解？ 面孔姣好，会带有先天秉质的优越。 女人有种种漂亮脸蛋的形容，或可爱，或妩媚，或贵气，搭配合宜的五官，那张脸便有种种的迷人了。 当然，这说的仍然是青春时节。

当然，保持面孔的姣好也不是一件容易的事。 即使是年轻时节，光说眼睛，这是心灵的窗户。 光可爱还不行，可爱而无内涵，没几年眼睛就干涩乏味下去。 眼神显示着一个女人走到成年，必须要有的审美趣味和修炼初衷；年纪稍长，要懂得仁慈高贵的精神指引。 有内涵的女人，眼睛犹如深潭的春水，荡漾着迷人柔波。

还有皮肤。 若说皮肤细如凝脂，那可不是每天养尊处优获得的。 它有上帝对某种女人的偏爱，但更重要的是自己的护惜。 当然，这得有一定财力，却不能忘记还要有心力。 有人会抬杠说，在最低生活水平线下拼命劳作的女人，她们必须蹑手胝足干活，哪有闲心和闲钱去关心顾及自己的皮肤是否粗糙焦黄。 她们没有省心、轻松、体面的工作，你让她们怎么去护理出水光滑嫩的皮肤。如果这样质问，我只能是无语。 因为人的确有差异，出身、遗传、受教育程度、个性秉赋都有差异。 但我们在谈论女人该如何美好地活着时，并不是指有的女人有这种特权，有的女人无此特权。 美好地活着，是每个生为女人的权利。 我们无论做什么工作，在哪个生活水平线上，灵醒一些，懂得思索，仰望一下星空，把美好的生活想象并实践一下，应该是可以做到的。 即使是在底层挣扎的普通女人，比如说我是个乡下农妇，守着灶台，喂猪喂羊，锄草收割；我是一个百货店卖货的营业员，我在工厂流水线上给人打工，甚至我只是做家政的，做钟点工的，我又忙又累，可我能不能在坐下来喘口气的当口，想象一些美好之事？ 如果人有阶层的区分，当以灵性、精神为要义。 抬起头来，仰望一下星空，兴许命运就可以变好。 当然，皮肤能否变好，这又是一个诡异的问题。 但我认为，灵魂是个过滤器，有灵醒的女子，会拨开丛蔓，会一天比一天好，面容与皮肤都会变好。

仍说具体的皮肤问题。 皮肤的保养，固然和财力有关。 不缺金钱的女人，会花重金在皮肤的护理上。 她们不仅做美容的简单护理，还做水磨、超声波、激光，打玻尿酸，埋线、填充，等等。这是价格不菲的深层美容，固然有助于皮肤的一时改善，但我对这些总是敬而远之。 我对任何外部美容手术都心存疑虑与恐惧。

我执拗地认为，皮肤的好坏是人身体健康与否的晴雨表。 内里脉络通畅，没有淤塞堵泄，没有湿寒滞重的女人，元气上升，皮肤才会是通透、光滑、晶莹的；反之，你施以多少外在的美容手段，都只能是一时的，很快，皮肤就会被打回原形。

我再一次说，灵魂是个过滤器，皮肤美好的女人，关键在灵性。

话说吃穿用度。 女人并不是吃很好、吃很多的营养品就可以让自己漂亮。 又想到那时的姥姥，她们的食物很简单，一根胡萝卜切丝可以炒一盘好吃的菜。 用少许的油炒几片葱花下面条，那就香味十足了。 匮乏年景，人吃得不好，这当然不行，但在我们过上富裕的日子以后，饮食上也要适度清淡，不要肥脂厚膏，才会少生病。 那时的姥姥，从不讲吃讲喝。 她们有饭吃就好，饿不死就好。 她们总是手不停闲劳动着，洗汰挪搬，翻晒浆补，劳作中腰身动弹，少量的食物使她们把有限能力都发挥完毕，体内没有多余热能的贮存。 她们一辈子都不浪费食物，从来都是瘦削干练的样子。

说到这里，我想起了汴花的姥姥。 她为女儿、女婿、两个外孙女、一个外孙操持着。 做好一大家人的饭，她总是让别人先吃，她吃的是剩余的。 这一顿没吃完的饭，她给自己吃，她做的新饭给她的亲人。 现在总是有人说吃剩饭不好，好端端的饭没吃完就倒掉。 如今有冰箱，把饭也倒掉，不知这种理念让过惯节俭日子的老一辈怎么想。 那时没有冰箱，汴花的姥姥总是在晚上再加热一下，以防变馊。 她不舍得倒掉剩饭剩菜，总是自己吃。 这个老人照样活到 98 岁高龄。 汴花的姥姥白白净净，总是悄没声响，笑眯眯地在忙活。 人不浪费才有福报，仁慈善良可以积德，可以增寿。 现在我对这些都相信了。

走到现阶段，人有美味佳肴的诱惑，那么多吃食，那么多营养品，人们因此而普遍变得漂亮、挺拔、美丽、健康了吗？ 未必。我们因为文明社会，因为科技发达，从事出力流汗的劳作愈发少了，吃得却是更好、更多了。 一切则是过犹不及。 我们中国人一向饿怕了，后来富裕了，就在食物上不断翻新花样。 可肠胃是有限的，身体有时很是贫贱，消受不了太多的好东西，尤其当支出收入处在不平衡的状态，一切会适得其反。

当然，谁也不想回到过去又贫又苦的日子。 可我们在过惯了好日子以后给自己提个醒，知道身体的内在需求与拒斥，让我们不至于过得那么憋拙，以致没过几年就被莫名的疾病给攫住，不也很有必要吗？ 想到上一辈人的勤俭操持，她们也并非苦大仇深的样子，她们总有一种喜悦感。 这真是需要人们重新思考富足与适度匮乏的辩证关系了。

那么，对比我在法国巴黎街头看到的那具有优雅之美的女人，往昔中国女人的朴素之美则有别于一种文化浸润和历史遗传。

三　女人是男人的幸福之源

依稀记得 2007 年发生在法国的一件事情。

这一年，萨科齐当选法国总统，而后的新闻则是塞西莉亚与他宣布离婚。 塞西莉亚刚刚陪伴萨科齐就职，聚光灯下，她成为令世人瞩目的法国第一夫人。 她随后宣布离婚，仿佛不识趣地要把天下女人都求之不得的桂冠毫不惋惜地扔到塞纳河里，让浪潮将它卷走。 她欲离婚，萨科齐是百般挽留，使尽浑身解数让她回心转意。 且不说要修复感情，一上台就有如此尴尬之事，让他情何以堪？ 塞西莉亚铁了心，全无回心转意，她执意要让自己成为一个不知今后前途何在的孤单女人。

她孤单吗？ 她如果怕孤单，怕自己今后的生活为苦情悲寂所笼罩，她兴许不会做这样子的选择了。 她偏偏是另一种人，认为离婚以后有更合适于她的生活，于她的天性、美貌、快乐以及健康更加有所裨益的生活。 在她这种年龄和段位，其选择绝不是为惊世骇俗，成为第一夫人已经够惊世骇俗的了。 本质上，她只想活成她自己。

塞西莉亚的行为方式，是秉持了法国女人一向遵循的传统。在对女权主义的界定中，法国的女权偏重于感受力的文学艺术层面；美国的女权则在社会政治层面展开，女性权利的争取多围绕受教育和就业方面的平等，女性要求有选举权，以及堕胎的自由；至于英德的女权，则暧昧不清，是个留待深入探讨的问题。

法国的女权主义，是由宫廷和文学一道推动的。

文韬武略的太阳神路易十六时代，征服与武力伴随着奢华与浪漫。 这一时期，氤氲的烟岚缭绕在巴黎的蓝屋沙龙，贵妇们准备好厅房、烟斗与佳肴，才子佳人渐次登场。 这里，启蒙与调情共在，如双重旋风激荡心扉。 法国女人，在款摆腰肢中参与历史舞台的正剧与幻梦。

女人终将会因语言登上历史舞台。

法国大革命前后，斯达尔夫人的《论文学》《论德国》，震撼文坛。 她和拿破仑之间的斗智斗勇，她和思想家贡斯当相互陪伴14年那暴风骤雨般的情感纠葛，成为传奇。

了不起的乔治·桑紧随其后。 她杰出的创造力，不循规蹈矩的生活形态，是后世挖掘不完的言说素材。 她和文学家缪塞和音乐家肖邦的爱情，早已为世人无休止地津津乐道。 但她却不仅仅属于情爱。 与男人的关系是真情，也是借力与道路。 与缪塞的关系，写在小说《他与她》里。 从她 28 岁那年，即 1832 年发表《安蒂亚娜》起，她一生创作颇丰，她与同时代的巴尔扎克有一拼。她一生创作 244 部作品，还不包括别的文学门类。 光是她写下的个人回忆录《我的一生》就有 20 卷之多。 大文豪雨果非常客观地颂赞她的文学成就：她在这个时代有着独一无二的地位。 其他伟人都是男子，唯独她是伟大的女性。 她死于 1876 年，享年 72 岁。这不算太高寿的年纪，不知她那么丰瀚的作品是怎么一字一句写出来的。

巴黎可是乔治·桑扬名立万的地方。 当年，她带着两个孩子离开诺昂镇和丈夫，在巴黎这个自由新天地，着男装、抽雪茄，放浪不羁，引人注目。 她完成了自己，也为法国女人勇敢举起自由的旗帜。

到 20 世纪，法国的女性作家波伏瓦、杜拉斯、尤瑟纳尔大放异彩。 巴黎左岸留下男文人的身影，也留下女作家的身影。 如果你推开铁花雕饰的门扉，在花神咖啡馆，你或许有一阵恍惚：当年，波伏瓦和萨特在墙角一个僻处的桌前一边喝咖啡一边写作的情形是否还有幻象？ 他们订下的不结婚却永不分开的男女相处方式和情感协议，引发了多少人关于自由与道德、暧昧与冲突的讨论。

更有冲撞感的杜拉斯，那是欲望化叙事的引领者。 她一般不常在巴黎逗留，住一阵子，她会到靠近海边的礁石旁侧涛声阵阵的黑石屋。 她有年轻的扬陪在身畔。 她无论做什么，都是为了艺术的极致表达。 也于是，在她年长之时，依旧可以写出苍翠欲滴的《情人》。 看过她这部小说的人，几乎谁都可以背下她那开头的经典句子："与你那时的容颜相比，我更爱你现在备受摧残的面容。"

不要以为杜拉斯是个欲火中烧的女人。写作的女人没有几个傻到为欲望而欲望。杜拉斯经历了太多孤寂的漫漫长夜。她说她的欲望、她的爱："爱之于我，不是肌肤之亲，不是一蔬一饭，它是一种不死的欲望，是颓败生活中的英雄梦想。"

关于尤瑟纳尔，她的来历与去路颇有周折。1903 年，她出生，她母亲是比利时人，父亲是法国人，因此她的童年、青年时代一直在法国生活，二战结束以后移居美国。但法国从来没有忘记她是自己的女儿。1980 年，法兰西学院授予她院士称号。这是 300 多年来法国历史上第一个女院士，是第一位绿袍加身的女性不朽者。

尤瑟纳尔可不是浪得虚名。她对智慧的虔诚追索，她的历史叙事，让她成为理性与感性、历史与自由的审读者、叙述者。她也许不习惯了母地女性的耀眼光芒，她习惯了缄默与沉思。她于 1987 年在美国缅因州荒山岛的一家医院静静离世，犹如水落沉渊。

是的，法国女人，永远富有心劲与活力，那么风情灿烂、气质迷人、盎然有趣。她们充满纯正的巫魅和大胆奇想，将女性定义带入一个美不胜收的意境。

法国女人正如杜拉斯所说，她们是在颓败生活中做着英雄梦的女人，是永恒的女性，是引领男人飞升的宁馨儿。历史遗传与文化浸润，让男人们懂得，必须学会爱女人，否则就失去了自己的幸福之源。环视一下，巴黎街头的男人们也很耐看，不小的岁数，那身材依旧健朗，下巴依旧清晰，他们很少臃肿肥胖，他们尽量在延续生命下坠的速度。 是的，他们将把生命作为图腾崇拜，他们让女人觉得自己犹在的血性、刚毅与柔情。

　　在这种文化浸润中，法国男人绝对不会以女人是否年轻貌美为取舍标准。 法国男人从来都认为，意志与柔韧、智性与趣味，胜过年轻貌美。 比较而言，我们中国的男人可就差矣。 记得若干年前一次聚会，一位男士说："可以邀请几个女性来，但不要带老的和丑的。"这简直让人无语。 听话听声，锣鼓听音。 男人说这话，暴露了他们的真实想法。 男人在公共场合，不希望看到苍老无华、恹恹怏怏的女人。 谁都想看到提劲儿的、光鲜的面孔，这是人之常情。 尤其众人聚会，每一张面孔，都携带着你的心性、秩序、自律、美学趣味出场，你的每个日夜昭然若揭、无从隐匿。反过来，我们作为女人是否也该扪心自问：我们有青春，但太过短暂，只一个哈欠就溜走，溜向衰败了。 我们很少有浪漫花开、风韵独异的漫长盛年。 美好的女人，应该有漫长的令人既敬重又入迷的盛年。 盛年的女人，到哪里都让人眼睛移不开。 她强大的气场，无以言说的魅力，岂是青涩小杏可以战胜？ 我们中国女人，应该反思一下自己了。 那充满挫败感的腐朽之气应该远离。 男人固然要学习尊重与热爱女人这门功课，女人也应该让自己充满美学、智力与能量，这是真正深度的女性权力。

四　寿数是硬道理

我现在是越来越物质和庸俗了。我已经到了晚秋，深深感受到，很好地活着，活到一定的寿数，有身体、经济实力去世界各地走一走，才不枉一生。

我艳羡美好的女人，比如我在巴黎街头欣赏到的抗拒了时代耗损的女人。

是的，与其说我欣赏，毋宁说我更敬佩那扛住时间耗损的美好女人。我深知，在沉淀的岁月发出并不灼目之光的，才有更强大的比钢铁还坚韧的意志。美在瞬间，曾经多么耀眼的女人，如果没有通透的悟性，那美如夏天的雷闪，稍纵即逝，没有几年就凋谢了；甚至保不齐她们还遭遇疾病与种种厄运。如果是政治上的厄运，那摧枯拉朽的横扫涤荡，是渺小的个人所无力阻挡的。

此刻，我站在协和广场，200多年前，安托瓦内特皇后、罗兰夫人在断头台受死的场景，浮现眼前。这是时代弄人，让她们不得不死。她们冤魂不散，久久飘荡在巴黎的上空。

而在和平年月，该如何安放自己的身与魂？

到我现在这个年龄，对于诸如地位、名利已经看得很淡了，我也不会对美与不美的容颜看得很重，我唯独重视的是健康。我出身薄寒，稍一懂事便知自救，知道改变困窘、贫穷的经济条件要靠个人努力，谁都帮不了你，只有自己救自己。 我从来都有不安全的恐惧感，恐惧贫穷、灾难、疾病。 待我年纪稍大，在本能和下意识中，我对任何负面的东西所取的态度是逃离。 当然，这种逃离是比较积极的，如，要学会防微杜渐、防患于未然；在不好的事情还没有发展到一发不可收拾的情况下，要想办法止住、消弭，妥善解决。 我对那些用精神意志力去忍受疼痛、不幸、苦难的做法深表怀疑。 除了天灾人祸，那些个体意识起作用的，通过主观努力可以化险为夷的事情，我们为什么不能通过正确的判断，让自己躲开厄运箭矢的射杀呢？ 刚刚在网上看到一则消息，上海一位研究生命科学的专家、学科带头人离世，她才刚刚 53 岁。 这不得不让人反思生命之殇，以及西医的治疗方案是否可以治病、可以救命，需要反思我们一味用药、打针、输液、外科手术，能否让我们的肌体获得痊愈，或者是相反。

在巴黎街头，我看着那与生命的衰败做着抗争的女人，想到她们淡然而老去的优雅表情，心中起着无数感慨。 我同时想到波伏瓦写过的一部长篇《人总是要死的》。 提前思考死亡问题，往大了说是生存的智慧；往小了说，也会让自己的每一天尽量活得有一定紧张度和充实感。 我只求有生之年，或者说近几年把多年草就的断编残简清理出来。 我要在大脑尚且清醒、身体尚且健朗时尽快把这事完成。 但愿上苍怜我帮我。

像巴黎女人这样，在生命的苦熬中，依旧抖掉尘埃，像羽毛一样轻盈，内里得有多少支撑自己的正确方法啊！ 那得有不枯竭的梦想、仁慈的内心；要懂得享受温煦阳光的照拂，要勤勉却不伤神地适度劳作，要有高雅的审美趣味；然后，才能综合成一个低声吟诵英雄诗篇，永不言败、如火凤凰般美好的女人。

协和广场在风暴的旋涡

一　来到这里的复杂心情

从罗浮宫一路步行，终于来到法国巴黎的协和广场，此刻，我的心情尤其复杂。

抬眼望着天空，云色黯碜，有一大片铅灰色翻卷，接着，浅白色层层叠叠的雾霾露出阴郁的神色，看起来要下雨了。

雨前的广场，有些黯淡，游人没有那么多。　风骤起时，法国梧桐硕大的树叶扑簌簌落下，在秋风卷袭下慢慢拥成一片锦绣浅谷，阴雨之夕也掩不住色泽的斑斓夺目。

我站在协和广场，所有阅读过的文字都在复活，那是关于法国大革命惨烈而悲怆的场景。在这个广场，在当年被更名为革命广场的这里，暴风雨从未停歇，它是旋涡的中心，它撕扯着乌云和生灵。狂热与迷乱、革命与激进、造反与杀戮，全部汇成巨大的浪潮，鲜血逬溅，生命化为泥埃。

　　广场，原本是作为审美和节日性的非现实存在。广场，所有的娱乐与庆典、祝福与威仪，成为礼乐升平的集体主义象征。曾几何时，这喜庆的广场被血腥的剧目代替。协和广场太有名，它的名闻遐迩始于那如火如荼的革命岁月，道德理想发展成为道德嗜血的法国大革命。从1789年进攻巴士底狱起，革命如脱缰的野马，无人能驾驭得了那恣意狂奔的缰绳。在协和广场，仅仅从1792年至1794年，皇帝、皇后、贵族、保守派以及持不同政见者，都在广场上架起的断头台上送了命。断头台日夜不息，人头落地，流淌着浓烈的血。

　　到处是弥漫的血。在这个阴雨即来的深秋，雾重阶湿，我的肺腑有些憋闷。200多年前的鲜血，仍然以它稀释不了的浓烈气息压迫着窒息着感官，令人艰于呼吸。我大口大口地喘着气。

　　望着协和广场，它很美。当年路易十五下令建造这座广场，他比起路易十四这个太阳王差远了，可路易十五却是敢于遐想，他想要建造一座恢宏壮观的广场，借以显示自己并不输给前任的功绩。人越是自卑就越是自傲。1755年动工，历时20年，1775年广场终于竣工，名为"路易十五广场"。法国大革命时期，它被改为"革命广场"，之后则被命名为"协和广场"。

望着这座历经沧桑的广场，它在逐渐修缮中成为法国地标式建筑。 这个八角形的广场，分别立有八座雕塑，象征着法国的八大城市。 喷泉溅玉迸雪，喷台上的浮雕是金色的诸神塑像，尤其那"三仙子"雕塑即珍珠仙子、贝壳仙子、珊瑚仙子与莱茵河女神曼妙动人。 她们怀抱葡萄鲜花和各式水果，显示着富足、和平的寓意。

我看到一个红砂岩的方尖碑有些纳闷。 在壮丽宏阔的广场及美不胜收的雕塑作品中，这个碑铭显得弱小而孤单。 了解以后才知道这碑不可小觑。 这是法国大革命之后立起来的。 1830 年，埃及总督阿里说要感谢法国的考古学家帮助埃及破译了古埃及文字的千年之谜，将这座粉红色花岗岩整条雕刻的方尖碑送给了法国国王。 这座碑上刻着古埃及文字，文字记载着古埃及历史，记载着拉美西斯二世的伟岸功绩。 运碑不容易，特制的船在海上行驶了三年；立碑也不容易，在广场立碑也花了三年工夫。

在目光逡巡中，我在想象当年的断头台该是安置在广场的哪个位置，是正中央还是偏一些地方？ 看到过许多描绘当年法国大革命惨烈景况的油画作品。 尤其那幅描绘路易十六赴死的画面印象深刻：高台阶上放置着断头台，行刑的刽子手将滴血的路易十六的人头举起来示众，那具身着白衣的无头尸体仍直挺挺躺在地上。运送国王的马车停放在高台下边。 这是 1793 年 1 月 21 日，已经入冬，远远的天穹，乌云翻滚，广场周围到处是沸腾的人群。 这些人群里边，有兴高采烈额手相庆的，有凄惶不安不知所措的，也有迷惘惋惜难以释怀的。 国王可以随意被砍头，接下来还有什么更惨无人道的事情做不出来？ 随后，的确是一个又一个的人，被押上断头台，血流如注。

我下意识盯着广场四周的水槽看。 当年，有多少被砍头的人血流如注，殷红的血滴答滴答流淌。 那时的地面仍是泥土地，漕沟也是不规则的，不像现在是整齐坚固的水泥漕沟。 血流在地上，很快被洇湿入土，泥土渐渐泛着猩红。 更多的血，泥土也盛不下了，便有汩汩的红色液体四处流淌。 它如腐殖土壤盛开的罂粟，散发出残酷的腐败气息。 有人说，当年的老牛嗅着空气中呛鼻的血腥之气，执拗得不听主人使唤，绝不走到广场，而宁愿绕远道行走。

现在，我站在巴黎协和广场，即使透过雾岚，北边宽敞的香榭丽舍大道依旧清晰，路两旁还有专卖奢侈品的各类商店；再望过去，庄严肃穆的凯旋门矗立在天穹之下。 而南边的塞纳河水翻卷着。 河畔两岸，有关于左岸和右岸的动人故事。 河北边是右岸，包括我现在站立的协和广场这一片区域，这里代表繁荣的金融商业，是现代经济区域；河的左岸，则是大学校区，中产阶级以及人文知识分子喜欢的咖啡馆、啤酒屋遍布。 20 世纪上半叶，你在某个咖啡馆，透过窗棂，可以见到毕加索、海明威、萨特、波伏瓦、加缪等人的身影。 左岸最有名的"花神咖啡馆"，萨特与波伏瓦是常客，他们几乎天天来。 这是两个在忠诚与暧昧间考察人性复杂性体验的一对男女。 他们订下君子协议，一辈子不结婚，却永不离弃，同时允许对方有偶然的风流韵事。 他们一生在践行自己存在主义哲学的主张。 现在的花神咖啡馆，仍有招牌写着萨特的话："自由之神经由花神之路。"

在左岸浓郁的文化氛围中，清谈与恋爱在风中絮语，挖掘内心的诗人、哲学家和艺术家，在这里种植精神种子。 花瓣越过铁铸镂花门扉，向世界蔓延成缠绵不尽的绿藤。

现在我站立的协和广场，又称右岸，原本是宫廷与权贵象征，殿宇嵯峨，不可一世。 却是曾几何时，雾失楼台，月迷津渡。 啄食的鸽子，飞到梧桐树上，那焦煳的毁灭气息让它们又倏忽飞起，落到地面。 它们不愿啜吸嗟食鲜红的血浆。 远处，乌云与雷雨正在赶来。

我站在这里，心情沉重，为人类曾经的非理性而哀伤。 这或者叫替古人担忧。 人类因非理性，那原本应该避免的悲剧却没有避免。 也可以这样说，人类若事事处处都是理性的，这历史和人间还哪来那么多起承转合的故事，哪来那么多悲欢离合的传奇。

在雾霭迷茫中，法国国王路易十六、美女刺客夏洛蒂·科黛、奢华而又变得坚定的皇后安托瓦内特，然后还有吉伦特派的女党魁罗兰夫人那形象在清晰中，他们分别走向广场。 随即还有让人难以言说的雅各宾派丹东、罗伯斯比尔、圣鞠斯特等也坐着囚车走向断头台。 他们在广场没有相见，却在阴间相遇。

恐怖之下，左中右都在走向死亡，没有人能制止暴行。 制造杀人的终将为人所杀。 恶循环如黑色的雪球越滚越大。

二 广场上的断头台日夜不息

　　清晨醒来，路易十六发现自己不是躺在皇宫的床榻上。 这里没有天鹅绒被褥的覆盖，只有寒冷的囚室和潮湿的床榻。 他恍然间像做了一个噩梦，从王位高处跌入深渊。 他揉了揉眼睛，确定自己已从皇帝成为囚犯的身份。 他清醒过来，穿衣起床，坐在那里，苦苦思索中，他仍然难以理解自己以仁慈、宽宥善待他的人民，而他的人民并不领情。 说他是个被最多误解和冤屈笼罩的国王，绝无夸大之辞。

　　1789 年 7 月，巴士底狱被攻占以后，整个法国的局面已无法控制。 路易十六一开始对这场革命的摧毁力并无多少思想准备。 他想：民众积怨沸腾，宣泄一下就好了。 民众有苦，他也是有苦难言。 1774 年路易十五驾崩之后，路易十六接手的是一个家底贫弱的政权。 他努力做事，想要把法国引向好的方向。 作为个人品行，他心地良善、宽宥仁慈。 面对匮乏的国库，他拿出自己的私房钱用于周济入不敷出的开销。 就他个人秉性来说，他对政治实在不感兴趣。 他迷恋的是机械类发明，对各国语言也是精通的，历史和地理也是他阅读的重要功课。 世袭制将他推向君王的宝座，他坐在上面，浑身不自在。 与其发号施令，不如一顿美食佳看更得他心。 他微胖，总是瞌睡，对慷然起身之事总是倦怠得很。 他个性荏弱而怯懦，历史却赋予他担当一国之君使命，真难为他了。 面对一筹莫展的国事，他还有私人的难言之隐。 他迎娶了奥地利美丽的公主安托瓦内特。 公主的母亲、奥地利女王特蕾莎那是何等胸襟辽阔、气质非凡之人。 她将自己最心爱的女儿嫁到法国，当然是有两国永结秦晋之好的愿望。 自己对妻子却有愧疚，因为自身缺陷，他对男女之事始终回避，不是不想，实不能。 他难行夫妻之事，便纵容妻子安托瓦内特沉溺于娱乐、奢侈之事，这是她另一种虚空之下的补偿。 婚后七年，在医生检查之后，他听从劝告做了包皮手术，才有了自己的儿女。 他在解除后宫之虞后的日子，想要勤政。 只可惜，他继承的祖业早已空洞，缝隙过大，无力补天。 他继承不了先祖路易十四那文韬武略如太阳般耀眼的功业，也继承不了爷爷路易十五沉溺感官享乐的自在逍遥。 路易十六有所不知，他的两个前任所积攒下的一切，都变成索命的债务，让他以命偿还。

路易十四征战杀伐、穷兵黩武为法国赢得如日中天的威势，可他已将法国的财富预支。 在显赫风光的背后，法国巨大的弱贫黑洞已无法修复；路易十五耽于享乐主义倾向，对人性暗幽心有领会。 他的宠姬蓬巴杜夫人与重农主义和大百科全书派往来过密。他有意无意纵容着法国启蒙思想的发展和成熟。 观念更新和自由精神的浸润，早已为后来的革命铺平了道路。

路易十六有所不知，他想要中兴、改革，面对的却是一个积重难返的烂摊子。 他想要削减宗教界、宫廷和贵族的利益，这早已引起同一阵线者的抵制与反对。 他想用仁慈待民，而民众嫌弃他给予得太少。 人们在专制统治下因慑于强权而噤若寒蝉；一旦钳制有所松动，人们会要求更多。 况且，一种道德主义宣传已经深入人心。 人生而平等，谁能将我困于枷锁中。 冲向巴士底狱，打破皇权，皇帝应该被踩在脚下。

路易十六生性仁厚，他已听到革命的呼声，同意将法国的君主专制改为君主立宪，他同意给第三等级更多的自由和权力。 但是，激进的革命党人一不做二不休，总之是要砍了他的头。

当暴民冲进他的皇宫时，他命令守卫皇宫的瑞士雇佣军不要朝他的人民开枪。 瑞士雇佣军遵守雇主之命，任由枪弹射击，活活被当作靶子打死。 我曾在瑞士的琉森岩壁上看到过《哭泣的雄狮》的雕塑，那正是为了纪念在这次法国大革命中，遵守路易十六之命，不开枪还击而被打死的700多名瑞士雇佣兵。

路易十六心地良善，他在沉迷于机械改进装置时，会想到如何减轻走向断头台的人那临终的痛苦，他进行了技术革新。 到最后，他自己成了试验品。 他是一个好人，可能做不了一个好皇帝。 他在关键时刻甚至调动不了自己的军队。

1793年1月21日，天气寒冷，雾霾深重，他一身白衣被押上断头台。 空中乌鸦呱呱叫着，诉说这一天法国的不祥。 他身首异处，魂归天际。 接下来，断头台的使用频率加速。

谁都没有想到，又过了半年，被推上断头台的是名不见经传的外省姑娘夏洛蒂·科黛。 这个美丽的女刺客，以敏捷手法，一刀毙命，让马拉奔赴九泉去搞他的舆论宣传。

那是 1793 年 7 月 1 日，在炎热的夏天，科黛从外省坐车几经周折来到巴黎。她这次来，目的清晰、目标明确，就是要刺杀马拉。她与马拉并不认识，也无任何恩怨。她不为泄私愤，而是为民除害。

马拉，这个在大革命中利用媒体舆论进行着最大的动员和煽动的人，他开办《人民之友》，将雅各宾派各种激进的言论刊发和散布，鼓噪着民众进入非理性行为。马拉总是用斩钉截铁、易于牢记的语言说："路易十六必须死，因为民众必须生！"他在报纸上宣传恐怖统治的必要性与合理性，他说国王必须死，贵族必须死，对一切不同政者应该斩尽杀绝。他深谙油墨纸张、现代传媒和宣传的爆炸性效力，有时比枪炮子弹还厉害，还具有杀伤性。在他制造的强大攻心声势中，1792 年血腥的"九月大屠杀"开始了，许多贵族被吊死在灯柱上，同情国王和王后的绅士名媛被挑死在刺刀尖上，修道院和教堂成为关押贵族的临时监狱，一阵机枪声响，被囚者全部被射死。楼宇和平房在烈焰中被焚毁，杀人者像过节一样狂欢。

科黛从小在修道院读书成长，这个身世良好的姑娘，熟谙卢梭、伏尔泰人人平等的启蒙主义思想主张。大革命开始时，她对此是兴奋的，以为法国可以从此一改弊端，迎来一个新世界。随着革命的发展，她发觉越来越不是那回事儿。革命正走向暴力和恐怖。鼓动血腥杀戮的宣传媒体和掌管舆论的马拉难逃其咎，罪不可赦。马拉的恶狠狠、有诛心作用的宣传对"九月大屠杀"负有不可推卸的责任。仁慈的国王路易十六竟然惨死在断头台上，遂了马拉的夙愿。 科黛在经过激烈、反复而又痛苦的沉思过后，决定自己手刃马拉。

她平静下来。 凡事一旦想明白，反倒心境平和。 炎热的夏天，她心如远秋，高旷宁和。 1793 年 7 月 9 日，她带着普鲁塔克的《希腊罗马名人传》离开家乡诺曼底附近的埃科尔舍，只身前往巴黎。 两天以后她到了。 平静的科黛找到旅馆住下，然后开始自己的行动。

她先是在旅馆写下遗书。 她知道，此一去便永无归期。 她不恋此生余欢，况且，她已无甚尘世留恋。 如果这次能够刺杀成功，她也算为这个民族做了件有益的事情。 当然，她更可能遭人谤言，被认为是罪人。 当她写完遗书，接下来便是到街上去买刀具。 在一家五金店，她看中了一把小巧而锋利的尖刀。 这刀不能大，以便随身携带；这刀又必须足够锋利，一刀可以致命。 她在掂量自己的腕力和胆量。 她觉得她行。

一切准备妥当。 1793 年 7 月 13 日，她走出旅馆，来到马拉所住的地方。 第一次和第二次，房东和马拉的情人西莱妮都没有让她进去。 第三次，她说她有关于吉伦特派的重要情报要向马拉当面汇报。 争论吵嚷声惊动了在内室的马拉，他问明情况，示意西莱妮可以让科黛进来向他当面汇报。

马拉早年生活贫困，一直住在潮湿的地下室，他患上严重的风湿和皮肤病。 写作需要好体力，他的体力已经不行。 后来他发现，当他在浴缸中用热水浸泡时，那身体的每一根毛孔都舒张开来，文字的奇葩会绽放。 在热水蒸腾中，阳气上扬，血供向头部，此时大脑格外好使，富于灵感。 他只觉下笔如有神助，许多奇思妙文就在这样的时刻构思并完成。 马拉找到了这样有利于书写的方式。

浴缸蓄着大半缸热水，他半身躺着，背靠一侧。 他的胸前沿两边缸沿架着一块书写板子，上边放着笔墨纸张。 他包着头巾，就在这里度过一天。 除非有重要的会议必须外出，他在浴缸完成着吃饭、睡觉和写作。

这一天，他正在为声讨吉伦特派的檄文而书写。

他急切想要知道这位姑娘要向他汇报什么情况。

科黛走进来，对马拉说，吉伦特派即将在巴黎采取大的暴力行动。 当科黛走进马拉内室并开始说话时，她是那样冷静。 一切都在按计划有条不紊地进行，比预料中的还要顺利。 她几乎不敢相信她原本并无把握的惊天事件，正在按照日常逻辑进行。

马拉问她都有什么人参与这次行动。 科黛向他逐个念着名字。 此时，马拉全然放松警惕，他闭着眼睛在听。 她的心怦怦跳动，知道时机成熟，旋即她从黑色披风中抽出尖刀，向马拉的胸膛刺去。 马拉大喊，不久，鲜血染红浴缸。 马拉死去，时年 50 岁。

25 岁的科黛微笑着，她已得偿所愿，束手就擒。 这个傍晚，暑热已经散去，到处是栀子花的清香。

不用经过太多复杂的审讯程序，女刺客科黛很快被判处死刑。 当听到这个宣判，科黛一点也不惊怵，她有些欣慰地说：

"我是为了拯救十万人而杀了一个人。 为了拯救无辜者而除掉大恶棍。 我是为了祖国除掉了这个禽兽。"

1793 年 7 月 17 日下午 5 时，科黛被押上断头台处死。满天晚霞映在她嫣红而年轻的面庞。

科黛死后仅仅三个月，广场的断头台迎来皇后安托瓦内特。皇帝已死，留下皇后干什么？疯狂的雅各宾党人捏造了安托瓦内特的种种罪名。

安托瓦内特，奥地利的公主。奥地利女王特蕾莎为了与法国搞好关系，运用政治联姻的手法，将自己 15 岁的女儿嫁给当时的皇储。1774 年路易十五驾崩，皇储登基，是谓路易十六，安托瓦内特成为皇后。她拥有母亲的美貌，粉雕玉琢的面庞，金黄色的头发，纯情迷离的眸子。可能她年纪太轻，尚未懂得她到异国他乡应该担当的使命。即使临行前母亲对她千叮咛万嘱咐，她到了时尚之都的巴黎，仍是被各种华服、宝石、首饰的耀眼吸引，为舞会、社交、沙龙沉溺。她没有母亲的心智，也没有作为皇后母仪天下的贤淑良德。后来母亲死了，她失去最后的指导者和停泊的港湾。

她和路易十六谈不上甜蜜，但关系和睦，夫妻床笫之间的隐痛，让她在极度空虚中寻找填补的办法。奢华之事让她快乐。当她有了儿女，她变了，她成为疼护孩子的母亲。当然，她爱美奢侈的天性还是没有改变。她不知民众称她"赤字皇后"，她不知她在民间被丑化成女魔。倘若她是一个知书达理、心志宽广，可以襄助夫婿帝业的女人，是否可以改写法国的历史？历史从来不能假设，亡国之罪，从来不能由一个女人来承担。要皇后怎样怎样，那要皇帝干什么？

不管怎么说,皇帝被囚并且死了,皇后还要承受他带来的必死之命。

被囚在牢房中的安托瓦内特受尽诽谤。 当雅各宾党人捏造她对自己7岁的、患有肺结核的幼子路易·夏尔有乱伦之罪时,她终于忍不住了。 她要求天下的母亲为她作证。 她望着可怜的儿女,心如刀割。 大儿子路易·约瑟在1789年6月初死了,死时才8岁。 上帝只留下她的女儿和小儿子夏尔。 大革命爆发时,生于1785年的夏尔才刚刚4岁。 夏尔从小身体虚弱,她要用全部的看护,才不至于让这个小生命步他哥哥的后尘。

在屈辱与囚禁之中,原本花容月貌的安托瓦内特断崖式衰老。她曾经象牙般的皮肤不再晶莹透亮,肤色开始变得黯淡、灰扑扑的。 她的头发不再闪烁光芒,已有白发一夜生出。 惊人美貌的凋谢不仅由于灾难而且因为屈辱。

她被宣判死刑的当夜,拥着她的一双儿女难以入眠。 她在得知夫君被砍头的消息后,就知道自己死期将至。 她在狱中成熟,悔恨自己以往的愚蠢。 若有生年,她将改变自己任性、矫情、虚荣的坏习惯。 只是一切都让她无法改过重来。 别了,法兰西这陌生的土地,她将追随自己的母亲、哥哥和丈夫到另一个世界,她不会孤单。 她从来不缺物质优渥,对于即将消失的绮华丽姿并不留恋,她最放不下的是自己的一女一儿。 女儿年已15岁,可以自己照料自己;小儿子才刚刚8岁,身体羸弱,他该怎么活?

容不得她多想,天已亮了。 1793年10月16日这天,她被押上刑场。 刽子手桑松杀人无数,但在皇后登上台阶时,他仍然哆嗦了一下，不巧，安托瓦内特挪步时踩了他的脚，她悄声说："对不起。"桑松负责记录受死者的临终遗言，这句话他记下了。 刀起，人头落地。 皇后38岁，香消玉殒。

安托瓦内特死后，她的女儿泰蕾兹逃了出去，躲过大革命的屠杀。 她活着的目的只为复仇；若不是为复仇，她早已自杀。 甚至，她有几次自杀未遂。 她自杀的原因是悔恨。 在威逼殴打中，她被迫做伪证，证明自己母亲对弟弟犯有不伦之罪。 她无法饶恕自己。 她日后活着，为的是复仇。 她居然活到1851年，见证了法国荒诞的历史演变，终年75岁。

泰蕾兹的弟弟小夏尔在母亲死后被送到一个修鞋匠家。 弟弟不知是遭受虐待还是疾病加重，他死于1795年，刚刚10岁。 夏尔被埋进万人坑，那里也有他母亲安托瓦内特的遗骸。

安托瓦内特死后没几日，吉伦特派女党魁罗兰夫人也被宣判死刑。

罗兰夫人比安托瓦内特皇后大一岁，她的美更加浓郁丰富，她的灵魂也更加粗壮强悍。

罗兰夫人出身寒微，她的父亲是个雕匠。 兴许这种边缘性家庭，让早熟的她生出鸿鹄大志。 她初识文墨，读的就是普鲁塔克的《希腊罗马名人传》。 曾记得刺杀马拉的科黛，正是揣着这本书踏上巴黎的凶险之路。 大凡胸有千山万壑的人，无论男女，都希望从那不同凡响的历史人物那里汲取滋养。 待她长大，她的美更加富于韵致，那是心智笼罩下的楚楚动人。 她有着东方女子那种黑发黑眸，肤如凝雪，额头光洁开朗。 她的眼神如深潭般幽广，不见任何波动的水纹。 她心思缜密，虽然笑意微露，内心却是专注而坚定。 她接触法国启蒙思想家的著作，曾经有过一段对卢梭的追慕，一旦过了少女懵懂阶段，她便放弃了卢梭，因为他过于感伤的矫情，实在让人受不了。 她的个性成熟，成熟到对罗曼蒂克的诗意存有戒备，喜欢透过事物表相看清本质。

后来，她选择大自己 20 多岁的实业家罗兰做丈夫，应该也是理性的选择。 婚后她有了可爱的女儿，过着平静恬美的生活。

法国大革命爆发了，这百年不遇的激越时代，召唤着本来就有政治抱负的罗兰夫妇。 他们从外省来到巴黎，加入了吉伦特派。随后罗兰在新成立的由几方政治势力结合的政府中担任内务部长。罗兰向外人承认，若不是夫人在背后的支持协助，他没有力量和勇气去担当如此要职。 他们这一方吉伦特派，原本与雅各宾派在反皇权、反专制的立场一致，他们来往接触很多。 丹东与罗兰夫妇在旺多姆大街的住处毗邻，丹东很想与罗兰夫人搞好关系。 罗伯斯比尔一开始像个小迷弟一样，他进入罗兰夫人组织的沙龙，是沉默的常客。

随着大革命的异常和畸态，吉伦特派逐渐改变着激进的态度，他们认为恐怖和暴力继续下去，法国将进入万劫不复之深渊。 因为政见不同，吉伦特派与雅各宾派反目为仇。

在吉伦特派险峻的处境中，在他们随时发布的文件、公告和宣言中，言简意赅、文笔斐然、判断理性的罗兰夫人操刀执笔，成为吉伦特派的女党魁和实际灵魂。

在这个拥风入怀的峥嵘岁月，罗兰夫人爱上了同一党派小她 4

岁的美男子比佐。 她曾经爱过罗兰先生，那是一种类似于对父亲和兄长的依赖信任，在仰慕中，灵魂飞升，肉体冻结；哪怕他们有了唯一的女儿。 有了女儿之后，亲情取代了爱情。 面对你的亲人，那床榻间的放肆、肉欲的迸溅会让人感到羞耻和罪恶。 这也就是婚姻日久以后的夫妻相敬如宾、互不骚扰的原因。 而情欲的燃烧，常常需要野猎、狂放来助力。 男欢女爱的销魂游戏不太可能在中规中矩的夫妇之间展开。

罗兰夫人遇到比佐的那一刻，他们之间便传导出令人迷醉的如罂粟般中毒的情欲。 那绽放的花瓣开在午夜，如蛇一样时时蹿跳。 她拿自己没办法。

革命本身就与恋爱相逢。

罗兰夫人并没有沉溺在个人情感之中。 她依旧清醒地处理着一切公务。

吉伦特派与雅各宾派的矛盾在扩大，已形成无法弥补的巨大鸿沟。 他们在是否处死国王和王后、是否发展工商业和经济贸易、是否发动九月大屠杀、是否将革命等同于恐怖诸多问题上都发生着不可调和的矛盾。 吉伦特派在运动初期有革命激情，但在后来的具体行为与政策上，他们的阶级属性愈加明显。 吉伦特派成员大多是中产阶级、有恒业者和成功人士。 这些人希望革命发展到一定阶段，要走向秩序，走向人道主义关怀。 而雅各宾派，多由失意的律师、善于鼓噪的人文主义者以及贫困的"无套裤"人士构成，他们不希望革命的列车立马刹住，他们渴望更大的颠覆、失范、动荡、乱局。 破坏一切现有的，并不一定建立，这是他们的革命逻辑。

争吵到仇恨，水火不相容。 不同的观点和立场在和平环境中还可以相安无事，反正也没什么大事件发生。 但在严峻的年代，每一天都要决定某事，争论必然发展到你死我活的仇恨状态。 已经成了敌人，不再是盟友。 我必须把你干掉，否则你会杀了我。每天都想着怎么从肉体上消灭对方，自己才会安全。

雅各宾派终于要对吉伦特派下毒手了。

吉伦特派还是太书生气了，他们的政治嗅觉不怎么灵敏。 罗兰夫人在革命初期就已觉得建立一支自己的武装力量之重要。 她提到这个建议，只有比佐赞同，其他人全没把这当成应该重视的大事。 此事便搁置下来。 如今，手无寸铁的吉伦特派在雅各宾派的围剿中，只有束手被擒。

恐怖加剧。 吉伦特派的成员纷纷被捕。 罗兰和比佐逃了出来。 罗兰夫人必须回到住处毁焚文件，还要把女儿托付给好友，她不能丢下这一切不管。 她做完这一切，追捕者拥来，她坦然被捕。

她在狱中没有悲凄和恐惧，她将这里当成安静的书房，在写自己的回忆录。 这种书写，在动荡不宁的革命时期难以如愿；现在，终于有大块的时间可以思考，甚至可以字斟句酌写出自己更为满意的文字。

她知道死期将近时，分别写给丈夫罗兰和情人比佐的信件，那是撕扯成瓣絮的心之捧出。 她爱罗兰，也爱比佐，她拿自己没办法。 她想要忠诚又想要自由，这让她肝肠寸断。 她说她唯有一死来获得来世的解脱。

死期临近，一个忠实的女仆前来探监，她希望两人易服，让罗兰夫人逃出去。罗兰夫人谢绝了她的好意。去意已无可更改，她希望在另一个世界让情感和理智找到更好的解决办法。

仍是那斑斓的秋天，只是风比前几日吹得紧些、凛冽些。一袭白色衣裙的罗兰夫人奔赴刑场。有力量的人面对巨大的灾难和死亡不会慌乱，容颜依旧如花似玉。美丽的女人罗兰夫人面色坦然，皮肤更加白皙。断头台前，她说了那句千古流传的名言："自由啊自由，多少罪恶在假借你之名而横行。"

她死于1793年11月8日，终年39岁。

我到法国旅游，时间是2013年的秋天。我在巴黎的协和广场，突觉脊骨发凉。距离那惨烈的1793年，时间整整过去了220年。广场依旧，秋天依然，血渍早已洗净，但是关于1793年的悲情故事让人难以遗忘。

我的思绪在继续。

罗兰夫人死了，吉伦特派许多重要成员死了。断头台可能停歇了吗？答案是否定的。

过了秋天，又过了冬天，1794年的春风又至，吹绿了巴黎的树叶和草茎。明媚的大自然并没有让人们神经放松，仇恨更加剧烈。革命法庭改变了办案方式，随便支起一张桌子，几个人耳语一阵，盖下血红的公章，一个人的死刑就被决定了。

敌对者仍然被杀，却又轮到雅各宾派党人的自我清洗了。雅各宾派的二号人物，擅长演讲、鼓动人心的丹东被盯上。他被关押并迅速被自己人判死，正所谓杀人者将要被杀是也。

丹东曾经亲密的战友罗伯斯比尔历数着他的罪状。 丹东敛财、贪图享乐、迷恋美色等。"不被腐蚀者"罗伯斯比尔已看到丹东向右转的企图，丹东有可能因自我拥有恒业想要结束革命、恢复正常秩序的企图。 罗伯斯比尔不会允许这种事情发生。

1794 年 4 月 5 日，这一天是中国的清明节。 这一天，丹东被押到广场上的断头台，与他一起被执行死刑的还有另外 14 个人。

天近黄昏，这 15 个人仍要赶在这一天黑夜降临前被处理掉。已经 55 岁的刽子手桑松觉得这活儿不轻，他得攒足精神将这事做得漂亮。

丹东是第 15 个被砍头者。 他看见前边 14 个人头落进箩筐。待他最后一个出场，他对桑松说："砍了我以后，你要提起我的头颅让人民看。 它是值得人民看的。"桑松点头允诺。

丹东随后对着看场上乌泱泱的人群喊道："罗伯斯比尔，你听着，我将在不久的未来在另一个世界等你。 你也活不了太长了。"丹东死时 35 岁。

丹东死后 3 个多月，1794 年 7 月 28 日，罗伯斯比尔这个面色苍白、神情忧郁的雅各宾党首被残存的丹东派和埃贝尔派联手判死。 阴鸷的富歇办了他。 罗伯斯比尔死时才 36 岁。

革命与恐怖的大口，在无情吞噬着一个又一个人。

巴黎世袭第四代刽子手桑松已经累了。 他 40 年的职业生涯，已砍下将近 3000 个人头。 屠杀日紧，桑松累了，他喊来自己的儿子帮忙。 桑松的儿子没有他那柔韧的神经和强大的抗拒死亡的气场。 桑松的儿子无法继续祖业，1794 年下半年的某一天，他从一个高台上跳下来，自我了断。

桑松活到 1806 年，死时 67 岁。 只有他，见过法国大革命全部的血腥残酷现场。

三　在榛丛中

离开协和广场，车子出巴黎，行驶在郊外辽阔的原野。 道路两旁有茂密的树，空隙的地带，可看出榛丛。 阳光已经出来，阴转晴时，紫霭色的光晕飘移着，仿若幻境。 那已见萧瑟的草坪，远处褐色与油绿中，隐映着一些房舍。

我仍然没有从当年法国大革命的追叙中转过神来。

我在想象，当年从巴黎出逃的罗兰与比佐，他们正是在这些榛丛、灌木、树林、房舍、农田间逃亡，而后死于非命的。

当年，到处是追捕剿杀，逃亡中的罗兰每天都像在刀尖上过日子。 他步履蹒跚，在泥泞的山路或荆棘丛中艰难地走着。 他还有希望，希望妻子在时机转换中被放出来，凄厉的往事终会过去，严冬会过去，漫山遍野的花朵会开放在平畴与山冈。 他们团聚，不再分离。 哪怕政治的诱惑之于一个男人如此之大，他从一个默默无闻的人成为掌握权力者，即便革命带给他无数高光时刻，可他却会从此告别革命、告别政治。 他将和夫人一起将女儿养大，等待女儿的结婚生子。 他计划着与夫人去度过平凡普通却又安恬宁和的一生。

他拄着手杖，走在榛丛。 他挨饿受冻，没有灰心、没有气馁，他认为自己有盼头。

这一晚，在一个农户家里，他收到夫人写给他的信。 送信人吞吞吐吐中告诉了他夫人被杀的噩耗。 他颓然倒地。 待他清醒过来又去展读夫人的信。 这是诀别，义无反顾的诀别。 她倾诉了对自己丈夫的爱与思念，却又坦诚地写下她的情感外移。 她说她不得不以唯一的死求得丈夫的原谅。

读完信，罗兰泪流满面，他知道夫人的秉性，她绝不会让人代她去死。 她没那么自私。 她是个顶天立地的人。

罗兰觉得自己已无苟活下去的必要了。 他已万念俱灰，决定随了夫人去。 他举起自己的手杖，顶端镶嵌着尖锐的金属，那是为了在崎岖山路上耐磨损，这是他手中唯一的武器。

这柄手杖，陪伴着自己在泥泞中不至于摔倒，陪伴自己衰老的步履不至于打滑。 这是他忠实的逃亡伙伴，于今，他要让它发挥最后的作用。 他使尽全身力气向自己的胸膛刺进去。

风停了，世界静止了，情感与政治的诡异全都消散了。

那边，比佐正在另一条逃亡路上，他与吉伦特派另一个重要人物佩蒂翁在一起。 他们同党派的人都死了，自己能否活下去全无希望。 逃亡之途的比佐不知是否看到罗兰夫人写给他的信件，也不知是否已经知道了她已死的消息。 他和佩蒂翁在逃向荒郊野外以后，恐惧又被饥饿代替。

　　天渐渐转冷，野草都已干枯，全然寻不到任何的食物可以充饥。 喝了水沟里的脏水勉强熬了几日，饥饿让胃里充满灼热，火烧火燎。 在抵达生命的最后极限时，人不再挣扎，只求速死。

　　饥饿导致的虚弱让比佐和佩蒂翁只能躺在寒冷的野地。 躺到傍晚，月亮升上来了，云层和雾霾围拢在一起窃窃私语。 比佐只看见月华四溢中罗兰夫人美目顾盼地向他走来。 他向她伸出自己的手。 比佐爱过这个杰出的女人，没有白活。 他明知熬不过今夜，他瞬间明白向他招手的罗兰夫人恐怕已到了另一个世界，他也迫不及待将在今夜与她相逢。

　　他和佩蒂翁都不再说话，静静躺着，度过人间最后一夜。

　　次日清晨，一群饥饿的野狗发现了两具尸体，它们一拥而上进行一番撕咬。

　　等到人们发现时，只见到比佐和佩蒂翁褴褛的衣服、血肉模糊的面孔和残存的骨骸。

　　车子在法国郊外行驶着，我在想，哪里是罗兰、比佐、佩蒂翁倒下的野地？ 经过 200 多年的时间，当初那橡树、楸树、月桂在血的浇灌中树干会更加粗壮，叶脉会更加丰硕。 但那些冤魂，将化成一缕缕轻烟飘散；而他们所经历的狂热、激情、恐怖、教训，希望给后人带来警策。

四　警策之声响起

　　法国之行，倏忽已经过去了 9 年。 时光真是如白驹过隙，人一眨眼就老了。 人会老，可问题不会老，即使会有层出不穷的新问题，也必然带着历史的循环与重复。 眼下的世界，与 200 多年前的世界比较，有相似性，也有比过去更加复杂难辨的事实存在。 瘟疫、战争、制裁、妥协、抵抗、发展、变化，构成人类多元的真实处境。 人类的理想与现实的龃龉，超过以前的所有思辨。 我们以前学习并尊重西方的价值观念，以为那是不曾撼动的"普世价值"之瑰宝；却原来，在利益面前，在西方价值唯上面前，我们曾经浅薄的良善愿望多么可笑。 以前，我们傻，在非理性中行事，人家在旁观测，乐见其行。 人家就是要看你中华非理性、瞎折腾、出洋相。 如今，你变得理性了，惩治内部贪腐，严纠严打行业中以利益为最大化不顾及百姓死活的作假，敢于向对自己国家逞威使坏者亮剑，这一切，都让别人不舒服，并认定你妨碍了人家的利益。 当今世界，霸权主义者已经不再顾及颜面，当他们收割不到你的韭菜时，你的发展就是原罪。

　　面对这样危险而严峻的格局，以沉思写作为己任的知识分子，以宣传造势为职业的舆论媒体，应该意识到这种已经改变的国内国外新的形势。 如果还在故意找自己的种种不是，渲染扩大，对民族的历史采取虚无主义的态度，这要么是别有用心，要么是过腐犯傻。 有的人，恨不得自己的国家毁灭，真不知那人对自己生存的土地哪来的那么多仇恨。 善良的批评、诚心诚意提出其不足，督促自己的政府吸取经验教训以做得更好，和对自己国家的仇恨、每做一件事都不对，都遭到诋毁和谩骂，这是两回事。 如果任由那些过激、仇恨的言论任意蔓延，在煽动中占据舆论主潮，整个国家将会走向内乱、恐怖、杀戮、血腥之中，这一幕，善良的中国人不愿意看到。

我从法国回来，从协和广场回来，心绪一直在震荡中，在迷惘又在思索中。 我明白了这样一个事实，人文与政治之间需要划分，正如同私人空间与公共空间必须切割一样。 以否定和批判为其精神取向和天职的知识分子是必须存在的，他像蜻蜓，叮着蚊蝇，使肌体可以健康，希望自己的祖国少一些非理性以及自我祸害的行为。 他要眼明心亮，帮着揪出那些打着正当旗号、做着败国之大业的蛀虫和坏蛋。 希望祖国好，各方面好，这是善良的初心；因此，他的急迫和恳请，都有着诚挚之情。 祖国某一方面或方方面面好了，在改正以前的错误时，他会内心喜悦，拍双手赞成。 当执政党以自我革命之姿，以割骨疗伤的决心为民众谋福祉时，以实事求是为原则的知识分子应该为之庆幸。 知识分子所有的批判，并不只是为了过过嘴瘾，为了博得声誉，而是为了让执政者听到，使得他们在制定方针政策时，可以参照，兼听则明，少走弯路。 一旦知识分子所希望改变的在实践中正逐步得以改变，切记，是逐步得以改变，而不能一蹴而就，不能幻想在一个清晨问题全部得到解决。 如果是这样，这不正是值得欣赏和肯定的吗？ 知识分子只能在观念上提请注意，改变的方案必须由政治家制定并且日常实施。 这个民族与国家终于按理性办事了，其繁荣、自由、法度的未来让人期待。 此时，心怀叵测者就将你盯为敌人。 原来人家看你傻，你开始变得聪明、有了理性、不再折腾时，一旦睡狮醒来，抖擞精神，这会焕发雷霆万钧之力。于是，诋毁、造谣、策反者在暗里明里出现。 若是此时，你对自己的祖国看着百般不顺眼，用恶狠狠的语言抨击，这就不是良善者的所为，而是大是大非问题了。 如果你是吃着知识分子这碗饭的，认为只要批判就是当然的道德拥有者，你在许多问题上不分青红皂白一律灭我威风，给敌意者递刀子，那真要考虑你是何居心了。

我们这一茬人都是经历过解放思想、体验着自由精神而成长的。 我深切感受到中国走到现在，依法治国、扶贫恤孤、惩治贪腐、匡正纠错这一步不容易。 法国大革命的成就是推翻了封建君主专制，但教训也是大的。 煽动者有着毁灭性仇恨，人们经历着如此的恐怖与血腥，这代价未免太大了。

"祖国在我心中。"我突然想起了这句话。 这看似迂腐的情绪化表达，在我，却是真情流露。 这是 2022 年 5 月，我写下这句话。 当有人想要对我的祖国下黑手时，我一介老妇也绝对会拿起武器走向抵抗的前线，以我之衰老残身，为民族不惜流血。 正是经历重重的思考跋涉，我才因此发出由衷的声音。

哀泣的雄狮

一　哀泣的雄狮

　　大巴驰往瑞士的琉森。　入城前，却见道路两旁墓碑林立，到处是墓地。　这让我惊讶。　琉森，被称为欧洲后花园，当我们游览美不胜收的花园之前，一定要穿过阴森的墓地吗？　这是人必然的由地狱到天堂的命数？　也许，欧洲人对待墓地与我们中国人不同。　欧洲人的墓地仿佛公园，有长久休憩、静穆之感，而中国人感觉墓地恐怖，有不祥、惊恐之意。　但是琉森城边的墓地过于集中和简陋，到处是荒草凄凉的景象，若不是旁边的教堂添些形而上的气息，真有些让人倒抽凉气。 凄凉的心绪正吻合着此刻的参观。 现在，我们的脚步停伫在琉森湖畔有名的"狮子纪念碑"前。

湖水湛蓝横亘在面前。 远远望去，在坚硬的山体岩石上凿了一个大洞，洞穴里一只伏地雄狮濒临死亡之前哀伤苦痛的受难神态，强烈震撼着人的感官。 我只望一眼，便觉得脊骨透出凉气。

只见这只受伤的雄狮右前爪抓地的附近，一边放着盾牌，另一边则放着象征瑞士的十字徽章和法国王室的香根鸢尾。 震人心扉的是狮子的那双眼睛，它半闭眼睑，像是在挣扎中知道自己的死期。 它哀恸又无奈，失神的目光道尽了走入地狱之门时对人间的留恋与怨怼。 它的眉峰紧蹙，嘴微微咧开，似乎想要诉说和吼叫，却是声音暗哑。 它鬃毛耷拉着，后腿蜷曲；它的背上深深地插着一支箭，只留下箭头。

狮子，曾经的草原之王，却以如此令人动容的形态告别世界。

在岩壁雕塑下方有文字记载，这是为纪念 1792 年 8 月 10 日，法国国王路易十六被围困在杜伊勒里皇宫时，为保卫他而死亡的 786 名瑞士雇佣兵。

镜头回转到 1792 年 8 月 10 日的那天。

法国的大革命自 1789 年起已进行到第四个年头，混乱和暴行依旧，并且愈演愈烈。 1792 年 7 月 29 日，雅各宾派的领袖罗伯斯比尔要求尽快推翻路易十六的统治。 1792 年 8 月初，掌握舆论喉舌的雅各宾党人马拉号召各省区激进的人们前来巴黎攻击杜伊勒里皇宫，用武力推翻路易十六的统治。 8 月 10 日，巴黎公社以及各地人们敲响警钟，并拿着步枪、长矛、长剑，有人甚至还推来大炮，约有9000人包围了皇宫。

此时，约有900名瑞士雇佣兵、200名皇家卫队士兵正在皇宫把守。 路易十六国王从前庭退到后院，瑞士雇佣兵把守着通往国王寝室楼梯的下层。 暴乱的人们冲进来，瑞士雇佣兵循着惯例开枪阻止。 路易十六则下命令："不许伤害我的人民，不能开枪。" 国王不许开枪还击，还命令士兵撤退。 人们蜂拥而至，枪炮响起。 遵命于雇主的旨令，是瑞士雇佣兵的原则。 在袭击中，瑞士雇佣兵不抵抗、不反击，直接成了被射杀的人肉靶子。 他们一排排倒下，倒在尸横遍地的血泊中。 如果凭着瑞士雇佣兵的体格强壮、骁勇善战，他们冲出重围完全不成问题。 但有国王的命令，他们只能束手待毙。

国王的仁慈换来的是瑞士雇佣兵的死亡。 900名士兵死了786名。 国王的仁慈并没有换来暴民对他的仁慈。 他口中的人民已经成了杀红眼的暴徒。 路易十六被擒，他不做任何反抗，知道不久便是末日。

法国大革命中的瑞士雇佣兵之死的消息迅速传到瑞士，本土的人们为自己国家子弟的忠诚而哭；消息传到全世界，人们为瑞士雇佣兵的忠诚而震撼。

1821年，丹麦雕塑家特尔巴森设计了这座狮子纪念碑，并将此雕刻在天然岩壁上，以纪念786名死于法国大革命的瑞士雇佣兵；同时，这也是对团结、忠诚、勇敢、享誉世界的全体瑞士雇佣兵的致敬。

从此，瑞士被作为永久中立国存在。 和平是他们的信仰。

如果说法国大革命时期死去的瑞士雇佣兵是以忠诚、遵守契约精神闻名于世的，那么，再往更早时间数，数到 16 世纪，在那场教皇护卫战中，瑞士雇佣兵勇敢、遵守契约精神早已令世人钦佩。

　　话说教皇尤利乌斯二世在 16 世纪之初将保卫自己和教堂的任务交给了瑞士雇佣兵。这一年，即 1527 年，神圣罗马帝国挑事儿。尤利乌斯二世教皇当时还有至高权力，因此他派遣法国军队对抗神圣罗马帝国军队，法国兵败。神圣罗马帝国的军队长期未发军饷，他们被号召进攻尤利乌斯二世教皇的所在地，入城之后可以任意掠取那里的金银财宝。这一下，34000 名神圣罗马帝国士兵抖擞精神前往教皇国一搏。此时，教皇身边的士兵由于恐惧跑掉了，教皇身边只有 189 个瑞士雇佣兵，他们因为签约期限未到，必须听从教皇指挥，去打这场看来明显是寡不敌众的硬仗。

　　战斗力极强的瑞士雇佣兵硬是凭着勇猛顽强，在激战中杀出一条血路，带领着教皇冲出重围，保护其幸免于难。在这场护卫战中，有 40 名瑞士雇佣兵牺牲。

　　从此，教皇的卫队一直都由瑞士雇佣兵担任。

　　我站在狮子纪念雕塑前，听着琉森湖滚滚的流水声，心里有许多的疑问与感慨：为什么会有人去干雇佣兵，这是拿命去换的营生，难道金钱比命还重要吗？

　　带着疑问，我走出纪念碑公园；旋即，我又被一股世俗生活的热浪裹挟而去。

　　转过几条内巷，来到了购物街。两旁的商店差不多都是手表专卖店。瑞士手表在全世界都赫赫有名，以其精工制作、信誉良好为消费者喜爱。 人们来瑞士游览，手表店必然要去逛一下。

　　站在透明的玻璃橱柜前，你可以看到琳琅满目的各种样式、规格的精美手表。 如果你有意哪一款要求试戴，很快会有讲中文的售货员过来帮你忙。 我们国家改革开放以后，谁都知道中国游客的购买能力很强，你走到世界各地的购物店，只要有购买需求，都有讲中文的卖方为你提供亲切、周到的服务。 当然，在这些售货员里边，有许多华裔专门为中国人服务。 谁都知道有能力出国旅游的中国人，一定会购买些物品带回国；找懂中文的本国同胞，因无语言障碍，买与卖更好沟通，一笔交易很快就达成了。 出国以后你可以看到，中国人到哪里都凭借勤劳踏实的精神谋生揾食，令人敬佩。

　　手表被小心翼翼从橱柜里取出来，售货员温柔地给你试戴。一道弧光，刹那，手腕间便有璀璨夺目之光在闪烁了。 若试戴在女人腕上，纤细处，绽放的是金属之花；若是戴在男人腕上，粗犷处，注入的是成功之力。 瑞士手表，价格不菲，却拥有者众多而且热情持久，它代表时尚、潮流、财富与气质，全是人在世间舍不下的物质追慕与迷恋。

　　我买了一块价值中等的瑞士手表，然后坐在凳子上休息。

　　此时，我的思绪开始飘荡起来。 那边厢是狮子纪念碑，瑞士男人当雇佣兵，用生命换取财富。 他们的职业是生死未卜的战斗，其营生又无不与死亡联系。 生的初衷，结局可能是死；死的预料，却又是为生而筹措。 这真是男人所遭遇的最大悖论，又是最费解之难题吧。

这边厢，是能工巧匠制作出的精湛手表，它实用中有奢侈，为消费者提供心仪商品，同时财源滚滚。

我在想，人类的谋生手段真是差异极大而又诡异多端。有的人谋生，以生命为代价，以死谋财；有的人谋生，以技能为手段，以更好地活着来赚钱。同样都是瑞士男人选择的行当，世道转变得匪夷所思、无法想象。

以生命为代价谋生者，从他穿上军装成为雇佣兵的那刻起，奔赴战场，活下去是侥幸。当然，骁勇善战的瑞士雇佣兵会尽量让自己在这场战役中活下去，以便下一次还能卖个好价钱。可下下一次呢？他们在无常中早已练就了大无畏、不怕死的豪爽。不是为信仰，职业就是职业本身。你雇用我，付给我金钱，我必须忠于雇主，精诚团结、勇敢作战。当然，求上帝保佑：让死亡尽量来得更迟一些吧。

以技能为手段的谋生者，他们早已遗忘了前辈们曾经穿梭于枪林弹雨，在泥泞跋涉的行军途中，在炮火熏炙的冷酷战壕枕戈待旦的岁月。现在，他们同样谋生，低着头，埋首于眼前每一个细小的手表零件的锉搓磨砥之中。他们手里拿的是小钳子、小镊子和锉刀磨具。那些齿轮、自动锤、换向轮、自动传动轮、拨针，都要在切割磨研中符合功能要求。然后，就是对手表表壳、表盘的精雕细琢了。每一步骤都不得马虎，耐心、细致，磨出人内心的稳定品格、笃诚个性。这是考验坐功的活计，是慢工出细活儿。一个个零部件，都如绣出来的艺术品，细腻而铮锃，物质主义的奇葩，竟然可以在原本的贫瘠之地怒放。

二　职业难觅

人们现在可能无法理解，那么强壮精干的男人干点儿啥不好，为什么会去选择当雇佣兵这种炮灰行当呢。

现在的人，可供选择的职业很多，自然无法想象旧时代人们找不到谋生出路的艰窘。

话说瑞士，这里的自然环境与风光真是美不胜收。它多山、多湖，山是欧洲有名的阿尔卑斯山。山峦层叠而绵延，横亘瑞士，像一道坚固温暖的屏障，庇护着瑞士人。除了山川、湖泊，那平展一些的便是斜坡。斜坡上长满植被，有绿茸茸的巨大草坪。

当你只是欣赏旖旎风光时，你会因此陶醉。

且慢。风景不能当饭吃。当诗人写下这样的诗句"如果贫穷，听听风声也是好的"之时，从诗意上来说，这诗无疑优秀。但从实际情况出发，就存在问题了。贫穷与饥饿的人们，百爪挠心，难受至极，肠胃需要食物。此刻此人全无半点闲情逸致去欣赏飒飒风声。他只想有一碗干饭吃了以解除饿意。人在饥饿的极限中，不仅没有诗意甚至没有人伦道德。灾荒年景易子而食的情形时有发生。饥饿就是饥饿，任你说得天花乱坠也不解决问题。

在饥饿面前，别说听听风声了，就连兰花、玫瑰都比不上玉米、高粱的珍贵。 审美趣味、艺术的欣赏一定要建立在一定的物质基础之上，否则一切都是奢谈。 在我们中国古代哲人早就有了这方面的发言，春秋时期的政治家、军事家管仲说："仓廪实而知礼节，衣食足而知荣辱。"吃不饱饭，何谈美学感受力。 吃饱了饭，才可以听到天地之间那风声回荡的悠然意蕴。

话说瑞士，它位于欧洲的中南部，是个绝对的内陆国家。 我在旅游回来以后在地图上察看了一下它的地理位置，才发现它真是绝对的内陆。 它的周边国家是法国、德国、奥地利、意大利等，它被密不透风地包裹着。 若是邻居强大且不怀好意，总是觊觎它的版图，时时怀有蚕食吞并的打算，那就有麻烦了。 这是险恶的国际环境。

从国内的生存环境来说，作为内陆国家，它有山川、湖泊，但很少阡陌平畴。 若有地面，也是在山地和壤地之间顺势而下的坡地。 它可以被观赏，可以吸引世界各国游人的目光发展旅游业。但是，旅游业的发展是晚近的事情，是工业文明发展到现在的产物。 那时候的瑞士，没可能因自然风景的呈现而赚取金钱。

可以想象，斜坡不适宜灌溉，水土容易流失，农作物的种植无法有好的收成。 人们苦啊。

我们中国也有许多内陆省份，是从农耕文明发展而来。 但我们与瑞士的情况截然不同。 一是中国拥有 960 万平方公里的陆地面积，瑞士才有 4.1 万多平方公里的国土面积。 我们中国不仅内陆辽阔，而且有海洋。 我们的内陆有山川、湖泊，有沙漠、戈壁，我们还有平畴辽阔的农业可耕地。 黄河、长江等大江大河滋养着我们。 地大物博、丰富多元的自然环境，培育着我们几千年的灿烂中华文明。 世界历史上曾经有过四大文明古国：古巴比伦、古印度、古埃及和中国。 前三个古国都陨落在历史的长河之中，只有中国，历经劫难而不衰。 中华的农耕文明，讲求劳动、和谐，从未挑衅和对外发动战争。 当然，与世无争的温良恭俭也让人以为是柔弱，又加上曾经的国势单薄，我们过去受尽了外部敌对势力的欺负，备受屈辱。

那么关于瑞士，也曾经被人虎视眈眈。 它特殊的地理位置决定了它曾经不仅是贫穷的，而且是生存境况险恶的。

先说生存环境。 4 万至 5 万年前，瑞士已经有人居住。 漫漫岁月，它曾经被罗马帝国统治达 400 年。 后来，有 4 个家族，即策林根、基堡、萨瓦以及哈布斯堡家族都在这里争夺地盘。 更为强盛的哈布斯堡家族打败其他 3 个家族，成了这里的封建领主。

要说哈布斯堡家族，它也不是瑞士的原住民。 公元 6 世纪，法国的阿尔萨斯公爵扩张到瑞士，来到北部的阿尔高州。 1020年，他在这里的山峦建起鹰堡，这便是哈布斯堡。 慢慢地，他们又将势力范围向莱茵河西岸流域扩展。 哈布斯堡家族声名日隆，那只鹰扇动强劲双翅飞向苍穹，显示骄微与荣耀。 哈布斯堡家族日益成为欧洲最有权势、统治面积最大的统治者。 直到 1278 年，这种不可一世的局面终于被打破。 正是当地的原住民、瑞士剽悍骁勇的男人组成的民间武装，竟然打败了拥有精良武器装备的哈布斯堡家族。 哈布斯堡家族的军队溃不成军，一路逃跑，沿河逃到奥地利。 结束了对瑞士长达 640 年的统治，从此哈布斯堡家族在奥地利安营扎寨。

这场赶走哈布斯堡家族的战斗，你可以想象瑞士男儿该有怎样矫健的身手、血脉偾张的斗志、灵活机智的战术。 这些在极其严酷环境中生存下来的人，他们中大多是山民，这些人经历着风雨、寒峭、饥饿。 苍茫大地，岁月峥嵘，在无情淘洗也在淘汰着每一个人，弱者早已毙命，唯生命基因强大者，才能于任何困厄中活下去。 活下去的，都不是一般的人；一个民族能够存在下去，正是依赖那些传承着生存密码的人。

把敌对势力赶跑了，怎么在漫长岁月活下去仍是人面临的重大问题。 这不是仅靠思索可以解决的，必须付诸行动。

瑞士没有百业，它不像发育成熟的欧洲国家。 百业兴，百姓活。 瑞士有皇室，皇室需要为自己提供财富和服务的对象。 瑞士有宗教，宗教也需要为自己交税以维持运转的对象。 皇室与教廷都将自己的财务所需分摊到平民头上。 可平民又从哪里赚到钱财呢？

前现代社会，职业真是很少。 皇帝大都是世袭，围绕各个小公国又有贵族。 大量的下等阶层的人为上等阶层的人服务。 能够进入皇宫做男佣女仆的，算是体面而保险的职业了。

宗教人士也必须靠收什一税来维持教廷日常，都是些上心者而非上手者。 而在瑞士，下等阶层即使想勤勉上手以劳作为业，没有平坦肥沃的土地，农业收成靠不住，过的是绝望的生活。 山民只能选择做战士，拿性命换财富，以期养活自己和家人。 这也正是瑞士盛产雇佣兵的深层原因。

生存不易，职业难觅。 我们现在的人很难体会前现代社会民众之艰辛。 当人无法依靠外延性生存技能谋生时，他们唯有出卖自身的身体资源。 穷到无以复加、无法言喻，什么都没有了、没有任何谋取生路的手段和机会，只有凭借唯一的肉身资源。 这种滴血而悲怆的人生，让人掩泪唏嘘。

现在的人真是无法理解，当人活不下去时，出卖唯一的身体资源是本能选择。 中国古代社会对青楼女子也有贬义，但民间并不存有太多道德绑架，所谓"笑贫不笑娼"。 而男人活不下去时，会去当兵，"当兵吃粮"。 不是没路可走，谁想去当兵呢？ 前国家伦理社会，哪有那么多职业可供选择。 当兵是为了解决吃饭问题，这也是出路，但出路可能是生路也可能是死路，谁知道呢。 先解决吃饭问题，其他的都交给上天裁定。 上战场可能是死，但也可能活。 若是活下去，说不定还会谋得一个上进的好前程呢。 作为男人，战死比饿死来得痛快。

当然，在中国的传统观念里，当兵总是下策。 在职业排序中，士农工商兵，兵排在末尾。 过去有道"好铁不打钉，好男不当兵"，可见对当兵的贬义。 如果男儿秉资聪慧，可以通过科举求取功名走向仕途。 或者，有几亩薄田，聊补无米之炊，也是安全正当营生。 最理想的当然是耕读之家，一方面稼耕，一方面读书，吃饭和精神都得到保障。

中国自古以来是当兵吃粮。 封建社会的兵丁卒役，是皇帝及江山的忠诚守护者。 保卫帝国与民族，不惜"金戈铁马裹尸还"。

汉武帝收复西部，是为边陲安定。 总之，中国兵士参军打仗与忠君护主有关联。

近代以来，20世纪初，孙中山建立黄埔军校，这是一群有理想、有信仰的刚毅男儿，为实现"三民主义"理想，为"驱逐鞑虏、恢复中华"的抱负聚集在正义道德麾下。 后来，军阀混战，各路强梁招兵买马，各自称雄。 投其门下者，有的是经济困窘中的男儿，有的是在乡野闾巷受尽恶势力欺辱、在法律废弛的亚秩序中有冤无处申的绝望者，他们奋然从戎，为的是躲避杀身之祸，也为了自己强大以后返回复仇。

1949年中华人民共和国成立以后，参军保家卫国。 参军光荣，军人有着令人艳羡的特殊身份，并且有着熠熠光环。 中国军人是执政党的忠诚战士，是维护国家利益的钢铁长城。 中国军队从来没有雇佣兵制度。

话又说回西方。 雇佣兵在西方的存在由来已久。 我知识浅陋，能想起来最早的应该是罗马军团。 想到罗马军团，眼前便是身材挺拔、个性彪悍、脸部线条硬朗的美男子。 在这个军队里，有精通军事并乐于征战的贵族子弟。 贵族看重荣誉，以英勇、敢于走向战场为自豪。 贵族青年男子，若是怯懦于征战，为人不齿，自己也是颜面尽失。 但在军团，不可能只靠本土贵族或战士，罗马人为了保证军人数量，也为了不去过度消耗自己的军人，他们招徕兵种齐全的外域人士充当军力资源。 往往，一个地方的头领会率部前来。 罗马军团差不多有75%的雇佣兵。 这别国的青壮年成为罗马的辅军。 渐渐，这些雇佣兵也会留下来，成为罗马公民；然后，他们的社会地位和待遇也会有所提高。

　　雇佣兵参与着古罗马的军事事务，他们的血液也随着古罗马的命运之河向前湍急流淌，且让我的思路再向前延伸。

三　男人的血

　　我必须补充东、西罗马以后雇佣军分别在这两个帝国扮演的角色。

　　任何王朝似乎都有定数。 公元 395 年，罗马的狄奥多西大帝命绝。 他将罗马分为两部分，东罗马交给 17 岁的儿子阿卡迪乌斯，西罗马交给幼子，才 11 岁的霍诺留。

　　两个儿子似乎都难有雄才大略。 话说西罗马皇帝，他年纪尚幼，即使又长大几岁，也无进步，其个性怯懦不说，还无法辨别是非真伪，缺乏理性判断能力。 待他长到 26 岁，即 410 年，西哥特人围城，他不听斯底里哥将军的忠言，竟然以为对他有害。 他以为自己有能耐可以决断臣属的生死，他将这位将军处死。 不久，西哥特人攻入罗马城。 西罗马在摇摇欲坠中又维持了若干年，这种维持，以西罗马皇帝做傀儡为代价。 476 年，日耳曼的雇佣军首领奥多亚克不耐烦了，说："这么多年假模假式维护一个虚伪无用的帝国有什么意思，彻底废了吧。" 这么多年来，西罗马几乎是在这位雇佣军首领的指挥棒下苟延残喘。 公元 476 年，80 年寿数的西罗马降下千疮百孔的帷幕，最后一位皇帝罗慕路斯·奥古斯都鲁被废黜。 西罗马寿终正寝。

可以说，西罗马的覆灭与雇佣军有直接关系。

接下来再说一下东罗马。

东罗马第一位皇帝阿卡迪乌斯将都城选在了拜占庭。 他崇尚希腊文化，人虽说才华有限但还没那么昏聩。 他懂得斡旋，尽量避免战争。 他在 408 年死时才 30 岁，留下著名的"托孤"一事，他将后代托付给了萨珊波斯王国的伊嗣俟一世。 原来父辈与萨珊波斯王国一向是宿敌，到阿卡迪乌斯，他努力修好关系，不激化矛盾，这为东罗马的长治久安奠定了基础。

东罗马帝国在险象环生中竟然能屹立于世界千年，这也是一种奇迹了。

拜占庭这个地方，地缘政治恶劣，周边全是对它有非分之想的明与暗的敌对势力。 组织起强大有力的军队是必须的。 拜占庭本土兵源匮乏，只能求助于外埠。 东罗马军团中有战争需要临时招募的雇佣兵，也有长时间服役的雇佣兵。 其军团里边，哥特人为主要核心力量，其次有保加利亚人、塞尔维亚人、罗斯人、勃艮第人，其中作战最勇敢的是加泰罗尼亚人。 数了一下，好像那时的瑞士人还没有参加雇佣军的打算。

为金钱打仗的雇佣兵，成为拜占庭帝国也就是东罗马帝国的一大特色。

写到这里，我必须记叙那场关于东罗马的最后一场战役。 这是雇佣军对一个千年帝国最后的一次忠诚履职。那场恶战，历史明鉴，自由的飞鸟沾染着硝烟弥漫的惨烈屑尘，矗立的教堂看得见街衢巷间酷冷的白刃相搏。

1453年，刚刚继承王位不久的奥斯曼帝国穆罕默德苏丹二世野心勃勃，欲拿下拜占庭，消灭存在千年的东罗马帝国。苏丹二世此时才21岁，正值肾上腺素极度膨胀的年龄。他敢想也敢做。他已敏锐觉察到拜占庭帝国存在的内部与外部危机，借此机会，正可以一举歼灭，开创自己的历史辉煌。

的确，从外部来看，东罗马帝国曾经有过自己的高光时刻。查士丁尼一世曾经是强悍帝王，在他统治下编纂的《查士丁尼法典》成为日后重要且具有开拓性的法律著作。他去世之后，继承人无力对付觊觎者。伦巴底人占领了意大利北部，斯拉夫人占领了巴尔干半岛的大部分地区，波斯人、阿拉伯人都在侵占东罗马领土。尤其是四次十字军东征及奥斯曼帝国一次次的挑衅，东罗马面临严峻而恶劣的处境，它的地缘政治不大乐观。原先偌大的版图被削减得可怜。它已逐渐失去了亚美尼亚及安托纳托利亚部分地区，随即又失去了小亚细亚半岛。

此时，奥斯曼帝国已如新星冉冉升起。苏丹二世决定在自己执政初年完成一件令世界为之震撼的大事，他决定攻占君士坦丁堡。

东罗马皇帝君士坦丁十一世并不是软弱可欺之辈，他在顽强抵抗中。他的有生作战力量中，有许多是雇佣兵。雇佣兵够勇猛、够诚信，与他一道与苏丹二世的军队拼死相搏。只是可惜，已近衰绝的东罗马，气数将尽。

衰绝不是一天发生的，东罗马除了外边恶劣环境，内部也已腐烂锈蚀。 多少年来，由于土地兼并，许多小农自顾不暇难以为继而将土地出卖给贵族与大地主。 小农越来越穷，贵族与大地主越来越富，他们土地资源雄厚，财富集中。 有地才是王，有地成王的人绝对可以不听皇帝的。 而丧失土地的小农，必然成为贵族与大地主手下可供差遣的奴仆。

国家兵源匮乏，却征不到国内男丁充军。 贵族与大地主不会允许自己使用顺手的奴仆外出当兵打仗；而又有谁愿意去干这随时可能掉脑袋的营生。 宁愿在地里刨食，宁愿受人压迫，只要有碗饭吃、无性命之虞能活下去已经很不错了。 下层人从来都只有最低生存要求。 国家无兵源，只能到外埠招更穷困的雇佣兵。

雇佣兵是为高薪而来，而东罗马国库告罄。 贵族和大地主并不想交很多的税。 无税怎养兵？ 国库缺钱，养不了自家兵，也更养不起雇佣兵。 雇佣兵薪饷 2 至 6 个月结算一次，若是欠薪，雇佣兵自然会逃跑不干，哪怕你火急火燎地用兵。

话再说回到 1453 年这一场恶战。

若是说西罗马帝国是被雇佣兵首领推翻的，那么东罗马帝国这场最后的保卫战，雇佣兵则是与君士坦丁十一世皇帝浴血奋战，肝脑涂地。 可是雇佣兵再彪悍英勇，也难以挽回东罗马帝国的灭亡之运。 苏丹二世攻城略地，君士坦丁十一世壮烈殉国，拜占庭沦入奥斯曼帝国之手。 从此，君士坦丁堡更名为伊斯坦布尔。

现在人们都说土耳其的伊斯坦布尔有着奇异迷人之美，它有拜占庭的绚丽，又有奥斯曼的神秘。 我真想到那里去欣赏一下。 可惜，在我写这篇文字时，肆虐世界的新冠病毒已经延续整整两年，至今仍然气势汹汹未见退场。 走出国门，欣赏天下美景的愿望不知何时才能实现。 且让我展开无穷想象力，去想象那未曾去过的远方及其无限魅力吧。

我如今在写瑞士狮子纪念碑的这篇文章，这是多年以后的追记。 我一直带着问询去查勘关于雇佣兵的资料。 一场远足是行走的阅读；返转身来，寻找历史遗踪，在反刍临场情境时更加强烈渴望了解背景。

我的思绪从瑞士狮子纪念碑到雇佣兵溯源。 更久的历史我暂时搁置，古罗马的厮杀搏斗中雇佣兵的身影，让我又惊叹又疑惑。 战争是古老的政治游戏，男人是这场游戏中必然充当的角色。 有的男人当国家遭遇外敌侵犯时为民族而战，有的男人因诡异的政治动员为贵族而战，比如英国的红白玫瑰战争。 巧合的是，1453年红白玫瑰战争爆发当年，正是苏丹二世掠取拜占庭帝国，即东罗马帝国被摧毁的那一年。 英国当年这场战争，约克家族的徽章是白玫瑰，兰凯斯特家族的徽章是红玫瑰。 红、白玫瑰家族之争纯粹是一场内战，同室操戈，却是旷日持久，最后以联姻的形式得以平息。 曾经再鲜艳的玫瑰，无论何种颜色，在熏炙的硝烟和无情的轰毁中，都萎蔫零落，入地成泥泞一片的污浊，无法香氛如故。

红、白玫瑰战争，有贵族子弟参与，也有平民子弟应征。 战争打得昏天黑地，死的都是强壮精干男儿，有什么意义吗？ 死了就死了，无法复活。 马克斯·韦伯一直对所谓战争的英雄主义之吊诡予以揭穿，他的所指正是发生在欧洲王室与贵族之间的族群火并。 死者都如一缕炮屑飞尘飘向远际，何谓英雄可言？ 后来欲以征服欧洲的法国统帅拿破仑曾经夸口说他军队招募的都是法国最出色的士兵。 他的士兵再出色，莫不过最后是在外埠战场洒尽最后一滴血。 历史上，许多的矫健、强壮、勇敢的男人就是在为有意义实则无意义的战争献身。

献身的男子从来不问结果。 如果有那么多疑问，他们就会畏缩不前，就过于功利了。 凡是动人心扉的悲剧主角，从来不是功利主义者，他们气概豪迈，只重过程不计结果。 历史上的贵族男儿，他们此生必须至少参加一次战役，那才称得上贵族。 男人能干什么？ 大把的闲暇时间，闲下来的男人不知道该怎么活，他们会虚无、空洞到无力解脱。 一声战斗号角，陡然令他们挺身而起。 至于生死，一切随命。

我的思绪又一次飘向琉森的狮子纪念碑。 瑞士雇佣兵，他们没有这种形而上，他们很功利，选择严酷的职业，就是以命换钱。他们不像贵族子弟为荣誉而战，也不像国家军人为民族而战，也不像宗教团体为信仰而战。 他们甚至是没有敌人的。 当他们一手执盾、一手持矛，以血肉之躯与迎面而来的人拼杀时，这迎面者不是敌人，只是他们领取饷金必须完成歼灭的任务。 这是令人诧异而费解的职业。 他们没有被道德主义感召，没有高邈的理想，但他们同时是信奉职业操守的，这就是狮子纪念碑带给人震撼的缘由。那哀泣而濒死的绝望雄狮，它曾经在生命最为强悍的岁月，像一个血脉偾张的男儿。 瑞士雇佣兵，他面颊硬朗，下巴线条轮廓分明，鼻梁高挺，眼神晶亮，他邪邪地笑着，却是既性感又单纯。他早已战胜了走向前线的畏惧，年轻而热烈的脸上，留下男人年轻时节最美好动人的表情。

女人们，该对男人做怎样的选择。

四 对女人的灵魂拷问

现在，我坐在琉森的手表店，思绪犹如天边的云岚，飘飘卷卷，仿佛在进行一场灵魂拷问，这应该是针对所有女人的灵魂拷问。

我在瑞士琉森，至少看到历史与现今男儿可能从事的两种职业，一是去做雇佣兵，一是去做钟表匠。兵与匠，都是男人选择的职业；而女人又该怎样选择这两种职业的男人呢？

男人干事选职，不就是为了成家立业，为了心爱的女人吗？可女人却有着细细密密的心事。女人心，深如海，密如针。

女人若是选择组织家庭，选择生儿育女的配偶，她肯定会理性地以钟表匠为合适人选。

钟表匠，工作安稳、薪水有保障。他的工作乏味而踏实。他每天坐在那里，一凿一锤，在金属上绣花。有一技之长的男人，可以养家糊口。女人选择结婚对象时，必须考虑实在的物质利益。 此刻，口讷、无趣、沉闷的钟表匠或许会成为她的首选，选他为终身伴侣。 因为女人必须想到日后儿女要有饭吃、有衣穿、有屋住。

当然，已无生存之忧、经济可以自由掌握的女子，在情感及婚姻选择上又将是另一种境界。 这又让我想起奥斯曼帝国掠取拜占庭帝国的那场战争。 与君士坦丁十一世并肩作战的雇佣军首领忠诚而勇敢，他组织着一次又一次反击，拜占庭帝国才不至于那么快就败在装备精良的苏丹二世手下。 正版史书记载的当然都是宏大场面，但也有偏史或传奇演义，在叙述这一惨烈场景时，其缝隙仍长出人性之嫩芽。 我看过一个纪录片，说的好像正是此次战役中的雇佣军首领与拜占庭帝国的公主或是贵妇爱意炽烈。 哪怕已处在烈火弥漫中，他们仍然是那样情浓如焰，难舍难分。 那是美人与英雄必然的相逢，没有任何功利目的和日常筹谋，只有爱本身的纯粹。 那是柔婉滑逸的玉肌与铁骨钢筋身体的触碰，让人难以自禁的甜蜜触碰。 女人当然知道等待男人的命运是什么。 在世时间须臾，更知瞬间即永恒，知道这个男人随时会从自己的眼前消失，却是更紧地箍住他热吻，泪水涟涟。 她爱他强壮精健的体魄，爱他生动活泼的双眸，爱他无惧死亡的洒脱。 这爱，销骨扬灰，有多少爱就有多少痛！

越美丽高贵的女人，越可能不计功利，奢侈地爱上那金戈铁马踢踏，何处青山埋骨，随时一去不返的勇士。

一般情况下，多数女人会选择钟表匠做人生配偶。 钟表匠平朴少言，缺乏趣味，他很少甜言蜜语，却让女人吃穿不愁，保证了稳妥的命运连续性。 锦上添花的生活、超级浪漫的生活总会看起来不那么真实，多数女人不排斥婚姻中的归宿感。

日子过久了，好强的女人会心生怨气，不自觉中，目光会投向那具有勇士情怀的男人。 这样的男人，搂紧了她，给她昏天黑地的满足。 她为他的潇洒沉迷，箍住他的腰身，在他耳边喃喃语道："我若不能生之日日夜夜与你同床相伴，但愿死后与你共眠一穴。"这都是情到深处的昏话，她却自我感动，流泪不止。

他抚了她的面颊，告诉她，命悬一线的生活是你无法陪伴的。随即，他打着响指，飘忽离去。

勇士般的男人过不了寻常生活。 勇士从来不是为平庸生活而生，他是为壮丽生活而死。 勇士陪伴不了女人琐屑的日子。 他洒脱，适宜当兵，走向前线。 一颗流弹袭来，死了就死了。 他们无力承担琐屑日子的空虚。 勇士皆是天生的浪漫主义者。 即使他们在战争过后侥幸活了下来，面对日后憋闷的秩序生活，日复一日的单调和重复，他们也会在自我糟蹋中早早了断。 他们和热爱和平秩序的女人是两类物种。

女人代表秩序，也总在秩序中。 平常的日子，总有各种需要忙碌的活计。 闲暇时光，洒扫、刷洗、栽花、莳园；当然还有更雅的，煮茶、抚琴、听曲、赋诗、作画。 女人总有上手和上心之事，她不厌其烦，日子如旧，感受如新。 内心丰富些的，在展开中犹如飞向远方的紫燕；浸润其中的，犹如花儿在子夜时的嫣然回眸。

女人忙一阵子会坐下来静想心事，哦，是关于性别的。 她对钟表匠的男人已不再苛求，他带给她栖息；再想想那勇士的男人，她只是在远游中恍惚做了一个春梦，梦醒了，雾淡了，一切都烟消云散了。

女人从来都拎得清；也许拎不清的，只能将日子过得乱麻一团，前程危哉。这又是个复杂的话题，容再找机会细细叙说。

我坐在琉森钟表店，突然想起了嫁到瑞士已经十几年的师妹尹平。她在网上认识了瑞士夫君，然后他坐国际航班到广州，他们迅速办理结婚手续，我们为他们举办了一次结婚酒席，同时也是送行之宴。师妹在瑞士生了孩子。听说她的丈夫全家种植葡萄，收入不错。瑞士人务农者是骄人职业，不像我们，以为农民都是在社会底层。当然，现在国内城乡概念也改变了。我不可能联系到她，只能祝她幸福。

走出商店闲逛，远远望见那古老的顶木桥两侧的栏板上到处都有鲜花，这里又称花桥。

天色青黛，琉森湖水波光潋滟，鸬鹚叼起一条小鱼飞起。岸边有水生植物茂密生长。天空湛蓝，白云袅袅，瑞士适宜人居。

这个曾经贫窘到男人因找不到工作必须出外当雇佣兵的国家，现在已成为富裕的国家，瑞士手表和瑞士银行，都为世人称誉。瑞士手表美而精，瑞士银行诚而信。瑞士的男人用不着当雇佣兵赚钱糊口了，他们用不着剑戟相搏，不用杀人与被杀，回避了鲜血染着男人刚毅面庞的所谓壮丽。

瑞士曾经穷困，它可以输送男儿专门打仗；但在本土，近代鲜少战争。1618 年至 1648 年发生在欧洲的 30 年战争，它恪守中立。随后，纺织业、钟表业在这里发育。更骄人的是钟表业。

有人说，16 世纪法国和意大利的难民将钟表制作技术引进了日内瓦；瑞士人说，除了纳沙泰尔州的钟表业，我们早就有了自己精湛的冶炼技术和钟表制作工艺。

旅行之于我，常常是在非常犹豫矛盾的心情下起程的。 我的写作计划尚未完成，若是出门，好不容易氤氲的语境会破坏，文章的完成要延宕，我看着抽屉里散落的札记片段常是叹息。

可是，来到辽阔的外部世界，它打开了我的视野，有许多的未知和发现，有深厚的历史背景和勘察让我亢奋，正如同此刻我在追叙的场景。

眼前仍是那个深秋时光。

如同绸缎一般铺展开来的斜坡草坪，绿色已在瑟瑟秋风中变成金黄，更加魅人。 一架架的葡萄如紫色玛瑙，夕阳下那遍布的湖泊闪烁着碧蓝和紫茵的波纹，青灰色水渚旁的白色茅草摇曳多姿。而无尽的历史、事件与人物，就在这微波中像一幅幅引人入胜的画卷，徐徐展开。

水印的情书

一　水印的情书

坐上游船前往威尼斯。

迎面是风。 深秋时节，风有些凛冽，却是很爽。 到处是水，我弄不清这水究竟是来自亚得里亚海，是来自大运河，还是从潟湖涌来的。 大朵大朵的浪花喷薄而起，仿佛天幕，浩渺无际的混沌，幻化成靛蓝、青黛、玫紫色花瓣。

快到岛上了，美丽的威尼斯如梦般展现出她的俏丽。 船快靠岸，水波只是静流宛转。 岸边停靠着许多船，整齐排列的贡多拉，是这里的特殊景观。我们下来，在岸边，以贡多拉为背景照相留念。

更远一些的地方，是教堂的塔尖，嵯峨闪光的楼房，还有一座座形态各异的石桥与木桥。现在，可以清晰地看到水面的海鸥：它们有的在低空飞翔，海鸥的头部、颈部和背部雪白，翅羽是岩石灰，尾翼却是黑色。它们的色泽低调又奢华，在这碧绿般绸缎铺展的水面，灵动而妩媚。它们有的在向水面俯冲，尖嘴扎进水中，是在叼食小鱼。

阳光照着，人群熙攘，威尼斯是梦中之城。

从贡多拉走出一个高个子中年男人。他强健而高挺，如雕塑般的面庞有着意大利男人独特的立体性感。意大利盛产美男，那些古罗马的后裔，曾经历征战讨伐、驰骋疆场的岁月。艰辛与严酷无情地淘汰着男人，略为羸弱的身体会被摧毁于血腥地下。一代又一代，活下来的男儿，如果不在和平年景自我堕落，不因虚无而贪吃嗜睡，他们依旧会有高挺、矫健的身姿。

眼前这个贡多拉的船主，长年的水上生活，划动船桨以载客，体力劳动让他的身体没有发胖臃肿。适宜的劳作对男人有一定好处，当然活计不能累得过头，不然就是戕害。

我眼前突然浮现出那些在公元5世纪前来讨生活的男人。那些鬓发浓密、身体健壮的男人驾着舢板来到这里，他们登上小岛，一下子被这里平静、安谧的景象吸引了。海风吹着原始树林，礁石一块叠着一块，平坦一些的地方，已见出简陋的茅屋。更早到来的人们，在这个荒凉、隐蔽的地方住下来，他们不知是因为什么，也不知怎么找到这块小岛的。

鬓发浓密、身体健壮的男人是当地的农民和渔民，他们多次受到游牧民族的袭扰，为了躲避抢劫杀戮来到这里，并热爱上了这里。

他们决定扩建岛屿，重建自己美好家园。 这里是亚得里亚海的一个小岛，岛上到处是礁石，到处是丛林，到处是冲积而来的肥沃的泥土。 他们首先选择水不太深的沼泽地，砍下树木，向下将木桩一个挨一个打牢，铺上就地取材的石块，然后用水泥将石块的缝隙灌注，这就是地基，之后在地基上兴建房屋。 人们安定下来，在这里繁衍生息，养育子嗣。

所有的男人，只有把女人娶进家门才叫男人，他的日子才有奔头。 曾经的海盗，如果他们一直在烟波浩渺的海上颠簸，没有岸边靠揽的屋宇；如果他们只有膂力勇猛的人生，而无甜美如酒的女人缠绊，这海盗只是毫无生路和希望的孤魂野鬼。 他拼了性命在海上掠劫，他要那么多金银财宝干什么？ 若不是岸边木屋有心爱女子的等候，他争取到手的一切又有什么意思。 有了那个女人，他将宝物交付给她，她嗔怪他的冒险，可她用女人的柔弱与温情缠住了这个男人的心，男人觉得一切有了意义。 他在以后会收手不干，只为女人祈盼他平安的祷告。 是的，不羁海盗的所有行径，若因一个女人的牵挂，天使也会哭泣着原谅他的罪孽。

于是，在威尼斯，陆续迎来了面若桃花的女人。 她们洗手制羹，炊烟袅袅升腾，春藤般缭绕的女人，牵住了男人放荡的心魂。到处是屋宇、船帆、纤绳与码头；也颁布了律令、准则、交易与政策。 多少年过去了，在地中海这个大海湾，威尼斯发展成一个繁忙而富庶的城市，它形成了一个独特的社会以及共和国。 这是亚得里亚海最繁忙的港口。 波光涟漪中，威尼斯共和国以其曼妙之姿挺立于世，它成为地中海的贸易中心。 多少年过去，曾经的茅寮已变成华美的屋宇，所有的一切都在新发展中建立，这里有着民宅、府邸、钟楼，还有着议会厅、法院和监狱。 作为威尼斯，一切应有尽有。

每每望去，威尼斯已去掉青涩稚嫩的少女模样，日益成为稳重高贵的女王。 历经千年，她去掉浮躁、夸张，更加宽宥、仁慈，她是当之无愧的亚得里亚海女王。 14 至 15 世纪，威尼斯迎来了自己的全盛期。

16 世纪的哥伦布驾驶帆船的世纪性航海，让他在猝不及防中发现了存在于美洲的另一个新大陆。 地中海文明向美洲倾斜，欧洲的商贸中心向大西洋沿岸转移，威尼斯繁花似锦的前程出现颓势。比较让人难过的是法国拿破仑率军占领威尼斯，他欲以征服欧洲，岂能放过美如钻石般的威尼斯。 他站在岛上，宣布自己是威尼斯的新主人。 之后，威尼斯又遭遇不测。 1849 年，威尼斯反抗奥地利，独立战争中剽悍的威尼斯人获胜，但它已不是作为独立国家存在，而是归属了意大利。

多少年过去，威尼斯已建成迷人景致，诗人、画家、音乐家为之倾情，为之写下无数水印的情书。 人们翻山越岭赶到这里，仿佛朝拜心中的至美女王。 柔波、碧浪、礁石、潮汐，到处是无以言喻之美。 晨曦来临，对影成双的教堂、府邸、石桥和钟楼在漾漾碧波叠映，空气中到处是鲜花的味道。 若是传来古老教堂的钟声，窗棂和塔顶的鸽子扑棱着白色或灰色的羽翼向四处散开和平的弧线；如果深夜来临，无眠的海域，渔火与灯盏闪烁迷离，月光里的面颊和瞳仁将忧伤和烦绪驱遣，睡眠都像是在浪费光阴。 漆黑的里巷，总有夜游者晃荡的身影。

人们的眼睛看不过来威尼斯岛上这 120 多座教堂，连同 120 多座钟楼，60 多座男女修道院，40 多座宫殿，还有数不尽的大桥小桥和五彩缤纷的民宅与商铺。

水印荡漾，幻觉如梦。

威尼斯属于多情者的天堂。

我沿着狭窄的街道一路走着，然后又是豁然天光。 著名的圣马可广场到了。 四匝全是各式风格的楼房，还有教堂和议政厅。鸽子自在飞着，或在地上啄食，它们早已宠辱不惊。 太多的游人，它们早已习惯了。

我一路走着，僻静处，总看到成双结对的男女手牵着手。 一对中年男女，男子西装革履，很有绅士派头，但不是苍白无力的那种。 他的身边依偎着一个差不多年龄的女子，那女子显然装扮了不一样的风格。 女子着波希米亚衣裙，华丽而有些俗气，却是不拘而洒脱。 那女子是干什么的，不知道。 只见他们在一个拐角处紧紧拥吻在一起。 走出去我才发现，西方男子不大有少女崇拜，在他们看来，年轻不是高价值；而对于那些成熟、有感觉的女性，无论年龄几许，才是男人愿意交往的趣味伴侣。 但前提是大家都有阳光明媚的气质，内心依旧燃烧着对生命向往和热爱的小火苗。

很长一段时间，中国男人不知哪来的性别优越，他们略微有些权力和金钱就骄傲得不知王二哥贵姓。 他们带出去的女伴越年轻貌美越是炫耀的资本。 那时风气不正，人们聚会，男人说，可不要带老的丑的女人前来。 越是身体孱弱、精力稀薄的男人，越是对女人的年轻十分看重。 他若是有点小权力，就以带出年轻小妹为荣。 他全然不知道，那些女子为什么要跟他交往，人家肯定要图你些什么，所谓彼此情分，那只能是疑点重重。 但这类男人宁愿生活在自欺中。 有一天，他失去手中延伸性权力，小妹逃之不及。 这类男人，因为自己身骨无力、情操无德，故鼓吹少女崇拜，以免灵肉尴尬。 那些心智和膂力皆行的真汉子，才懂得不迷茫、不依赖、有自尊却又有万般风情的女子的无穷妙意和不尽妖娆。

当然，现在的中国已有大的改变，年轻一代的男人们，他们开始更为欣赏那又柔婉又有力量的女子。 年轻貌美不再是衡量女人的唯一标准。

发完了一通感慨，我继续在威尼斯的里巷岸边闲逛。 我进到一个烧制玻璃器皿的作坊，一个男士正在玩魔术一般将一团彩色液体经过吹制锻打，变成色彩缤纷、形态各异的玻璃用品或工艺制品。 意大利自古有闻名世界的玻璃制造业，但我对这些并不大上心。 我仍然只对这里的人文传承感兴趣。

我在广场的一个矮凳上坐下。 我此次来到威尼斯，是为了致敬一个人，他就是苏裔美籍诗人、诺贝尔奖获得者布罗茨基。 他为威尼斯写下不尽的章节，并长眠于此。

二　如果在冬夜，一个旅人

显然我来早了，我是在 10 月中旬来到威尼斯，不是布罗茨基到来的 12 月。 布罗茨基总是在圣诞节之前抵达这里。 他的心魂早已和浅海之上沼泽水畔建立的这座城市通灵。

那是 1972 年冬，他从美国来到威尼斯。

早在半年前，也可以说是政治迫害，也可以说是情断缘尽，他被驱逐出苏联。 在法国，他见过自己敬佩的诗人奥登之后来到美国。 很快，他凭借自己出众的才华，在美国密歇根大学找到一份教职。 他与同气求的美国杰出女性思想家苏珊·桑塔格相识相知，于是很快进入了美国文坛。

1972 年 12 月，学校放假，他第一个念头就是利用休息时间到威尼斯。 早年他的前女友曾送给他几张关于威尼斯的明信片，那绝色水域给富于想象力的布罗茨基以震撼与憧憬。

威尼斯，即使在冬天，低温也无法减损她丝毫的美，反而于幽冷香冽中，更加妙曼。 威尼斯，孤旅之人布罗茨基来了。

一个熟人来接他上岸，此人便是斯拉夫语言与文化的研究者玛丽亚·朵利亚·德·祖利亚尼。 她的名字又长又拗口，我们且称她为祖小姐。 祖小姐是意大利人，她有一米七八的个头，婷婷玉立。 她年龄与布罗茨基相仿，具备意大利女子特有的绝色风韵。研究斯拉夫文化的祖小姐当然与苏联文学艺术界的人有密切联系。布罗茨基与祖小姐在长年通信中彼此熟稔。

祖小姐带布罗茨基在一个友人空置的房子里住下。 此时布罗茨基手头还不宽绰，有朋友资助住宿最好。

布罗茨基和祖小姐交往以后发觉可以超越男女关系的浓密，他们彼此印象好，却不是卿卿我我的相处模式，他们彼此不是对方的菜，这使他们相处起来更自然。

祖小姐是意大利共产党员，而布罗茨基则是为布尔什维克所不容的持不同政见者。 因为她的美与善良，他说："我原谅了她意大利共产党员的身份。"

美女祖小姐领着他在威尼斯迷宫般的内巷、街区、水域转悠。他们之间发展不了浓情蜜意的情侣关系，自然也没有过于强烈的感情非要缠磨一起。 祖小姐尽到地主之谊，接下来他们分别自己做事了。

布罗茨基常常一个人走来走去。 那鱼腥和海藻味让他觉得陶醉。 威尼斯的冬天，行人和游人稀少，寂寥与空旷，符合布罗茨基的审美。 寒风冷峭，凛凛冬雪飘下来，水面不会结冰，只见花朵落入海水，马上融化，而钟楼、屋宇和石桥，还有内巷狭窄的街道路面，都被一层层银色覆盖。

那么冷，那么静，这都是布罗茨基想要的。

冬夜，一个孤独的行者。

威尼斯是他冬夜的友人。 威尼斯的冬天只有冷洌，没有温暖，但他却觉得惬意。 一年又一年，逢到冬季，他就在威尼斯住下。 他与祖小姐关系渐渐疏远，观念不同很难维持紧密的关系。 他在威尼斯已熟门熟路，已不需要像祖小姐这样的向导。 他冬天到威尼斯，往往住在朋友空下来的房间，或是自己租住价格便宜的公寓。 他会待上十天二十天，可以一个人长长地晃悠、出神和构思。

他走上叹息桥。 一边是整洁华美的楼房，青白石砌，这是当年政府审讯犯人的法庭；另一边灰暗潮湿，是关押犯人的牢房。 当年囚犯被审过后从桥上走进牢狱，叹息再多也无法改变自己的厄运，或者是罪有应得的惩罚。

自己是遭遇厄运，绝不是有罪。 被当成精神病被关，然后是流放。 又能怎么样？ 一个不经历命运淬火的男人还叫男人吗？

望着桥下汪汪水波，他仿佛看到那个令他难以忘怀的初恋巴斯曼诺娃。

1962 年 3 月初的一天，在圣彼得堡，已写诗出名的布罗茨基在朋友的一个家庭音乐聚会上，与年轻女画家巴斯曼诺娃相遇，他见到她便魂不守舍。 这一年，他 22 岁，女画家大他两岁。

巴斯曼诺娃究竟有多美，听听一向以高贵貌美著称的阿赫玛托娃的描述吧，她说巴斯曼诺娃有着一头漂亮的栗色头发，身段婀娜，双眼碧绿如宝石。 她说巴斯曼诺娃"不施粉黛，犹如冷水"。

冰雪美人是巴斯曼诺娃的外部特征，她的内里更是以理智清醒为判断标准。 如此客观、严谨、秩序感极强的人若是沦陷于布罗茨基，那一定是她自我昏迷得无可自禁。 她再理性，毕竟是个只有 24 岁的年轻姑娘。 她醉于布罗茨基俊朗帅气的外表。 22 岁的布罗茨基，有着犹太男子立体的、雕塑感十足的面容。 他的眼神忧郁而热烈，鼻翼高挺，下巴轮廓分明，他有着俊彦拔峭的身姿，站在那里，就像秋天俄罗斯原野上那直立的白杨树。 顺便说一句，布罗茨基更是越老越帅气，40 岁以后的他于沧桑突变中，仍有丰神逸美之形容。

且说巴斯曼诺娃，她不仅沉醉于布罗茨基的外貌，还有他动人的才华、如火山般的激情。 她在理性时知道这个个性强烈的诗人不是她的归宿，他无法带给她安定的港湾用于遮风避雨；相反，他有极为动荡的天性，有独生子的任性，有桀骜不驯的精神气质。他的自我与反抗，极为奇异地幻化为精英特征，情绪转变成意识形态的愤懑性炸裂。 她没有想到，这个男人在他成熟以后，因为这种秉性融合与追省，竟成为影响世界文学的巨子。

理性时巴斯曼诺娃会知道她和他全无前途，但年轻女子总有感性时的昏迷，她沦陷了。 要知道，女人的沦陷从来都是自己情愿，否则，没有哪个男人可以最终强迫得了她。 是的，她愿意。她俯身于他，让他的快乐无以言说，他为她写了大量的情诗。 这是献词，献给他心中的女皇。

此时，他们相爱，她化为柔指缠绕在他烈焰的枝条。

却会感到灼伤。 于是她必须告诉他："我不打算嫁给任何人。""为什么？"他不明白她的意图和打算，他们激烈地争吵。她逃跑，他陷入暴怒中。 后来，他知道她与自己的好友，也是诗人的博贝舍夫同居。 这可把布罗茨基惹怒了。 他跑到列宁格勒，也就是圣彼得堡找他们论战。 又是让人陷入尴尬绝望之境的情感闹剧。

布罗茨基无法平复自己的情绪时，割腕自杀。 幸亏被抢救过来。

自从她离开了他，布罗茨基写的诗总是哀歌。 他的后半生总在凭吊他逝去的爱情。

随后的年月，布罗茨基的确经历着政治迫害，但是他因失恋导致的坏心情，压抑、难过、熬煎汇成的流水铁柱，仍不断击打着他。 他性格的极端，从个人情绪转化为反体制、反社会的催化剂，这点儿也不应该忽略。 我们习惯于去谈大历史，实则历史缝隙缠绊的性格枝蔓，也是成为历史不可绕过的真相。 比如，性格、身体与反抗者精神与书写难道没有关联吗？ 肝淤不舒的人，更可能成为批判型知识分子。 当然，这得看这个人的天资禀赋是否具备成为一个杰出创造者的条件。

布罗茨基的批判性必然会冒犯一些人。 他被关进精神病院，并有一段时间被流放到北方的阿尔汉格尔斯克。

他全然料想不到，在流放地，巴斯曼诺娃竟来找他。 这个内心强大、有着隐性力量的女人，与布罗茨基在恶劣的环境中同居。 不久，她怀孕了。

1968 年，巴斯曼诺娃生下了她和布罗茨基的儿子。 她却拒绝孩子冠布罗茨基姓氏。 她仍然选择不嫁，独自抚养孩子。

1972 年 6 月，是迫害，也是万念俱灰，布罗茨基独自逃亡美国。 从此，流亡、女人、诗歌，将是他惆怅岁月中朵瓣繁复而又芳香不凋的花环。

如今，他在桥畔徘徊，往事如梦。 若说时间可以将水凝聚成
琥珀般的眼泪，在他心底，水也稀释了难熬的光阴。

望着威尼斯的水面，低徊之时，他似乎再一次看到巴斯曼诺娃
秀丽的长发宛转在水流的漩涡中。

水在稀释记忆的痛穴。 布罗茨基现在又结婚了。

那是他有一年应邀到法国巴黎索邦大学讲课。 下面听讲的一
个女学生让他惊诧，她与巴斯曼诺娃眉眼、个头都长得极为相似，
只是看起来没那么凛冽，更温暖一些。

她叫玛丽亚·索察尼，是俄裔意大利人。 同乡故旧，美人英
雄，自然擦出火花。 随后，索察尼到了美国，成为一名新闻记
者，自然与布罗茨基喜结连理，并有了孩子。 他们有年龄上的距
离，但不妨碍相爱。 渐渐，布罗茨基已从痛苦的记忆中恢复过
来。

任何平稳安定的生活都无法让他沉溺，天性中他必须让寂寥、
沮丧、虚无如一簇簇箭矢击中他的胸口。 伤怀才能赋诗。

于是，他选择在冬天来到威尼斯，独自一人，不带妻小。 他
正是要体验孤独，体验沉郁的心空翻卷出大朵大朵的乌云。 于
是，那些词语来到唇边，一个词又一个词出来了，他提笔摹状便
是。 他说，旅行滋养了精神之旅。

但是这一年，有一个朋友陪伴了他的旅程。

1977 年，他的美国好友苏珊·桑塔格陪他来参加冬季的"威尼
斯双年展"。 苏珊是美国顶尖的批评家，她对布罗茨基非常欣赏，

尤其对俄罗斯白银时代的诗人、文学家敬佩之至。

布罗茨基与苏珊·桑塔格之间有着独异的第三种感情，苏珊大他 7 岁，他们之间是亦情亦友；比情人少一些，比朋友多一些；心心相印，却不生暧昧。

布罗茨基到美国以后，对这里的后现代文化难以适应。 他在苏联感受的是浓郁沉重的受难感，文字有着比铅石和硕石雨还砸人的撞碎；但他庆幸很快就结识了苏珊，让他的交谈语境不至于中断。

苏珊·桑塔格视线宽广、语言美质。 她欣赏俄罗斯一向以来那救赎与激情的语言，欣赏布罗茨基高贵而严苛的诗性尊严。 她对美国文化的浅薄难以苟同，她认为西方的传统批评已经失传，失却犀利又瑰丽的传统。 她认为布罗茨基是俄罗斯白银时代最好的继承者。 她说他的到来仿佛导弹炸开了美国文坛的平庸与沉闷。

两个好友结伴来到威尼斯，参加世界各国作家和艺术家的盛会。

这一晚，文学艺术家晚餐后聚在一起开诗歌朗诵会。

布罗茨基朗诵了自己的诗。 哀伤攫住了他。 她则感到一阵阵颤抖，她写道："他吟诵，他啜泣，他看上去华贵。"

这是典型的桑塔格用语：干净利落、高级动人。

此时已 37 岁的布罗茨基比年轻时代更耐看，他已去掉许多毛糙，其魅力夺人心魄。 桑塔格的欣赏与鼓励，让布罗茨基感到异国的暖意。 在他随后写下的关于威尼斯的著作中，有一本正是献给苏珊·桑塔格的。

是的，多数时间他孤身前往威尼斯。 木已萧索、水已萧索。在冬夜，一个孤人，像极了意大利作家卡尔维诺《寒冬夜行人》的场景。 卡尔维诺此书中的标题，像极了布罗茨基的一生：如果在冬夜，一个旅人；在市郊外；从陡峭悬崖探出身躯；不怕寒风和晕眩；向黑黢黢的下边看；在一片片缠绕交错的网线中；在月光照映的落叶上；在空墓穴周围；什么故事都在那头等待结果。

布罗茨基在等待什么结果呢？

三 并不是所有的人都以死亡为终结

12 月下旬的威尼斯已经很冷了，我不明白布罗茨基为什么在寒冷的冬天出游。

我在一则资料里看到这么一句话：布罗茨基总是怕热，他总是喜欢到寒冷的地方去。

读到这里，我心里咯噔了一下：糟了，是贪凉过早索了他的命。 寒湿之气早已入侵了他的内里，阳气不足，血流不畅，他因心脏病猝死，原因正与此相关。

谁会相信我现在说的这些话呢？

我们总习惯以美学的方式谈论创作者的某种病理学特征，即使诗人之死，也被附加着纯粹、绝对的庄严神圣感，谁愿意去探寻诗人背后的日常细节和生活习惯呢？ 只有我，如此庸俗之人，才会将宏大主题之参天大树下降到细枝末梢之处。

但是，姑且听我发一下庸俗之论，兴许我的这番话可以是对生命细节的另一种角度的思考。 在表达我的看法之前，我的目光仍追随着冬季孤旅之人布罗茨基。

布罗茨基走在寒风凛冽中威尼斯的大街小巷。 冷峭的有风的日子，才觉得憋闷的心区可以舒畅些。 行人不来，街衢寂寥，有水之处，到处是纯美的影子。 当他穿过迷宫一般的内巷，不知是在逃避自我还是在追寻一个目标；他不知是成了一个美的猎人，还是成了病的猎物。

到处是潮湿与寒冷，他却认为自己独享这份厚爱与馈赠。 他穿着体面的夹克，打着黑色的领带，连御寒的羽绒衣也没有穿。他吟诵着低温的美，幽远旷达，适宜沉思与创造，许多词语在复活。 俯瞰水面，它随意赋形，以婉约和柔韧刻画深情与意志。 百舸争流，不因冷而萧条，岸边传来忧伤的歌声，比史诗还动人。雪花与潮汐，完成致命的亲吻。

布罗茨基不想探究俗世的道理，他将美感放置于身体之上。寒冷透骨，却有踯躅般的畅快。 殊不知，一些阳气在耗散。

你若是告诉他穿暖一些，他一定反驳你说：我热，我总觉体内燥热。 他在耗阳，却以虚热为表征。

不仅是布罗茨基，多少人不是这样认为的？

借着布罗茨基，我想起身边的几个人。

许多男人都贪凉。

一个北方的文学编辑前不久死于心脏病，时年 46 岁。 他总是热，也懂得锻炼。 秋冬晨跑，他依旧短衣短衫，他说自己一跑动就出汗。 他不知道，寒冷伤了他的肾气，他已锁不住元阳。 越是不惧冷的人，身体越是处在麻木无觉状态，阳气一直在外泄，等到某一天阳气耗尽，就危哉。 某一天，他猝死在晨跑路上。

我还认识一个文友，他曾经在东北待过数年。 他说他曾经在那里跟一个师傅学拳。 冬天的东北非常寒冷，尤其是凌晨。 师傅要求所有跟他学拳的徒弟每人交 3000 元。 那时，这 3000 元是笔不小的金额。 学拳一个月，每天来，还你一百，不来扣你一百。 师傅的目的是敦促每个人都能来，不偷懒。 他们天不亮就集中于露天空地练拳，师傅说：一天不练自己知道，三天不练上天知道。那意思是说你要自律，要有恒心、意志力。 这话说得励志。 可在数九寒天的东北练拳脚，却伤了肺腑。 文友说：一身好武艺的师傅刚过 60 岁就去世了。 他有意志，却无性命。 他的好拳脚有什么用呢？ 民间中有许多人看似强梁果绝之人，却是只知其一不知其二。 他只知锻炼会强身健骨，却不知将血肉之躯置于罡风邪雨中摧折，湿寒入骨，不仅锻炼不出好身体，反而会折损寿数。

包括这个文友，当他在讲述师傅时，讲的不是教训，不是对师傅偏颇执念的醒悟，他仍是敬佩其意志力。 现在，他来到南方，依旧坚持锻炼，现在坚持的是一天两跑步，晨跑和夜跑。 晨光熹微，他就起来跑步了，晚饭以后，他仍然跑步，无论四季。 即使深秋和初冬，他仍然穿单薄衣衫，甚至短裤短衫。 他说一跑动总是出汗，索性穿少一些比较适宜。 天冷还出汗，这可不是好事。

我告诉他,你这是虚汗,在伤津,还是不要那么凉,内里阳气一直
损耗可不好。 我还是忍不住告诉他:男人一动就出汗是在伤血,
汗即津,津即血。 他说他身体好着呢,根本就不怕冷,我心里又
是一沉。 他说因为从东北到南方,对这里漫长的热天无法适应,
他除了冬天,三季都开空调。 他贪凉,总觉燥热。

　　原本他有不错的体质,体温略有偏高,本身免疫力强,很好的
身子骨。 可惜,他不懂身体奥秘,在滥用乃至消耗原本的热能。
他原来身材精干,弹跳腾挪,矫健性感。 他有一头乌黑浓密的鬈
发,面孔红通通的,下巴线条清晰立体。 他没有男知识分子的苍
白羸弱,身上因健壮而有着危险性因素。 他说,有几次公安干警
布局缉拿罪犯的行动,他总是被严格追查盘问。 他灵动有力的身
体,好像可以承担某种破坏性事件。

　　但是现在见他,已无往日神采,他衰老得尤其厉害。 他脸色
发暗,身体也明显佝偻下来。 有一次他骑车,一阵眩晕而摔倒,
摔断了七根肋骨。 他在寒冷中骨头变脆,血已不再养骨,骨不再
是有水浇灌的树木,而成无水滋养的干柴。 他摔下来,自然会骨
折。 而他之所以眩晕,仍然是血气走不到大脑的缘故。 渐渐,他
出汗少了,阳气已耗不起了。 一直耗下去,未来堪忧。 但在结果
未揭晓前,他听不进忠言。 唉,一人一命哪! 他说他也时有恐
惧,可他终归不相信都是湿寒惹的病。 他只要注意一下就可以转
危为安,可他没有这个悟觉。

　　是否大多数男人都认为知道这些细屑琐事不是悟觉而是平庸
呢?

在布罗茨基，他在威尼斯的冬夜，在黑暗幽冷中拥抱低温的美。他写了许多哀歌，却为威尼斯不吝奉上自己的献词：《水印：魂系威尼斯》。

他为世人写出绝美气质的威尼斯，已经成为他此生的馈赠。你还能要求他多少？冷气撬开他的灵感之门。对布罗茨基，以及许多的西方人，你不要与他们去谈中医理论，什么阳气、肾水、寒湿，全是些模糊不清、全无准确清晰的科学数据，哪里靠得住，他们不信。

那一年，即 1996 年 1 月 28 日，布罗茨基造访过威尼斯之后返回了美国。这一晚，在美国纽约莫顿街 44 号他的寓所，他收拾好旅行箱，箱子里装着他正在写作的文稿，第二天他便要去南哈迪旅行，他相信此次行程可以给他增添新的写作素材。他已在世界享有盛名，1987 年荣获诺贝尔文学奖，1991 年获美国桂冠诗人奖。得奖固然是对自己创作的肯定；但是之于一个创造者，他永远在路上，无所谓抵达终点。

这晚，他睡眠深沉，前所未有的良好。谁也不知道他在宽广的水域经历着什么。他是挣扎，还是徜徉于繁茂的藻草、坚实的贝壳、闪光的云母和斑斓的琥珀之间？他一定在迷人的海底世界拥抱着无尽的沼泽、湍流与漩涡。多么美，情书写不完，索性撒手于尘世扰攘，纵情于无边辽阔。

次日，亲眷发现布罗茨基在睡梦中辞世，他死于突发心脏病，享年 56 岁。

寿数太小，本该活在皤然白发的暮年。他性急了些。

可英雄哪有暮年，他不允许有步履蹒跚的暮年。

英雄身上流淌着沸腾的红色血液，烈焰飞舞，煽动世风人心。英雄从不考虑个人，疆场和书牍均是辽阔。英雄无法奢谈摄生延年，他鼓荡雄风、激励世人的气概，就是用力活过，这足够了。

布罗茨基之死惊动了写作中人。苏珊·桑塔格无法接受这个挚友离世的事实。布罗茨基看起来一直健壮、高贵华美，却不料竟先她而去。她在认识他之前，她已得了乳腺癌，至今仍然活着。

是的，她在布罗茨基离世后仍然活了8年，她2004年去世，抗癌30年，71岁去世。她懂得布罗茨基的价值，她在他的追悼会上，望着这个美男子不凋的遗容，心里在说："俄罗斯是他的思想和才能中一切最微妙、最大胆、最富饶和最敬畏的东西的源泉，是他无论是出于骄傲或是愤怒，以及焦虑，他不能回去也不想回去的伟大别处。"

布罗茨基的妻子和亲友考虑他的葬处。人们想到他生前曾经说过的话：死后若是葬在威尼斯却是一件幸运的事。

布罗茨基没有想到一语成谶，他的随便一句竟这样兑现。

苏珊·桑塔格对他妻子说："也许威尼斯是他理想的归宿。"

在威尼斯古老的圣米歇公墓，亲人为他选了墓穴。布罗茨基的妻子索察尼为他选了一句普罗佩提乌斯的哀诗："并不是所有的人都以死亡为终结。"她嘱人将此诗刻在大理石墓碑上。

布罗茨基将与威尼斯永远拥抱，不曾松手。

水域宽广，他将永恒地眺望翠绿的椰树，靛蓝的波光；他将是日日夜夜为威尼斯书写情书的痴汉。

威尼斯因布罗茨基长眠于此，更有深邃蕴藉。

四　我想我就要走了，大海为什么还不平静

关于威尼斯，我还得补记一件事。

这一天，我正在圣马可广场闲逛，接到诗人朋友世宾的电话，他说我们共同的朋友东荡子于 10 月 11 日因心脏病突发猝然离世，葬礼在这几天举行，问我可否参加。我感到惊诧和悲伤。本该为东荡子送最后一程，无奈我人在国外，只能遥寄哀思。

我望着威尼斯无处不在的万海之海，不禁想起东荡子写过这样的诗句：

"我想我就要走了，大海为什么还不平静。"

我心说：荡子，大海离你并不很近，你为什么要走，为什么会关心大海是否平静，难道荡子已预卜了未来。

不是的。听世宾说，出事那天，东荡子始终精神良好，他整个白天都与友人在市里看房子。傍晚时分他回到自家楼下，他觉得人比较疲倦，心口有些堵，他没当什么大事，只是喊楼上的妻子小雨下来接他一下。谁想，即刻他倒地不起，还没送到医院就已停止呼吸。

东荡子生于 1964 年 10 月 15 日，到 2013 年 10 月 11 日，他差 4 天才满 49 岁。

他生于秋死于秋，他曾经说过他在秋天去天堂维修栅栏，他秋天的王冠在那里最为耀眼。可他又是忘不了水，即使黄昏朝向眼里奔来，犹如我的青春驰入湖底。

此时，我感觉途中景致已变得索然，我在回忆与东荡子交往的一些场景。有一年秋天，我们广东省作协组织采风。参观林芝的一些景点时，我心力不够，待在大巴上，东荡子也没有下车，我们在那里聊天，不觉说到衰老。他因为辞职，等于是自由职业，他说日常生计倒也没什么担忧，只是害怕年老以后重病住院，若无社保或医保，会有压力。他现在扬长而去，连这份压力也不给自己留下。

东荡子和同为作家的妻子聂小雨住在增城。有一次我和巫国明、阿樱到他家，他像个木匠一样精心设计装修的书房、玻璃房以及楼上阳台的花榭凉亭，让人惊羡。东荡子始终对生活有热情，他翘起的胡子，眼神时而野猎时而忧伤，近年来他以仁慈为主调，他的诗歌正在爆发期，组诗《阿斯加》，令诗坛轰动。那种平朴而又隽永的语言，仿佛神谕的暗示。

东荡子又是心脏病去世。怎么会有那么多人因心脏病去世？光是细数 2021 年，听到因此病过世的文人不在少数：胡续冬、野牛、陶春、黄孝阳、杜立明等，年纪不太大，竟早早撒手人寰。2022 年 1 月 22 日，著名电影人赵军也因心脏病猝死，享年 63 岁。赵军创造了许多电影界传奇，我们与他曾在 20 世纪 90 年代有过接触。 那时，他每周组织我们去他供职的省电影公司简陋的影厅看电影。 那是一段难忘的精神盛宴。 唉，真是天妒英才。

心脏病，都是心脏病，为什么这种病索了这么多人的命?

死者已托体同山阿，归于永恒。 也许上苍是让这些富有创造天赋之人来到这个世上完成一些使命。 一旦他们抵达常人所不可能抵达的极限，使命完成，他们就要隐遁。

死者为大，谁都不必去询问他们在生前有哪些细节不当导致此种厄运。 这些都不重要了。 总之，他们已加入亡灵也可以说是智者的序列，与星辰伴随，在苍穹之上仙游。

威尼斯，亚得里亚海水也总是不平静。

此时我写作此文，追忆缅怀葬于此地的布罗茨基。 他去世已整整 26 年，人们总在谈论他，威尼斯因他写下的情书更妩媚动人。

文章已接近尾声，我突然想起意大利作家卡尔维诺《看不见的城市》这本书。 他借助漫游者威尼斯人马可·波罗每次到中国向元朝皇帝忽必烈汇报各地城市见闻，向他讲述了 55 座风姿各异的城市。

天就要亮了，忽必烈在湖面涟漪的宋王朝旧宫听马可·波罗讲述，毫无倦意。 他说:"再讲一个吧。"马可·波罗说:"陛下，我已经把我所知道的城市都讲给你听了。""还有一个你未讲，那是威尼斯。"马可·波罗说:"你以为我一直在讲的是其他什么吗?""我从未听到你提及她的名字。""我每次描述一座城市时，其实都会讲威尼斯的事。 为了区分其他城市的特点，我必须总是先从一座隐于其后的城市出发。 对于我，那座城市就是威尼斯。”

威尼斯人马可·波罗周游了世界，心中似乎总是威尼斯的倩影。 他说他不愿意全部讲述威尼斯，就是怕一下子失去她。

记忆，谁能永恒

我至今还清晰地记得那是 1976 年。

麦收过后的端午节，我到我们西狼生产队二队的老队长范相臣家找芳冰玩儿。芳冰因父母与范队长熟识直接插队落户到他家。

在他的大儿子小安的房间，我见到北边墙上悬挂着一张欧洲地图，上边写有迦太基、巴比伦、君士坦丁堡、色拉雷，还有希腊与罗马。蓝色汪汪如海，几个黄色块状的国家图标，让我的心飞向辽远。我记住了希腊与罗马。

不知道小安从哪里弄到这张地图，我只觉得在这个简陋的农村小屋，因为这张地图，让人冲破狭仄空间置身远方。小安比我们大一些，他从县一中毕业作为回乡知青在村里劳动。他精干瘦削，人很幽默；他吹笛子、打篮球，有着乡村知识分子的嗜好。

他喜欢地图，心有纵阔。

正是从这张地图开始，这些地名，像一枚枚书签插嵌在我今后选择阅读的书籍中，甚至决定着我的写作兴趣，我总想跳过脚下的泥泞，投向那陌生的国度与事件。

多少年过去了，这年的秋天，当我来到罗马城时，感觉到的是将书本知识投入实地勘察的熟稔。

一　石头，作为永恒之城的象征

天已入秋，南欧的罗马城并不太冷，穿着薄衫就可以了。 或者坐车或者步行在城里的大街小巷，时而可见的历史遗迹，无不给人以幽广深沉、令人窒息的震撼。 你若有充裕的时间，一定要细细观赏这里的城墙、宫邸、竞技场、议会、浴池以及斗兽场。

多少年过去了，遗迹的深处，在废墟的间缝已长出青色野草。经过两千多年的战火焚毁、兵燹之乱以及风雨剥蚀，原本极致之美的建筑已坍塌或破败，但那遗留的石雕花楣、精致台墩、秀丽廊柱无不散发着辉煌夺目的光晕。 是的，能留下来的都是石头建筑。穿越岁月的烟岚，石头以各种姿仪依旧挺立或静卧在大地之上，以沉默而又丰富的语言向后者叙说发生在这座万城之城的久远的传奇。

石头才能永恒。 在罗马这座空旷而无边的露天博物馆，你会看到帝国议事时的元老院、胜利而归经过的凯旋门、纪功柱、大竞技场、罗马斗兽场、公共浴场，以及万神殿等不可胜数的历史文化遗存。 阳光温煦地照在这些赭褐、青灰、本白或棕红的不同石块之上。 曾经，这些建筑所用石头从远处的采石场搬运过来，罗马的统治者，无论暴君或贤帝，都以在大地之上留下永恒作为其雅好。 他们因此而建，也因此而毁，这历史戏剧有着许多复杂而残忍的情节。

在那已坍塌得只剩屋基与台柱的元老院遗址，你分明可以想象公元前 44 年，当踌躇满志的罗马终身执政官恺撒步入元老院的刹那，他将被带有武器的同僚一拥而上刺死。 血早已凝固，岁月将雨水冲洗干净。 接下来，安东尼、屋大维的争雄，又是一出出精彩的剧目。 正是渥大维，他将罗马带入空前的强大，他尚武而勇猛，将罗马版图扩张到整个欧洲以及地中海沿岸。 他赢得圣奥古斯都美誉，将罗马领入帝国时代。

我来到著名的罗马斗兽场，我在问，这里是否代表罗马雄风与野蛮、狂欢与残忍，拼搏与血腥的男人气质？

巨型的斗兽场，一侧是三层门拱的高耸看台，一侧是空旷的普通阶梯看台。 它的外观虽有剥蚀的岁月蚀痕，但那傲然立于苍穹之下的门庭、拱廊、阶石、窗棂，仿佛在尽情吸吮着来自天地之间的日精月华，它恢宏壮丽，色泽沉稳安宁，灰白、赭红、砖灰色石块赫然，整齐而充满秩序。

这是出身寒微的平民皇帝韦斯巴芗为取悦罗马民众而建。 公元 68 年，罗马皇帝尼禄作孽多端被迫自杀身亡以后，为平息无序争斗局面，罗马元老院破例不在皇亲国戚中推举皇位继承人，年已60 岁的韦斯巴芗在被派往征服犹太人的战场召回，他于公元 69 年登上皇位。 而后，他结束了尼禄治下的昏庸政策，大力发展经济，稳定局势，罗马的一切向好的方面发展。 正是他，下令在尼禄的金宫旧址建造这座大型斗兽场，为的是迎合罗马人的意愿。罗马人是勇敢的，又是享乐的、要寻找感官刺激的。 罗马人钟情于音乐、美食、女人，也狂欢于血液和牺牲。 他活到为建成的罗马斗兽场竣工剪彩。 他死于公元 79 年，儿子提图斯继续斗兽场的完善。 韦斯巴芗父子有两件事被历史铭记，一是征服犹太人，迫使他们踏上两千年流离失所之途；二是建造了这座举世闻名的罗马斗兽场。

我站在斗兽场，心生感慨：这里，充满着吊诡与悖论：作为人类文明遗迹的建筑，它之所以被创造出来，大都和当时的统治者握有至高无上的集中权力，可以行使自己的绝对意志有关。 集权者才可以聚全国之财、全民之力实施巍峨壮观的宏大工程。 比如埃及的金字塔与法老胡夫，中国的万里长城与秦始皇，以及现在我正在参观的罗马斗兽场，都因当时权力最大的君王的决定而留下这文明之象征。 当时建造这些时，可是有无数奴隶、平民的血洒在这一砖一石上面。 权力分散、个性孱弱的掌权者，一般难以留下浩荡雄风的物质化存在。 集权者构建其大型工程时，其初衷和用途是为什么，后人似乎已无法计较。 所有留在大地的，都已成为事实，成为历史，谁都带不走。 今日的秋风，还是当年的秋风吗？

秋风不再送爽，其中夹着阵阵血腥。 那时，罗马斗兽场已不满足于老虎、狮子、大象、公牛间单纯兽类的厮杀。 为了寻找更大的刺激，人与兽、人与人之间的决斗开始了。

　　你可以想象当年的罗马斗兽场挤满了各个阶层的观众。 皇帝、元老、贵族以及平民分坐在不同的看台区域观看角斗士表演。 这些角斗士，多是战俘、死刑犯或是不服从的奴隶。 他们在角斗士学校被专门训练，最辉煌的出场表演便是走向角斗场，兴许这是最后的舞台。

　　手持利剑和匕首的角斗士，他们虎视眈眈，半弓着腰，伺机向对手刺去。 许多的回合，回合越多、决斗越惊险，看台上的观众欢呼声浪越高。 一个又一个决斗者倒下去，抬走一个，再上场一个，直到最后那个最威武强健的角斗士把最后一个对手杀死。 胜利者可以被赦免，不再成为奴隶。

　　这最后的胜利者少之又少，大多数角斗士被杀。 著名奴隶起义领袖斯巴达克斯，也是曾经的角斗士。 他是色雷斯人，在战争中被俘而被贩为罗马的角斗士。 早晚是死，于是他鼓动另外的角斗士奴隶起来造反，并形成浩大队伍。 罗马派克拉苏前去镇压。

　　那一定是个凄迷的清晨。 公元 72 年，受重创的斯巴达克斯领着最后的将士欲转移到意大利的西西里岛。 他们事先曾经联系海盗提供渡海的船只；哪知海盗失信，那天，海面没有任何船只停泊，追兵又至，起义队伍失败，斯巴达克斯牺牲。

　　斯巴达克斯的反抗虽然失败，但对于争取生命权利的下层民众，毕竟带来了勇气。

我仰望着青灰色巨石构筑的罗马斗兽场，风吹着，有鸟儿在石堞飞过，有甘甜的植物芬芳在弥漫。 我至今难以理解古罗马人为什么会有观赏角斗士表演这等嗜好。 一个个曾经肌肉发达、身体强健的男人在你面前倒在血泊中，这好玩吗？ 这刺激吗？ 人难道没有同情与悲悯？ 同类的疼痛与死亡难道是节日狂欢和娱乐必不可少的内容吗？

也许，两千多年前的人类身上野蛮属性仍然占有较大比重，尊重生命是文明时代的法则。 尤其之于当时崇尚武力、以征服为炫耀的古罗马人而言，他们实在是口味重了些。 斗兽场不收门票，免费对外开放，上层和下层人士都可以前来观赏，这更加助长了全民同欢的节日氛围。

皇帝为取悦平民，故意增加刺激性节目的演出，以至于后来的皇帝奥理略清肃世风，颇不得人心。 他招募斗剑士入伍时，人民埋怨他剥夺了他们的娱乐，让他们成为洁净空谈的哲学家。

平民来到斗兽场，这一天他才可以近距离看到皇帝和贵族，他甚至可以大声向皇帝提出自己的诉求。 当然，一般情况下都不会允准；除非哪一天皇帝特别高兴，当场给以准许也说不定。 平民之于更奢望之事大都不会去想，多数人找到台阶上的座位观看紧张刺激的表演。 看得人肾上腺膨胀、心脏收缩。 平时生活在各种拮据、愁苦中的人们，看到下边血肉模糊的角斗士奴隶，他想，还有比我更不堪、更悲惨命运的人，不禁一阵释然，他的心理刹那得到一种奇异补偿和解脱。

元老院也不会制止斗兽场人与人决斗的残酷游戏，大多数罗马人也在坚持角斗士的肉搏。 他们有一个共识是：这些是被判死罪的人，他们的疼痛和死亡，当是对人们的一种警示，没有比这种游戏更有诫训的强烈效果了。 这些勇武而寻求最后活路的角斗士，他们的激烈格斗，可以培养罗马人经常目睹流血的秉性，从而适应随时的入伍和牺牲。

人们热衷于刺激场面还有另一个原因，嗜好厚味浓汤的罗马人，他们吃进太多，热能贮藏，唯有在斗兽场的大吼大叫，才可以消耗过多储存。

西塞罗则发文论述他讨厌这种以死娱人的游戏。

奉行享乐主义原则的罗马人才不屑哲人和文化精英的说教。他们照样吃甜食，品厚味，泡汤池，观决斗。 为什么不呢，今朝有酒今朝醉，哪怕明天喝凉水。 雄性气质的罗马，扩张版图、征战杀伐，随时沙场赴死。 官员中的大多数都是行伍出身，有丰富作战经验才可成为领兵打仗的将军，攻城略地才叫人才。 战争的无常和种种生存环境，无形中向族人灌输这种及时行乐的思想。

强悍威武的男人，脸膛方正，肤色泛红，双目炯炯。 他骑着高头大马，放辔游缰，进入异域，纵横千里，一场战役接着一场战役。 罗马人太喜欢打仗了。 战争不能保证你每一次都能侥幸活下来，曾经血脉偾张的血肉之躯，随时会化为一缕烟尘飘散。 那些眼眉、筋络、骨肉都会化入泥壤；那些念头、妄想、立场、主张又能怎么样呢？ 易于衰朽的身体，等不到自然的大限来临就早已陨灭，不在活着时纵情于声色犬马又能怎样？

静下来时罗马人也有虚无，但他们不像古希腊人那样有对生死、对生命有限性的询思追问。 他们认为那是文人的、太文人了。 戎马倥偬，他们哪有那么多闲暇思考这等超验之事；他们甚至对那些摇唇鼓舌者投以不屑的目光。

罗马人想，享乐主义又怎么了，本能的享受并不影响奔赴前线；反倒是思虑太多的人，会畏首畏尾，就不会沙场喋血了。 若是男人都成了屠头和怯懦者，辽阔疆域何以扩张和守护。

他们也不认为古希腊是值得学习的。 想到古希腊，就令人想到雅典城邦曾经活跃着那么多的雄辩者与哲学家，他们在庄严肃穆的神庙、在橄榄花飘散清芬的山坡、在绿荫掩映的学园，甚至在人群熙攘的闹市开讲了。 兴许，这些睿智之语启迪了众人的思索，叩问天地，人初、数术、生死、宇宙乃至万物，这是古希腊的雅好，他们创造了人类辉煌的文明。

但是，自得的罗马人认为，这又能怎么样呢？ 锋利的刀枪与剑戟砍刈丝绸与诗章如碎片，武力似乎解决了令人头疼的观念之争辩不休的难题。 古希腊后来被人觊觎，与外邦打了 30 年的仗，伯罗奔尼撒战争失利，随着伯里克利之死，希腊的太阳跌落于地中海。 马其顿征服了希腊，随后古罗马又将马其顿战胜，现在希腊成了古罗马的一个行政省区。

罗马人多么骄傲啊，他们似乎有理由去宴享所有的物质性供奉。 他们让自己感官活跃，将灵魂之事抛掷脑后。 于是，享乐主义的罗马，人们追求个人舒适，不再渴望结婚、生儿育女。 婚姻虽然被提倡，却被更多的同性恋、不婚一族冲荡着传宗接代的血脉根基。 娼妓制合法，但要有登记等一应手续，快感取代妊娠与养育之艰辛。 另外的快感是富有者阶层过多地食肉，饕餮之徒连同臃肿的身材蹒跚拥挤于内巷和街衢。 一般来说，女人一向视美为至高理想，她们大多可以做到减肥、少吃，多运动保证了她们依然玲珑婀娜。 倒是下层阶级的人们，因为条件有限买不起肥膏肉酱，只得多食菜蔬素味，并且还要从事一定的体力劳动，却不承想落得个骨骼清瘦、行动灵敏的外形。 当然，他们也不能吃得太差、干活太累，否则也会得病早死。 罗马的隐忧已经潜伏下来。

谁还会想到去供奉神祇呢？ 寂寥的殿堂，尘埃满案。 直到哈德良皇帝的到来，一切才有所改变。

二　阳光灿烂

我穿过狭窄的内巷来到这座举世闻名的万神殿时，十分惊诧。在寻常巷陌，左右两边的新兴建筑楼宇的裹挟中，神殿不甚雄伟，反倒有些低矮和陈旧。 但是，你近前，一定会被那庄严的气质所慑。 这是一座长方形外观的建筑，三排红色花岗岩罗马柱，第一排 8 根，第二排、第三排各 4 根，这些罗马柱以坚固和耐力支撑着三角形殿顶。 而后边的主殿则是圆形。 人们都说万神殿代表的是罗马真正的建筑风格：庄重里隐含艳丽。

哈德良皇帝在那个阳光灿烂的初夏，为万神殿的竣工剪彩。

这个蓄须、深邃的男人，望着这座殿宇不禁低语："我全身心热爱的罗马臣民啊，我希望你们燥热的神经有所冷静，贪婪的胃口有所约束，该给自己的灵魂找个沉思皈依之所了。我把这座万神殿呈现给众者，祈祷诸神护佑罗马永恒的荣耀。"

这个忧郁、充满哲学气质的皇帝，他不希望如疾病一样的恶习与罪孽在罗马蔓延。他经历了太多不幸，关键是他对直接与间接的不幸都有切入皮肤和骨髓的剧烈疼痛的体验。这些感知丰富的反刍，些微经历都可酿成深刻思考素材。

他生于公元 76 年，少年丧父，被寄养到亲戚家。他幼年经历过两次大事件：罗马斗兽场建成后对外开放，人与人血淋淋的肉搏让他难以承受；公元 79 年意大利南部的庞贝古城因维苏威火山爆发，刹那一座美丽古城被火山灰掩埋，全城覆没。

待他 40 岁时登上皇位，他不喜欢重开斗兽场，而是重建万神殿。他难以忍受为取悦民众进行血腥的奴隶决斗；他也因庞贝古城毁灭深知人生无常，瞬间就会有被吞噬的悲剧。如果还有可以自我拯救的办法，那就让众神之神的箴言洗涤灵与肉吧。

这个沉郁忧伤的皇帝，他抚着万神殿外墙的石头，感慨石头才能作为永恒留在这大地之上。它比有限度的肉身之人更长久，更不易朽蚀。有限的个人，随时都可能在时间的风中飘飞四散。

哈德良皇帝一定也去过罗马斗兽场。它也由坚固的石头砌就，可相比较而言，万神殿和斗兽场的石头，今后展示给世人的，其最初的作用和最终的意义全然不同。人们能领会吗？他摇了摇头，内心充满了历史虚无主义情绪。

真也是被他猜中了。 在他死后，万神殿身世坎坷，它历经各个时期战火，被炮弹所毁，16 世纪又遭人为破坏，被人拆去许多重要构件去造别的殿堂。 后来加以修饰。 现在，我看到的万神殿的名称叫"圣玛丽和殉道者教堂"。 它之所以存在 1900 多年依然屹立，也可以说是劫后余生，正在于它披了天主教教袍才幸免于难。现在它作为教堂一直供民众用作宗教之事。

再说回哈德良。

这个沉郁忧伤的皇帝，他独特的气质与个人经历也与悟性有关。 他除了经历少年丧父，庞贝古城湮没，还在公元 9 世纪经历了流行于罗马的瘟疫，他幸而死里逃生。 这一切，都在让他思考人的易朽性。 一旦进入这个追问，此人便成了无师自通的哲学家。 哈德良寻找自己的哲学引导，这正是古希腊哲学。 但他又不是一个不谙政事的空想政治家，他有自己可行的治国理念。 到他当政时，罗马疆域已经扩大许多倍，几乎管理不过来。 哈德良不再继承前任穷兵黩武的战略战术，他以"不战不侵，依旧可以扬帝国之威"的变通策略，不再扩大版图，而是全力让罗马的民众得以休养生息。 在他治下的 21 年，罗马的经济得以振兴，民众生活水平提高。 作为一个出色的帝国统治者，他又开现代国家管理的先河。 他热爱出游巡访各地，将一系列行政管理的具体操作事宜，交给有效率的官僚机构去打理。 他组织人编纂法典。 当以法治国的宗旨深入人心时，让法律管着，比你苦口婆心的道德说教更有实际用处。

他崇拜古希腊，每到冬天，他都会到雅典住一段。 他常常会走到卫城的高坡，去欣赏雅典娜神庙。那一根根虽遭毁坏依旧矗立于天穹之下的银白色石头廊柱，要多美有多美。他想象着未被波斯劫持以前神庙的模样，那真是人间稀世珍品。古希腊文明、哲学与建筑的出现，都堪称奇迹。

走下山丘来到市区，他看到的是一幅幅凋敝肮脏的场景。痛心之余，他决定出任雅典首席民政官。他不是走走过场，而是实际做事，就长期住在那里。他督促各级行政人员改变雅典城弊端；工作之余，他与依旧喜欢形而上的希腊哲学家、艺术家切磋讨论。雅典建起了图书馆、体育馆，水道得以浚通，奥林匹斯神殿落成。哈德良特意在雅典建一拱门，名为"哈德良之门"，代表自己真正来过、生活过。在他治下，一个清洁、整齐、繁荣、美好的雅典城又一次重生，焕发熠熠光彩。

他的所有言行与追求，最为符合柏拉图定义的理想君王的标准，那就是"哲学王"。他始终认为，罗马是被希腊文明照亮的，古希腊文明在艺术、文学、哲学、天文、数学、物理等为西方世界提供着源泉，只是它的法律略为逊色了些。法律没那么严苛峻冷的地方，是礼乐仁的教化起着督促作用。古希腊人还没有来得及深入研讨律法之事，便被尚武的斯巴达、马其顿给破坏了。

我在罗马走了一路，却又心存诧异，如此卓荦不凡的哈德良皇帝，似乎没有恺撒、安东尼和屋大维的名声来得那么响亮，史牍和传奇给予他的篇幅也不够丰厚。是的，这符合哈德良的个性，他以平稳的秩序理念治国，没有大开大阖的刀光剑影的戏剧化人生。他喜欢躲在阴暗的幽隅，去读希腊圣贤之书。他服务于民众，不以杀伐为目标，不以娱乐为日常。 哈德良不认为被后世记住有多么重要，他早就看穿了这一点。 我在尤瑟纳尔的长篇历史小说《哈德良回忆录》中真切地了解了这个人。 作家尤瑟纳尔代皇帝哈德良发言，她是准确进入哈德良精神内核的一个人。 尤瑟纳尔，法国人，二战期间的颠沛流离，迫使她与女友在美国纽约东部的荒山岛住下。

尤瑟纳尔心胸辽远，她在很年轻时就为罗马皇帝哈德良所迷。她写了许多札记，为这部长篇做着细致的案头工作。 第二次世界大战中，她将装有这份作品的草稿寄存。 兵荒马乱，异国逃亡，原以为这充满心血的稿件再也找不回。 谁知，战后某一天，她收到了这箱书稿。 失而复得让她难以自禁，她更加意识到写作哈德良皇帝乃上天安排的不可推托之使命；经过淬火般的成熟年龄，再去面对人物的内心与领悟，要比年轻时刻的体会更准确。"是时候了，而且是恰当其时。"她说。

她展开发黄的草稿，发现新的构思将推翻旧的设想，比如，全书的叙述角度要变。 作为女人，原先她对图拉真的遗孀帕劳蒂娜很感兴趣。 帕劳蒂娜是图拉真的妻子，哈德良作为图拉真的养子，她该是他的养母。 她大哈德良也就几岁，他们彼此精神气质投契。 正是她，为哈德良登上皇位起着重要推动作用。 于是，坊间关于他和她的关系被添油加醋渲染成暧昧的私情。 哈德良从不辩解。 后来她去世，哈德良不惜违逆帝国之规，为她守孝多日。他们之间有什么故事，是个未解之谜。

从帕劳蒂娜说起，这角度固然好；可尤瑟纳尔改变初期的设计了。 她已经够到了哈德良的心灵天窗，她足以有力量和笔致，让哈德良自己发言了。 尤瑟纳尔决定以哈德良写给养子奥理略的书信形式，在自我独白和低吟中去回顾自己的一生，其中包括他对功名利禄、成败、生死的观念表达，甚至还论及睡眠和营养饮食，以及适度劳作与运动。 哈德良希望节俭食物，这正是他对肥脂厚味罗马饮食的一种反驳。 他反对屠杀和血腥，但绝不怯懦，运动和狩猎照样可以强健男人的筋骨；音乐和戏剧、哲学和诗歌可以洗涤灵魂的污垢。

尤瑟纳尔为了写作这部长篇，曾多次从荒山岛来到罗马城，她走遍哈德良皇帝曾经走过的地方，身临其境去感受他的所思。 她参观哈德良长城、水道、万神殿以及哈德良陵墓，想象他的一切，感慨万千。

哈德良时期是罗马人最好的时期，以至于擅写历史著作的吉本在其《罗与帝国衰亡史》中称哈德良时期是"太平盛世"。 哈德良的前任内尔瓦、图拉真，以及哈德良身后指定的养子继承人安东尼·庇护以及奥理略被后人称为"五贤帝"。

这"五贤帝"的皇位继承都不是由嫡子而是由养子来完成的。内尔瓦相貌英俊，节俭奉公。 在他花甲之年当政时，因他的节俭有军官拿剑抵住他的脖子，后来他仍是活着出现在臣民面前。 他公正无私，随时准备放弃王位。 可惜，多年征战已损伤了他的身体，他为胃病折磨，即位 16 个月驾崩。 他最为明智处是早早为自己选择了非嫡亲的图拉真。 图拉真被告知继承王位时仍在戍军科隆，他到罗马时 42 岁。 罗马人真切感受到贤明皇帝带给他们的宽和之福祉。 图拉真能干、精力充沛，从不主张罗马城建筑多么壮丽辉煌，他说如果那样还不如改造平民低矮狭仄的居所。 人民深受往昔暴君肆虐之苦，如今听到这番话，自然是心有感动。 当然，他也建了图拉真大会堂和图拉真凯旋门。 毕竟，有石头留下的永恒要比个人的肉体久远；当然，除非这个人留下精神财富。

和平的卧榻、烦琐的行政事务让他生出厌烦，他决意再次走向征讨之路，要去收复安息即帕提亚。 他于 117 年死于征战途中，享年 64 岁，在位 19 年。 生前，他已指定养子哈德良为继承人。

罗马的养子继位制，保障了明智的皇帝在他头脑清醒时选择自己看好的心仪之人接班。 这个人不必与自己有血亲关系，沾上一点儿当然也好。 但这个继位者必须有相当的道德操守，有出色的治国才能，这样才能匹配至高职位。 当皇帝不是要拥有为所欲为的特权，而是对帝国怀有责任，以自己勤勉意志、清醒理智担起护卫社稷江山的历史责任。

罗马的养子继位制还有这么一个客观原因，那就是每每皇帝膝下无子。 有人会问了，与正室不生孩子可以纳妾啊，只要是自己的骨血就行了。 但在西方以及古罗马，偏偏法律和宗教制定的是一夫一妻制的规则，不允许纳妾，自然也包括皇帝。 恺撒与埃及艳后克拉奥帕特拉的郎情妾意也只能算作私情。 他之后的屋大维去世前，把皇位传给的正是养子提比略。 也正是屋大维开了养子继承皇位之先河。

罗马人对家庭观念不那么看重，对于子嗣也没那么在乎。 还有一点儿就是，征战杀伐的男人，早已在战场上耗尽精阳元气，他们对于妻子的生理需求和婚姻责任并不顾及。 哈德良娶了萨宾娜为妻，萨宾娜美貌无双，被惊为天人，哈德良与她却是相敬如宾，很少昵爱。 他外出巡行，她陪伴身畔；有秘书对萨宾娜不恭敬，哈德良马上打发他卷铺盖走人。 可是尊重归尊重，就是撩拨不起性爱涟漪。 夜晚来临，他们分室而卧，这样的夫妻怎么可以生出一儿半女。 哈德良更中意的是美少年安提诺乌斯。 他与妻子和美少年一起巡游的时光最是惬意，妻子在旁并不嫉妒。 可惜，18 岁的安提诺乌斯游览尼罗河时不幸掉河淹死了。 有人说这正是上苍下的咒语，这也是对哈德良的惩罚。 哈德良的悲恸无以言表，他为他在各地立塑像、修神庙，以寄哀思。 人们猜测他俩的同性恋关系，因此诟病与谤言尘起。 哈德良这个诗意而又忧郁的人，再一次看破红尘。

哈德良一定是再次走到罗马那用石头垒砌的伟岸建筑物之前，抚着这坚固硬朗之石。 石头才能永恒，而这肉体的易朽，是任何人也无力抗拒的。 谁都说他有双重性格，坚毅而浪漫，仁慈而苛刻，勤政而疏离，好色而忠贞。 随任何评判去吧，谁人能堵住众人之口，唯自我明了。 他因看不起粗鄙而性情暴躁。

哈德良的生命已近终结，他全身水肿，呼吸不畅，鼻子流血。战争与操劳已提前透支了这个力量太强的君王的能量。 他不惧死，只是不想死前那么难受。 他让贴身卫士刺死他，卫士自杀；他让医生开毒药以迅速解脱，医生逃跑。 他真是求死而难以如愿，只好饱受折磨等待最后死神将他带走。 他 62 岁，死于公元138 年，在位 21 年。 他死后一年埋葬在生前已建的陵墓。 多少年以后，他的妻子萨宾娜和第一个养子也安葬于此。 再后，去世君王骨灰也放置在这里。 于今，此地已经成为罗马的一个博物馆，此处又称"圣天使堡"，这里早就冲淡了肃杀的墓地之黯，许多人把这里当成名胜或花园前来游览。 常说人死百年已成仙，所有埋在圣天使堡的人，也都化羽成仙了。

在罗马，我看到的只是表象，如果有人像卡尔维诺当年那样，就在万神庙附近找一公寓住下来，这人可能会更加近距离观察、了解罗马。 我走到一个地方，对景物有兴趣，更对景物背后的人文历史蕴藉感兴趣。 我望着夕阳之下有着废墟之殇的古罗马建筑，听着流淌在城内台伯河水涌动涟漪的波声，心想，罗马，我要找时间再来。

可惜，2020 年初发生在世界范围内的新冠病毒疫情，阻遏了人们看世界的脚步。 而今，两年多过去了，新冠病毒仍然没有消失，这让人郁闷。 我在 2022 年 2 月广州这个较为寒冷的冬天重温、摹状、理解着罗马这个万城之城、永恒之城，仿佛心灵到脚步也就到了。

事实是，脚步仍然未到。 为了弥补这个遗憾，何不读读卡尔维诺的《看不见的城市》，他告诉我们的是另一种关于罗马以及永恒之城的意义。

三　记忆才能使一切永恒

那年，卡尔维诺带着简单的行囊来到罗马。卡尔维诺从小在父亲的家乡意大利的圣莱莫居住，后来到都灵大学读书；再后来，他来到罗马，来到这座万城之城、永恒之城。因其此种经历，确定了《看不见的城市》的基调和形制。罗马之永恒，因为这个古老帝国的法典、制度、建筑、饮食、时尚等成为影响欧洲的范例与源泉。

卡尔维诺这部作品结构新颖，他采用两个人对话的形式展开全书。漫游者、冒险家马可·波罗在向中国元朝皇帝忽必烈讲述他到世界各国所见到的那些不同特色的城市。这55座城市，每个城市都用女性名字命名，这有意思吧。兴许，女人才真正属于城市。男性帝王征服一座城，莫不是女人们日后在这里享有和平福祉。愈都市，愈以流光溢彩、衣香鬓影、环佩叮当为特征。这些奢华、艳丽之时尚属于城市，自然更属于这一切享用者、欣赏者的女人。

卡尔维诺笔下的忽必烈坐在华丽的蓟门府那如烟的木兰花园，正在听马可·波罗讲述城市是什么。

在马可·波罗口中，城市不可以归纳，只可以描述。他的描述符合人们期待中的城市：她不仅仅是战争留下的发黄壕沟、炮火熏炙的坍倒民房，她更是璀璨的、带有色泽和迷人的形容。那里的运河水母池倒映着飘逸的身影，庭院里铺满锃亮的瓷砖，九眼喷泉和玻璃塔楼装点着天文馆，路上响着铃声的骆驼背着令人沉醉的酒囊。他写银色的圆屋顶，诸神的青铜塑像，水晶剧场，金鸡在塔楼报晓，他写镶满海螺贝壳的旋转楼梯，火盆里渐冷的是檀香木的灰烬，就连理发店的窗帘都用细腻的纱幔遮住。

卡尔维诺写着美轮美奂的城市，他写这城里的女人：赤脚的舞女扯动薄纱露出时隐时现的玉臂，少女扭动浑圆的臀部微微晃动着走过，黑衣女子面纱下露出不安的眼睛，而那个性张扬的女人，则披着长发在暗夜裸体奔逐。

忽必烈有些纳闷，他说，别的使者来我这里告诉的信息都是饥饿、舞弊、犯罪、阴谋的警告；我也喜欢听人讲哪里发现了绿松石矿，哪里有上好的貂皮，怎么才能采购到镶满宝石的刀剑，你告诉我的却是这些美好的、不着边际的内容。

马可·波罗当然要说到帝国沉重的赋税，说到在金字塔式的庭院建筑旁边不引人注目的地方，可能会有一座麻风病院，也可能是后宫姬妾的浴所。城市有辚辚华辇的车轮声，也有野兽的嚎叫，也可以见到碉堡旁的灯柱上有被吊死的篡位者。但他却要叙说城市的永恒风景。

说起来，卡尔维诺选择的这两个问与答都与我们有所关联，尤其忽必烈。他是我们元朝帝国的君王，在他的时代，中华版图最为辽阔，几乎向欧洲延伸。他实在是顾不上治理那么大的领土。

马可·波罗是意大利威尼斯商人的儿子，他多次来到中国。 此书，便是他将游历各国的经过向忽必烈汇报的结晶，类似《一千零一夜》的形式。

忽必烈已经成功在握了，他在元大都，也就是今天的北京城的皇宫运筹帷幄。 他留下宋朝政府所有的汉人班底为他治理政务，他重用儒生，推行汉文化。 他已征服在手，可总是感到迷惘和虚无，类似罗马的哈德良皇帝。

忽必烈前行的军队进到一个个村庄、地区，河床的芦苇在干涸。 他想，扩展于外，怎么才能向内生长，拥有真正的帝国。 他嫌马可·波罗描述的城市太感性，岂不知他梦想的城市更细节，他梦想成片的石榴树上成熟的石榴都裂开，牛肉串烧烤的叉子在火上滴油；当然，地壳运动塌陷的地表最好露出黄金的矿脉。 他希望能找到掌握帝国崛起、兴盛的规律，并形成秩序一直沿用下去。

忽必烈对帝国、对城市由沙粒和石头构成并不怀疑，但他想要找到更准确的数据让帝国永添异彩。 现在，他享用着帝王的奢华，叼着镶有琥珀的烟斗，胡须垂到紫晶项链上，脚趾在缎子鞋里紧紧地箍着，但他深知帝国染上了疾病，并且还在努力使自己习惯于自身的伤口。

黄昏忧郁的风，刮过他的心头。

最后，忽必烈坐在棋盘前，在思考如何避免城市的颓坏，他不想看到强盛之都由衰落变为废墟。

马可·波罗带着罗马教廷的信觐见忽必烈，于是他才敢于直言。 他说人躲不过死亡，无论谁。 他又向忽必烈讲述地下的那座城市，那是亡灵与风干的躯体构成的地下城。 那里仿若人间，有皇帝、贵族、女侍、画家、诗人、面包师、理发匠，各色人等死后住在地下，像他们生前那样。 人如一季季的麦子，生长成熟、收割倒下，哪怕帝王，也不能不死。 明白了这些，不是让人消沉，而是让人生前多行善少作恶。 而人类又有多少人能开悟领会这些呢？

于是，腐败的坏疽在城市和乡村蔓延，各种昏聩与罪孽重压着大地与人群，当权杖的握有者已无法拯救人心、匡扶秩序时，当人们看到成群的白蚁正在咬噬大厦里精雕细刻的窗棂时，征服任何土地和人民已经毫无意义。

卡尔维诺诗性的语言中，带有对人类的规劝和警策。 至于忽必烈以及历代君王能否听懂，至于民众在裹挟的舆论中是否过久迷失，都只能是宿命了。

卡尔维诺住在哈德良皇帝创建的万神殿旁，思索着帝国与城市的历史与走向，他说他在写"献给城市的最后一首爱情诗"。 他用眼睛、符号、名字来观察墓状，用轻盈的体态、炽热的欲望来抒情，用连绵的山川、隐蔽的屋宇、繁忙的贸易来呈现。 一切，他都在记忆，记忆使万事万物变成永恒。

晚风听到了，并且明白他所说的：绣花的护额代表典雅，镀金的轿子代表权力，书卷的开合代表知识，脚镯的乱晃代表淫逸。

我听着吹在罗马城上空的风声，在树木和石头、遗址和水湄间走，走着走着到了一个地方，一座青铜雕像引得我停步，一头母狼，头偏向一侧，它的身下正见两个吮吸狼乳的男婴。 哦，我见到的是罗马建城的传奇铜雕。 相传公元前 8 世纪，英雄埃涅阿斯的后代，一对双胞胎兄弟因父母遭难，他们在襁褓中被人扔到台伯河。 该他们不死，河水将他们冲到岸边一棵无花果树下，一只母狼将他们叼走，用自己的乳汁喂活了两兄弟。 后来一位叫浮斯图卢斯的牧羊人将他们抚养长大。 公元前 753 年 4 月 21 日，哥哥罗慕路斯成为这座城的统治者，命名此城为谐音的 "罗马"，这一天，便成为罗马人的建城纪念日。 人们感激母狼之恩，母狼喂二婴成为罗马的徽章。

关于罗马的开埠，已埋下强烈的隐喻种子。 那是雄壮的富于狼性的罗马，到处是咔咔列队的脚步，或是嗒嗒震耳的号角。 公元 1 世纪至 2 世纪，是罗马的辉煌。 这时候，罗马不仅有伟大的统帅和战略家，也有维吉尔、贺拉斯、李维、奥维德、西塞罗这样伟大的诗人、哲人与历史学家。

橄榄树下，望着如织的游人，我记忆起自己曾经看过的几部与罗马有关的电影。《埃及艳后》关乎爱与死，《罗马帝国沦亡录》关乎兴与衰，而《罗马假日》则是皇室公主与平民记者在夏日的罗马那恍然若梦的邂逅。 恣意放情的迷恋，刚要有一丝情欲的迷雾，便被赫本那纯净无辜的眼神冲淡了。

我止不住感慨，早期的电影真好看。 拍历史片，深邃壮丽；拍人文片，挚情暖意。 而片中男女主角都是真正的帅男美女。《埃及艳后》1963 年版，雷克斯·哈里森饰恺撒，理查德·伯顿饰安东尼，泰勒饰克拉奥帕特拉。 泰勒和伯顿在这部电影的合作中萌生感情，他们不久结婚。 两个人在火焰般的爱情中几乎烧毁了。他们 1973 年离婚，1975 年复婚，却在复婚 14 个月之后又离。太爱了，注定不能生活在一起，恋爱只能在超现实之中。1984 年，伯顿 59 岁猝死。他至死都爱着泰勒，泰勒也一样。《罗马帝国沦亡录》我看的是 1964 年版。那白雪、城堡、森林、军队，场面恢宏。当索菲娅·罗兰出场时，真是美为天人。她是真正的意大利人，国宝级人物，1934 年生，至今健在，应该有 88 岁了，仍然明艳照人。这部片子讲的正是哈德良养子、后来继位的马可·奥勒留最后的日子。奥勒留已知时日无多，他欲将位子留给贤臣利比亚斯而不是儿子康茂德，他对儿子并不信赖。影片的故事是，康茂德继承了王位，滥杀无辜。他将反对自己的妹妹露茜拉抓起来，连同利比亚斯一起捆在火柱上准备烧死。最后，利比亚斯自救，然后救起自己挚爱的公主露茜拉一起逃走。康茂德的统治已预示罗马衰落的开始。这个饰演利比亚斯的男演员名叫斯蒂芬·博伊德，他深情而坚毅，长相特别耐看。可惜他 1977 年在打高尔夫球时心脏病发作，又是猝死，享年 46 岁，太可惜了。

《罗马假日》，我一直以为是更晚时间拍摄的，那画面的清朗明媚、时尚精彩，让人常看常新。却原来，这部片子是 1953 年的版本，美国派拉蒙拍摄。派克，帅得一塌糊涂，几乎可以说是中国女性观众的梦中情人。中国作家程乃珊有一年到美国做文化访问，她说她最大的心愿就是能见到葛里高利·派克。果然，派克来了，她如小鸟般与他拥搂。我们看《罗马假日》，为欧洲公主与美国记者那欲爱而不得的难舍难分的情感而惋惜、而难过。派克与赫本，最好的一对银幕情侣。我们为剧情而沉溺，更为他们在罗马街头尽情徜徉时的各种景观所吸引。 来罗马，许多地方我们都是循着《罗马假日》的镜头追踪而去。

我望着街衢上的人潮涌动，在寻漂亮的意大利男女。 是的，基因里盛产美男靓女的意大利，街头到处是高朗挺拔的男人，楚楚动人的女人。 但是，又有人说，甜食、奶酪和过多进食伤了他们的美貌与健康。 倒也是，克服食欲之贪，过一种领悟节律的生活，何尝不是每个民族都该警觉的。 我们生命有限，不可永恒；可在生命的有效期，尽可能清晰、健康地活着，不是更好吗？ 曾经的圣者、君王，以及现在的我们，都在寻找瞬间与永恒的谜底。

飘散在阿诺河畔的百合花

一 君主广场上的雕塑

　　来到意大利佛罗伦萨的君主广场，我在心底感慨：天哪，我居然如愿以偿来到文艺复兴的始源之地，我该用怎样的语言来描述我的所见、所思呢？ 语言在这个翡翠般的天空与大地，显得如此苍白。

　　当罗马的辉光向北移动时，佛罗伦萨，她注定担当起帝国另外的荣耀。 至少不再以溅着血污的征战为日常，不再以军事扩张为功绩；佛罗伦萨，将以永不凋谢的艺术之葩，在芬芳的大地万古绽放。

我走到君主广场，要观赏的东西太多了。 绝美的雕塑或以立体、或以浮雕形态遍布，让人怎么赞叹都不为过。

米开朗琪罗最著名的《大卫》，那个鲜美怒放的年轻人，以肌肉的匀称、体格的健壮裸露在蓝天白云之下，显示着男性身体的动人诗篇。 大卫，撩人的名字和传说。 这个牧羊少年，用谋略和膂力，战胜了巨人歌利亚。《大卫》的雕塑，表明强权者未必不可战胜。

这是天才的米开朗琪罗 25 岁时的作品，线条流畅、动态舒展，是谓雕塑史上极品。

在市政厅的另一侧，雕塑的是美第奇家族大公科西莫一世的形象。 他威风凛凛、骑马纵横，骏马前蹄腾跃。 这是有"国父"之称的科西莫严峻、坚毅的造型。 正是他，将美第奇家族带入辉煌。 他胯下那骏马的每一根鬃毛，都散发着浓烈的无所畏惧的雄性气概，让人过目不忘。

海神喷泉的雕塑同样让人惊叹。

在市政厅右手边一排三拱门的地方，是雕塑群，最吸引人的当属美杜莎被砍头的那一尊。 美杜莎，希腊神话传说中的蛇发女妖。 她美艳无双，令人着迷。 谁不想看她一眼呢？ 她居住在彼岸与黑夜之地，那么美艳，又那么绝情。 谁能抵挡住她的诱惑呢？ 好吧，你只要瞅她一眼，便成化石。 这是妖孽的咒语。 于是，英雄帕尔修斯在赫尔墨与雅典娜的协助下，砍杀美杜莎，并将割下的美杜莎头颅献给雅典娜。 雕塑如此逼真，帕尔修斯右手执剑，左手拎着美杜莎滴血头颅的那一刻永恒。 我难以理解的是，美真的如此致命吗？ 古希腊诗人赫西奥德在长诗《神谱》中称美杜莎为"死亡之神"。 如此这般，也让人无言以对。 谁想死亡呢？ 对死亡的抗争只能是杀死死亡，人间多少悖论。 美杜莎在希腊神话序列，是唯一被杀死、被死神带走的。

那座用整块石头雕塑的詹波隆纳的《掠夺沙宾妇女》，由上下结构的三个人构成塑像整体。 底座下端一个罗马士兵蹲伏着。 他的左手拂着面颊，在心虚和罪恶之间挣扎。 在他上边一个更为年轻的士兵双手搂住一个眼神惊恐万状的沙宾妇女。 三个人线条纠缠自若，力度紧张而又均衡。 三人全部是裸体状。 这是当年罗马士兵掠夺邻邦沙宾妇女为妻的一个瞬间。 题材是控诉，却在艺术表现手法上有着全然的完美。 男人肌肉强健、女人饱满富饶。 人体之美，在石块之间如无声的乐曲弹奏。 因为是整块石头，大片的浅白，间或有赭褐的色块，生动地点缀在人物的骨骼造型上。这是詹波隆纳 1583 年的雕塑，其艺术造诣，直抵文艺复兴的顶峰。

在君主广场，激荡人心的雕塑作品太多了，它们有的用青铜，有的用花岗岩、大理石雕成。 这恣意放纵的雕塑，文化元素丰富，天使与魔鬼同在，即便是善与恶的感情也被美学意味冲淡，令众生无休无止地迷恋。 狐媚的青铜，比黑铁更柔情；妖娆的石头，比泥土更温婉。 它们一概战胜着脆弱的玻璃与华美的水晶。即使有冷冰的幽哽，置于悬崖的险地，那风中的魂魄，依然在蓝天之下舞蹈；浪漫与危险，抒情与挫败，都令青山绿水常在，灵魂不灭。 这一尊尊雕塑，以难言之美，令物质主义在大地苍穹之间获得永生。

这是君主广场，又称市政厅广场，那么，当你将视线投向市政厅，发觉那褐黄色建筑并不堂皇耀眼。 它的第一层为封闭式结构，不规则地开着几扇窗扉，是碉堡形建筑。 一层进口的门楣上方，有"万王之王、万主之主"的字样，再向上，湖蓝色长形横板缀满一朵朵白色的纯净明亮的百合花，两旁有雄壮的狮子。"狮子守卫百合花"，是佛罗伦萨的城标和象征。

市政厅又称美第奇宫。 这是建于 13 世纪的楼宇，科西莫一世后来将它买下。 它原本没有那么华丽，科西莫将它修饰一新，成为自己的住处。

话说科西莫，我们在美第奇宫外边看到他骑马的塑像，那是展现一个志向宏大男人雄性魅力的美好造型。 事实上，科西莫总是为痛风病不时发作而熬煎。 不仅，他的两个儿子也深受此病折磨。 在难受时，父亲躲在床榻，两个儿子也分别躺在两侧。 略微好一点儿了，他们就说说话。

科西莫在掌握了佛罗伦萨的实权以后，他会将文臣武将召拢过来，他半卧半躺召开会议，讨论军机要事和经济政策。 也因此，作为宅邸的美第奇宫殿，自然成了兼具办公议事的行政厅。

话说痛风，这是美第奇族人无法摆脱的魔咒，正如同样显赫的哈布斯堡家族前颌突出、脸如鞋拔子的奇特面容。 美第奇家族的痛风缘于近亲联姻。 当年的贵族也太骄傲了，他们以为自己的血缘最纯净、最珍贵，任何与异族外姓的姻缘都被认为是低贱的举止。 他们只在族内通婚，以确保自己血缘与家族的纯正性。 殊不知，这种迂腐落后的观念，因此导致了一个繁盛家族的衰亡。 美第奇家族不懂生命进化的规律，不懂血亲不可以通婚的基本常识，他们在亲系之中寻找婚姻伴侣；却不知，他们在错乱的基因、扭曲的遗传密码中走着弯路。 美第奇，多么美好妙曼的家族称谓，可他们那最优秀的个人仍是如此难看。 科西莫痛风，肠胃痉挛；他行动迟缓，相貌奇怪，也可以说是丑陋。 在他这一代，或者可以延续到他的孙子洛伦佐，外貌无法恭维，但智力还没有完全退化，他们将把美第奇家族的聪慧发扬光大，他们还有长长一段时期的辉煌。 至于以后，美第奇家族因近亲繁衍而导致的绝嗣厄运，整个家族丧钟在敲响，则是他们顾及不了的。

在君主广场的右边，我穿过透明的雨篷中廊，发现了两旁的浮雕。 长方形的白色岩石，一个个栩栩如生的历史人物集聚于此。 一排又一排，形成震撼的方阵。 这里的人物，有执戈的武将，有儒雅的文士。 这些，正是文艺复兴时期影响世界历史的代表人物。 我欣赏着，拿出相机拍摄，留下了这些无与伦比的历史人物浮雕的光影。 这里，也是科西莫执政时的办公场所，而后改建成著名的乌菲齐美术馆。

美术馆里收藏的珍品不胜枚举。 达·芬奇、提香、贝利尼、米开朗琪罗、波提切利等卓越画家的作品都珍藏于此。 美第奇家族临近衰亡时，那最后的传人仍然遵循着家族的遗训："任何一件东西都不能离开佛罗伦萨。 美第奇家族的全部财产必须服务于公共利益，永远留在这里供全世界欣赏。"

他们真的做到了。 美第奇家族在痛风、胃病、痉挛中，在阴谋、叛乱、搏斗中，虽然已经在历史的长河中湮灭，可他们将保留下的无穷瑰宝，馈赠给全世界。

我欣赏着乌菲齐美术馆外的历史人物浮雕，又慢慢向广场外走去。 豁然开朗处，一条大河横亘面前，水色清澈，四围恬静，这是流淌在佛罗伦萨的阿诺河。 我望着水面，波光闪闪，那么平静和恬淡。 河边有橄榄树和樱桃树，秋色已至，落英缤纷。 不时，会飞来一群鸽子，它们时而在树上啁啾，时而又飞到地上啄食。

往河对岸看去，烟岚缥缈处，是蓊郁的树丛掩映的教堂、楼宇和民宅。 佛罗伦萨是一个美地。 如果说罗马给人的震撼是强悍意志烤炙的废墟，是那伤口之上呈现的绝世凄迷与壮丽，那么佛罗伦萨，用她饱满的血和新颖的灵，打捞幽蓝的水底，捕捉风中的魂魄，雕出令人窒息的至臻至美瑰宝。

我站在阿诺河畔，心生太多感慨。 在书本上，我了解了意大利的文艺复兴；此刻，真实地踏上这块土地，才愈加感觉那艺术强光，可以穿透黑暗。 但这一切，这如此奇异的历史现象，却与一个家族的那些灵魂战栗有关。 久病不愈的身体，早已明白，无常会随时降临，虚无如灿烂的桃花，风一拂动便将成熟的花絮吹落，遍地为泥。 谁也不能逃脱时间一环又一环的枷锁。

美第奇家族，他们想明白了，他们要为意大利注入新鲜的养料，要改变金钱与财富使人堕落的黑色讯息，要为腐败的肉身铸上青铜和大理石的徽章，或许可以从此赢得不朽。

二 美第奇家族在反抗有限性

科西莫正躺在床上，经受着痛风的折磨。 身体的每一根神经、每一寸骨节，先是有无数的小虫子在那里啃噬；然后，便是金属重锤在狠狠敲击。 这是蚀心的痛，连死的心都有了。 一旦痛风病发作，科西莫只能靠意志力忍受着。

一夜无眠，黎明时才朦朦胧胧睡了一小会儿。

科西莫不习惯大白天在屋子里睡觉，他认为白天不工作是人堕落的开始。 天亮不久，他强撑着起身。

他渐渐熬过去了疼痛。 在用人搀扶下，出宫散步，来到阿诺河边。

波涛一个又一个打着漩涡。 他不禁想到，人生如逝水啊。 谁能不死？ 谁能永生？ 没有人可以逃脱有限性命定，人都是易朽性之物。 多少的钱财，生不带来死不带走。 他想到自己的疾病和肉身的限度，不禁眼眶湿润。

用人搬来了矮凳，他坐在那里，任思绪犹如河水，潺潺流淌。

在他手下，财富已不成问题。 美第奇家族在佛罗伦萨的首富地位已无可置疑。 当然，父亲乔凡尼是奠定美第奇家族显赫身份的杰出人物。 正是父亲，首创了银行业，其生意范围广泛，信誉和名望遐迩传颂。 原来家族所依赖的羊毛纺织业，反倒成为陪衬了。 可见，在现代工业社会中，金融是资本与资产的重要环节，美第奇家族的兴旺发达正缘于此。

美第奇家族掌握着金融，也就掌握了佛罗伦萨的城市命脉，它因此享有上帝和命运之神赐予的许多恩惠。 在科西莫这一代，他已成非官方领导人，实施着僭主统治，以至于教皇庇护二世评价科西莫："政治问题在他家中就可以解决，他选定的人在政府任职，他决定战争还是和平，连法律也在他的控制之下，除了缺一个名号，他是真正的王。"

科西莫想到这里，苦笑了一下，美第奇家族想成为真正的王吗？ 不是这样啊。 我们原先是托斯卡纳的农民，从来是低调谨慎，一路勤恳，只是靠着眼光长远才走到这个地位。 成为生意人，有称道钦佩者，也有眼红谤言者。 白手起家的人，全无贵族的世袭背景和影响力，要想长久立世，难矣。 再说了，这恼人的痛风不时发作，让人痛不欲生，活人真辛苦啊。 他们家族生意良好，日进斗金，可他仍逃不掉劫难的厄运。 他膝下无力，双腿走路蹒跚，仿佛体内有一根根毒矛穿过肌肤刺中要害。 人生，何其虚无。 财富、黄金、成功、名望，在疼痛的疾病面前、在易朽的肉身面前，何其惨白。

因为病痛，科西莫早就无师自通领悟了哲学的内奥。 他常常感慨："我这行将就木之人，该如何打发残生？"

那天，他在流淌的阿诺河边仿佛得到神谕：生命何其有限，政权的更迭是地球上发生的最为频繁之事，而黄金与财富马上可能成为过眼烟云。 那么，刀砍斧凿、切磋琢磨下的青铜与大理石内部，才隐伏有生生不息的种子，当它穿过肌理和脉络，可以伫立于天地之间永生永世。 用金钱赞助艺术，是一个人不死的证明吗?

科西莫，他果断地聘请来佛罗伦萨杰出的画家、雕刻家以及能工巧匠，他要在地上搭建艺术之殿，将最美的绘画与雕塑展现出来。 一切以美为最高尺度。

他开始命人建造圣母百花大教堂、碧提宫。 他赞助多纳泰罗雕塑了无数传世之作。

现在，我们提到意大利文艺复兴时期杰出的艺术家，朗朗上口报出的名字不外是达·芬奇、米开朗琪罗、拉斐尔、提香等人，要知道，开一代风气之先的，却是多纳泰罗。

多纳泰罗与科西莫可谓惺惺相惜。 他比科西莫大3岁。 他们是雇用关系，却又是艺术上的知己。 科西莫懂艺术，懂多纳泰罗，在科西莫的赞助之下，多纳泰罗才能毫无后顾之忧地完成他一生的辉煌。

多纳泰罗瘦削、简朴，他如一个农人也如一个工匠，每天早早起来开始工作。 他内藏锦绣，凡他经手的雕塑，无不动人心扉。

早在乔凡尼时代，22岁的多纳泰罗已雕塑了《圣彼得》，27岁雕塑了《圣马可》，然后又有《圣劳伦斯》《天使报喜》等。 我在意大利，看到许多的镶画、浮雕、塑像，这些非凡意大利艺术家的创作，究竟哪些是多纳泰罗的，得有懂行的艺术高人给以指点才能明白。

那时的佛罗伦萨，其艺术功能还是为教堂所用，其雕塑作品也多以宗教人物和事件为主。 但在艺术家的创新中，一些人物神态，正朝向生命本身走去。

1430 年，多纳泰罗雕塑的《大卫》问世。 这是少年大卫，以色列后来的王。 这个大卫，右手将宝剑插在地上，头戴宽檐帽子，勇敢而稚气。 他仍是全身赤裸，还没有后来米开朗琪罗雕塑《大卫》那满满的青春激素性感喷薄。 但是，谁又能否认，正是有多纳泰罗珠玉在前，才成就了米开朗琪罗后来旷世的《大卫》。

多纳泰罗与科西莫互为知己。 他告诉科西莫，应该尽量搜集和买下古希腊罗马废弃的那些残缺却又时时可见雕刻精美的石板、拱环、廊柱、柱头、石磴，把这些运往佛罗伦萨，可以让年轻的艺术家欣赏学习，打开灵感。 科西莫听懂了他的提醒，他买下了这些放在美第奇花园，日后使得那些怀抱艺术理想的年轻人，大饱眼福、大开眼界。

搜集，成了科西莫艺术品位的另一重要组成部分。

科西莫时代，东罗马帝国已见颓势，1453 年土耳其苏丹二世推翻君士坦丁十一世之前，许多东罗马的学者、艺术家已经陆续迁走，许多人到了佛罗伦萨，科西莫将他们召集起来，不久，"柏拉图学园"建立了。

此时，在阿诺河畔坐着静想心事的科西莫突然有一些振奋，天气晴朗，何不到"柏拉图学园"走一走，看看那些学者和艺术家。他感觉力气又走进了身体。

他穿过几条内巷，闻着樱桃树和柠檬树的清香，走过葡萄藤架下的小径，便见一片朴素的屋舍，这正是"柏拉图学园"。

进到里边，人们正在静悄悄做事。有的正在翻检勘查旧著，有的正在将希腊文翻译成拉丁文，有的正在编辑即将出版的书籍。科西莫深知父亲乔凡尼眼界之开阔。父亲时代，他已经将流落的艺术家、学者召集于门下。这些带有宝物的人，正在奋力抢救很可能会腐损的人类文明。多少年来，那些古希腊、罗马时期的文献沉睡着，无人注意，无人整理，发黄的书页在岁月剥蚀中发脆、零散，一碰就要粉碎。彼特拉克正在寻找并释放那"被野蛮狱卒囚禁的文雅犯人"，他在尘土飞扬的地窖里，发现了即将腐烂的昆体良的著作《大教育论》。昆体良，罗马著名的律师、教育家。他以良善而有力的雄辩术，以简洁有力的修辞学，影响世人。当他的著作重见天日，佛罗伦萨沸腾了。一切荣耀当归美第奇家族。

1422 年，西塞罗的演讲稿也被发现，塔西佗的作品在 1455 年被发现了。后来，小普林尼的信件也在一个寺院被发现。

土耳其苏丹二世占领君士坦丁堡。从那里出逃的 12 个人文学者途经希腊，又带回埃斯库罗斯、索福克勒斯的戏剧 230 多本。这些逃亡者，救出了希罗多德、修斯底斯、狄摩西尼以及亚里士多德的许多文本。欧里庇德斯的剧本也被抢救出来。

佛罗伦萨再次因庆幸而沸腾。绝不能让这么辉煌的人类精神财富在尘埃和炮土中湮灭，这是神向佛罗伦萨委派的天职。

而完美执行这天职的便是美第奇家族。

所谓文艺复兴，其中包含的一项重要内容，正是对古希腊罗马史牍与遗存的挖掘、翻译、整理、保护，然后重新编辑出版，使之重新焕发光彩。 而后，便是一代又一代人撼天动地的创新。

美第奇家族对文艺复兴所做的贡献，怎么评价都不会过高。他们将金钱运用到了最该投资的地方，让钱财闪闪发光。 这个家族用勤奋和聪颖获得了金钱，他们没有将金钱投资给军火商，那样岂不可以发更大的财。 但是如果一个地方与国度的军火制造者遍地发达，暴力与战争将难以消停，世界难有宁日。

美第奇家族的男人们，长相不怎么敢恭维，也可以说是相貌丑陋；但他们追求世上最美的事物，美的教堂和宫邸，教堂穹顶绘着美的壁画，墙壁凿出美的浮雕，庭院、花园以及广场上矗立着让人叹为观止、精美绝伦的雕塑。 他们无不以美为原则和立场，敢于向丑陋抗争，敢于推开 1000 年中世纪的沉闷、压抑，展现世俗生活与生命的饱满鲜活，让其如花萼般绽放。 只有内心如此明亮澄澈的人才可以做到。

一天又一天，一年又一年，文艺复兴的百花园枝繁叶茂、青葱冠盖。

科西莫没有打扰工作中的人们，他静静地站在窗外。 他深深知道自己正在逐渐老去。 他叮嘱自己的儿子皮埃罗日后一定要继承自己的事业，也能以宽广胸襟善待这些学者和艺术家，皮埃罗允诺。 只可惜，皮埃罗也在被痛风病折磨。

科西莫在郁闷和忧愁中，看到自己的孙子洛伦佐正在长大。洛伦佐长相不好，却聪慧早熟，这让科西莫为家族未来少了些担忧。 1464 年，科西莫去世，享年 75 岁，这属于高寿了。 他临终前让家人善待多纳泰罗。 他死后两年，多纳泰罗，这个工作了一辈子的瘦削如农人的非凡艺术家仙逝。 他的墓地,与恩主、知音的科西莫比邻。

皮埃罗 5 年后去世,享年 51 岁,儿子洛伦佐为美第奇家族掌印。 他比祖父和父亲都短命。 但在他不长的一生,每天似乎都在与死神赛跑。

洛伦佐举止高雅、衣着华贵,被人称为"奢华者洛伦佐"。 他常常身体不适,却将疼痛隐藏在不为人知的角落。 他更为洞悉人的易朽,眼前总会看见一道白色的死亡之光从锋利的刀刃间闪过。他将更多的精力与金钱投资前辈留下的艺术事业,他并不以为金钱肮脏而用于赎罪;他在微光的战栗中,自我救赎。

三　将灵魂灌注于所有创造的人物之中

"天地震荡,都会成为尘土;而接近永生者,是线条永远在坚固中流畅,垂袍的细腻纹理在呼吸中飞扬起来。"

这是洛伦佐在他所创立的佛罗伦萨雕塑学院时的讲话,他将赠予艺术以忠诚的果敢意志,将意大利的文艺复兴推向顶峰。

此时的洛伦佐,刚刚从一场暗杀的险厄中活下来,可他弟弟死了。 正是对人生无常,死神可能会随时将一个人攫了去的切肤体验,他才会说出关于艺术的真谛。

父亲皮埃罗死后，20 岁的他成为美第奇家族的掌舵人。 痛风，这家族遗传疾病如同家族财富一样始终跟随着他。 他用对女人的热爱与情欲、对艺术的赞助与支持，阻遏无常命运刀刃的砍刈。 他的仁慈与慷慨，使人们不会去计较他的道德合乎规范与否，佛罗伦萨人日益为这个人文主义信奉者所倾倒。 但是，他的敌对者也在仇恨中寻找杀戮的机会，其中包含跌落神坛的教皇。

这是 1478 年 4 月 26 日，复活节。 洛伦佐和弟弟朱利亚诺在教堂祈祷。 突然，一帮歹徒手持武器袭击了他们。 弟弟朱利亚诺身中 19 刀当场毙命，洛伦佐躲在一个贮存圣器的储藏室里，保全性命。 这是教皇亚克斯图斯四世指使人干的。 美第奇家族的异教思想与出格的艺术创新，已惹怒了教皇。

暗杀事件的发生，激怒了佛罗伦萨市民。 那些幕后指使者被吊死，洛伦佐比以前的声誉更高、更美。

洛伦佐执掌美第奇家族之时，他与那不勒斯缔结合约，与土耳其苏丹二世关系不错，当然，其中也有与奥斯曼帝国保持良好的贸易关系的考虑。 他善待佛罗伦萨的民众，那些给他以鼓励支持的人。 他开图书馆，办教育、建学堂。 他的注意力转向诗歌写作，有时竟然连银行的业务也顾不上了。

他继续着祖父柏拉图学院人文学者清谈的传统，而那些手执雕刀和画笔的艺术家正膨胀着勃勃野心。 为适应艺术发展，洛伦佐又建立了一所雕塑学院。 那些艺术家曾经去古希腊和罗马考察，又通过在雕塑学校观摩和临摹，学习和探索，他们的创造力被唤醒，这同时是人性的唤醒。 经院哲学已成陈腐，人文精神成为共识。 原来的艺术，绘画与雕塑是献给宗教；现在，依然可以循着宗教的线索，但是其本质全变了。 仍然是圣母圣父的题材，但是，更为人性化的疼痛与叹息，忧伤与喜悦，跃然眼前。 仍然以圣母为蓝本，却又加入爱神阿佛洛的眼眉与骨肉。 世俗的美学，健康的生命与体态，坦白告知，将身体作为另一种图腾崇拜，成为艺术精髓。

洛伦佐让泰斗级艺术家波提切利为他推荐有天赋的好苗子，他领着14岁的米开朗琪罗来到洛伦佐面前。 米开朗琪罗在雕塑学校学习了3年。 这3年，他少年天才的超凡能力，日益为洛伦佐喜爱。 米开朗琪罗和洛伦佐的儿子，也就是日后的教皇利奥十世成为好友，结为莫逆。 他们同岁，无话不谈。

少年天才米开朗琪罗雕塑农神，洛伦佐欣赏他手法的娴熟，线条的丰富，他故意不去过多赞美，只是对他说："农夫已近晚年，他的牙齿太过整齐完好了。"

米开朗琪罗在洛伦佐走后，敲掉人物雕像的一颗牙齿，其人物表达更近真实。

洛伦佐专门在雕塑学校为米开朗琪罗安排了一间房子，让他可以专心创作，他每月还有工资，其父也被安排了工作。

洛伦佐对米开朗琪罗说："要做一个艺术家而不是仅仅做一个工匠。 只懂得一凿一雕仍是手艺人，艺术家必须将灵魂灌注于所有创造性人物之中。"

年轻的米开朗琪罗被拨亮。 正是在洛伦佐的直接教诲下，在雕塑学校3年的学习，为米开朗琪罗成为创世纪大师级人物奠定了坚实基础。

此时的佛罗伦萨，艺术氛围浓郁。 大街小巷，上百个匠铺和工作室正在雕刻、镶嵌和装饰着艺术品；在修道院，沉静的修女正在缝制那些历史故事的花毡；劳动阶级正忙于工作。 有事可做，脑力劳动者和体力劳动者，正在共同创造着艺术繁荣。 外埠人士，正纷纷涌向佛罗伦萨。 金钱的属性正在被正面解释。 我拥有、我看见、我创造，这是时代的宣言。

洛伦佐常常忍受着痛风和胃病的难受到雕塑学校，这里的艺术家一边学习一边工作。 工作的成果，除了为美第奇家族收藏，也在别人的订货中作为商品流通。 艺术创作如活水一般，在不停流淌中，清新明媚。 这是回归生命的年代，题材多元，复杂的表情与心灵，在石头和青铜中展现，栩栩如生。 裸体之美，被人接受并受到欢迎和鼓励。《旧经》中希巴女王拜见所罗门王的情境可以再现，人类创世的亚当夏娃的故事可以涉及。 柔美的女人和强悍的男人赤身于大自然，这是对生命最高的赞美，没有羞耻可言。 市政厅、宫殿、花园，到处是对生命的图腾崇拜的塑形。 佛罗伦萨人，早已习惯了这种坦率与大胆。 人性之美，裸体是毫不作假的真实；生命之美，何其珍贵，比神祇更神圣，比圣者更崇高。

比米开朗琪罗年长 23 岁的达·芬奇早已声名大振。 1452 年出生的达·芬奇比洛伦佐小 3 岁，属于同辈人。 达·芬奇长相俊美，身姿挺拔，有圣者之风。 据说后来拉斐尔在绘画《雅典学院》中柏拉图的形象，正是仿照达·芬奇刻画的。

达·芬奇内心太过丰沛，他不可能安于一隅。 他不停在佛罗伦萨、罗马、米兰辗转，那颗超伦轶群的大脑永远都在活跃。 他发明了间歇式"睡眠法"，工作四五个小时，然后小憩几分钟，循环往复。 他的兴趣太广泛，要面对的工作太多。 我们后人张口可以说出他打破平面视觉的《蒙娜丽莎》、改变叙事场面的《最后的晚餐》、正视人类面对暴力所表现出恐惧战栗的《安吉里之死》，等等，其实，他还是一个撰文写作出另外行业论著的多才多艺的人。 达·芬奇在数学、宇宙志、解剖学、医学、手术学、战争、艺术等方面均有研究，他还精通马术。 后人称他在这众多领域绝非浮泛喜好，而是具有较高造诣。 他算得上是一个发明家、工程师。 一个人得花费多少时间，才能做这么巨大繁重的工作。 于是，他将睡眠时间压缩。 他有同性恋情结，这始于童年时代不愉快的记忆。 这个异秉之才，其能耐盖过了仁慈。 认识他的人说，他的脸上带有真挚的表情，即使陷入忧伤的人，一旦见过他的面容，内心也会渐渐平静。 他的才华太过横溢，以至人们来不及给他的面容以适当称赞。

达·芬奇日常安排于工作的时间太满。 他有一句鼓励自己的话："一日操劳，睡得安逸；一生尽责，死亦无憾。"或许他把自己累得太过，1517 年他中风，右边麻痹，不能作画和写作，清秀的面容因抽搐而失去风采。 他中风之前到了法国，他与法王法兰西斯一世交好。 1519 年 5 月 2 日，他在法王臂弯中去世。

可惜，他仅仅活到 67 岁便去世了，身后留下大量未完成之作，让人遗憾。

意大利的文艺复兴在洛伦佐时代闪烁奇光。 这是一个和平稳定的时期，艺术家空前舒展，不必为生计烦心，只要画出自己心中最满意、最理想的作品便是。 慷慨而又浪漫的洛伦佐原以为自己可以一直这样写诗、掌管财政、治理城邦、支持艺术；却是，上苍让他完成一段使命以后便要遣他回到天堂。 他日益为痛风和胃病折磨。 他向前来看望他的波提切利表达自己无法长命的遗憾，他说他在世还有许多未竟之事没有完成，他希望能再假他以几年。上苍却没有听见他的诉说。

这一天，他胃痉挛，疼得在地上打滚。 医生慌乱中让他喝下宝石粉剂的液体。 他疼痛加剧，经历一番挣扎慢慢平静，死神拽走了他。 1492 年 3 月 2 日洛伦佐去世，时年 43 岁，比他同样有病的爷爷和父亲更短寿。

佛罗伦萨城几乎各阶层都有人念他的好。 全城在哀悼中，黑云密布，早春的雨，淅沥不停。

也有对洛伦佐之死高兴异常的。 宗教极端主义者萨沃纳罗拉高兴坏了。 软弱的洛伦佐之子担不起家族大业，随后，美第奇家族成员被驱逐，家族颓衰。

此时，大难当头各自飞。 曾经得到美第奇洛伦佐直接教诲和赏识的米开朗琪罗自知情况不妙，他连夜出逃罗马。 直到 18 年以后，当洛伦佐的儿子成为教皇利奥十世，他才重返佛罗伦萨。 米开朗琪罗，这个瘦削、勤奋、笃定的人，终日像一个农人和工匠劳作着、创造着。 他活得足够长寿，1564 年以 89 岁高龄辞世，他也因此留下许多千秋传承的不朽之作。 他雕塑的《大卫》，比多纳泰罗的同名雕塑更大胆、更奔放。 那呈现男性的美与力，精魂动人、史无前例。 如果你到西斯廷教堂，天花板上精美绝伦的壁画让你无比震撼。 当年，米开朗琪罗爬上高高的架子在那里一个人作画。 他画着创世纪的故事，所有的男女都生命飞扬。 这是基督教与异教、与人世间打开藩篱的时光，没有性的淫荡和不好的暗示，只有人类活着时的生之礼赞。 米开朗琪罗38岁这一年，以其境界与功力，出色完成了上天赋予的使命。

后人称之为文艺复兴三杰的，除了达·芬奇、米开朗琪罗，还有一个是拉斐尔。 洛伦佐死时，拉斐尔才9岁。 他没有得到美第奇家族的直接资助，却一定沐浴过文艺复兴的余晖，而成为承前启后的中坚。 拉斐尔的圣母像闻名遐迩。 1502年他才19岁，便为修道院画出《圣母加冕》的杰作。

拉斐尔承认他向米开朗琪罗学习。 米开朗琪罗在西斯廷教堂创作大型画作时与教皇发生冲突愤而摔笔不做。 拉斐尔说服画作工地上的负责人，进到教堂潜心观摩学习米开朗琪罗这些天才绘制。 他的《爱神与三美神》《基督显灵》，都堪为绝世之作。 这个性情平和的年轻人，却在1520年春天发高烧而死，死于4月6日耶稣受难日，享年37岁。 他生命中最后的12年，是其喷薄期。 他短寿，创作数量和质量却都极为惊人。

如果我们有充裕的时间在佛罗伦萨的教堂、宫邸、美术馆仔细欣赏，有一个人的画作会不时映入眼帘，这个人，就是波提切利。也许是因为拗口的名字我们未记住。 可是不对呀，米开朗琪罗的名字不是更长、更难记吗？ 可人们对此早已朗朗上口。 话说波提切利，仅仅拿他创作的《春》《维纳斯的诞生》《三博士朝圣》，就足以跻身杰者序列。可惜的是，他晚节不保，让荣誉受损。

1446 年出生的波提切利比洛伦佐大 3 岁，他们属同代人。波提切利在科西莫时代就已成为得宠的画师。1474 年，他住进美第奇宫，与达·芬奇同师门，他比达·芬奇大 6 岁，是其师兄。两个人艺术上都有抱负，却又互相竞争，互不服气，相爱相杀。他们画了同名画作《受胎告知》，圣母玛利亚怀胎受孕的情节。相比较而言，坦率地说，波提利切的画比达·芬奇更生动、更传神。

波提切利在 30 岁那年画了《三博士朝圣》。三博士预知将有圣者诞生，他们拿着黄金、乳香、没药朝拜基督。波提切利将美第奇家族几乎所有的人都画了进去，他自己也是站在画布右边的一员。从这样的构图中，可以想象波提切利与美第奇家族的亲密关系。

洛伦佐时代，他对大自己 3 岁的波提切利有小迷弟般的崇拜。他将许多重要订单交给波提切利。这一时期，波提切利享誉世界的《维纳斯的诞生》《春》等问世了。

波提切利的画面上，女性表情总是那样美丽而哀怨，她们或身着若隐若现薄纱，或裸露凝脂美玉般肌肤，那婀娜婉约之姿，美得无与伦比。《维纳斯的诞生》画作，可谓重口味、大尺度之作。曾经，大地女神对丈夫天空之神心生怨恨，她命自己的儿子割下其父的生殖器抛入大海。渐渐，这坨肉团四周泛起泡沫，维纳斯诞生其中。而在波提切利这里，他唯美地处理了这难堪的一切。维纳斯在乳白色张开的清新贝壳上诞生了。她金色头发，脸上露出羞怯与甜美的神情。所有的用色——猩红、孔雀蓝、浅紫、金黄、乳白的色调，让整个画面柔和温馨又荡漾冲撞。 波提切利特别擅长画女性，那神态如此明媚娇艳，形容美好得让人惊讶。

有人说，这些女性形象，可是寄寓着波提切利一厢情愿的暗恋，这些人物原型，无一不是西蒙内塔的复活。 15岁的外地少女西蒙内塔嫁到这里为人妻，她惊为天人的美，让佛罗伦萨的男人寝食难安。 洛伦佐的弟弟朱比亚诺与她相好。 朱比亚诺是美第奇家族中鲜见的帅哥，可惜死于1478年的那场暗杀。 从未接触女性，一生未婚的波提切利也将西蒙内塔当成自己的梦中情人。 她死了，芳龄22岁；他的梦断了，一切，只能在画中遥寄思念。 在波提切利往后的许多画作中，西蒙内塔是美的源泉与极致。

可怜的波提切利，绘画手法堪称高超，然而一旦面对严峻现实，就显得软弱而糊涂。 洛伦佐死了，美第奇家族衰败了。 波提切利全然找不到判断的标准了，无论政治还是艺术上。 他居然听信宗教极端主义者也是禁欲主义者萨沃纳罗拉对美的诋毁，在"虚荣的篝火"那反艺术的行为中，他烧毁了自己许多画作，他居然认为男人与女人的裸体之美是猥亵、肮脏的。 当他烧毁自己的心血之作时，内心该作何感想？ 无人知晓。 1498年，萨沃纳罗拉被处决，丧失原则和立场的波提切利声名下滑。 后来人们在称誉文艺复兴时期的巨擘时而将他忽略，也与他这次跟风太快有关。 不会再有人像美第奇家族一样让他衣食无忧地作画了，他只能靠类似施舍一样度日。 他应该在悔恨与自我辩解中挣扎。 他画了《诽谤》，将各个主题"叛变""无辜""虚伪""欺骗""无知""软弱""悔罪""真理"都由不同人物以不同表情传递出来。 1510年，波提切利在贫困交加的 64 岁那年去世，被葬于佛罗伦萨的"全体圣徒"墓地。

我心想，后世的人们，应该心胸开阔些，不要把他遗忘。

文艺复兴后期的荣耀，由提香光大。 提香出生于 1490 年的威尼斯。 他深受米开朗琪罗和拉斐尔影响。 他活到 86 岁，当他1576 年逝世，文艺复兴的天空逐次黯淡。 但他留给地上的绝美，花朵不凋，永远在石头上绽放；生命不逝，灵魂在青铜里永生；财富转化为艺术，不会腐烂变质。

经历者不一定会在观察中讲述，但是有一个人，会在政治与艺术之间，述说率真而清醒的道理。 这个人，就是马基雅弗利。

四　佛罗伦萨的讲述者

从碧波荡漾的阿诺河边我折转身来，仍然返回君主广场。 市政厅的门前，是否有当年马基雅弗利乘坐的马车？

马基雅弗利，我早在 1996 年所著的《此岸到彼岸的泅渡》一书中，在《语言与行动》章节，专门讨论过他的"退隐与复出"。这个被贬的政治家，白天过着单调琐屑的日常生活；到了傍晚，他进入学者式的沉思和政治哲学的辩论。 20 多年过去，我来到马基雅弗利的出生地佛罗伦萨，更确切地说，现在，我正转悠在当年他走向仕途供职的市政厅，真是遂了我的夙愿。

当年，踌躇满志、即将踏入而立之年的他，穿着正装戴着黑色礼帽下了马车进入市政厅办公。现在，他的办公室依旧保留着，不宽敞也不明亮。就是在这里，他将生命最好的年华奉献给政治事务。屋子里有一尊马基雅弗利的木制胸像，他清瘦的面孔，表情严谨。如果你走到他的墓地，芳草凄迷之间那墓碑上镌刻着这样的字："这位伟人的名字使任何墓志铭都显得多余。"

是的，对这个意味深长的人，任何的言说、评价与概括都难以精准把握。若仅仅把他当成一个政治家，他一个级别不高的公务员，不足以引起人们的绝大兴趣。关键是他从政的宝贵经验将与沉思写作密切关联。知行合一的历练，让他在此岸与彼岸、形而下与形而上之间自如游弋，因此才可能发出独特的声音，并用文字翻卷世界性巨澜。他不是纸上谈兵的知识分子，不是动辄感伤、空怀理想的苍白文人。他的实践与经验，一俟投身写作，便使他成为政治学与伦理学分离的先驱，他懂得私人空间与公共空间的区分。可是围绕马基雅弗利的，又是多少的谗言和诋毁。

当年的君主广场仍是现在的模样，只是地上的红砖在阳光下更耀眼。许多的青铜、大理石塑像还没有完工，正在艺术家作坊的创作中。

马基雅弗利 1469 年出生的那一年，正是美第奇的痛风者皮埃罗去世；随后，高贵者洛伦佐执掌美第奇家族 23 年。那么，马基雅弗利的童年、少年、青年时代，见证着洛伦佐对艺术和艺术家的赞助与奖掖。马基雅弗利天生不属于艺术，他生于律师家庭，对公共事务、对社会政治更感兴趣。 在他成长之时，作为边缘人的他有的是时间学习沉思，为日后选择的职业打下良好基础。 这一时期，马基雅弗利对处事明理又有远见和胸怀的洛伦佐以及当时的美第奇家族都给予了很高评价，他正在观察，并为佛罗伦萨写下许多札记；日后，这成为他撰著《佛罗伦萨史》的重要素材。

比较吊诡的是，美第奇家族统治时他并没有获得什么好处，这当然和他年龄太小，还无法跻身政治舞台有关。 伴随着洛伦佐之死，僭主政治的美第奇家族失去了权势，尔后在共和议会中，马基雅弗利羽翼已丰，他得偿所愿，终于走向仕途。

他春风得意，每天从城外西南方向的家赶往市政厅上班，他已成为佛罗伦萨共和国的秘书长。 他要应对许多行政工作，还要与别的国家在外交事务上斡旋，他甚至作为将领要带兵打仗。 可惜，因为佛罗伦萨的雇佣兵制，他仍有作战统领的遗憾。 正是因为亲身参与这些政务，他提出一个国家和地区，不能依赖雇佣兵作战，必须要从自己的民众中挑选子弟兵，组成信得过的武装力量。这是他一直呼吁的。 他在实操中，明白仅仅依靠道德宣传根本靠不住。 和平时期，不涉及各自的利益时，大家都可以唱高调，可以把公平正义、和平、互利喊得震耳欲聋。 逢到利益攸关时刻，人与人，国与国，都会权衡利益，其中包括地缘政治考量，对更坏的敌手与较坏的敌手的选边等等。

马基雅弗利经历着，早已把政治和道德分得门儿清。

只可惜，马基雅弗利的政治生涯比起他的政治抱负结束得太早。 教皇军队攻进佛罗伦萨，共和体制倒台，美第奇家族重新掌权，旧政权的人肯定要被清算。 马基雅弗利受审，后来获释。 这就是命运的戏剧性。 他对美等奇家族全无恶意，他从年轻时代就很是欣赏美第奇家族善待艺术与艺术家的慷慨美德。 威权与僭主政治，迎来的是佛罗伦萨的秩序与安宁、和平与繁荣。 历史真是无法用概念去定义啊。

自己即使欣赏美第奇家族，但是随后服务于共和体制也别无选择。 一个人只有一次的生命，在生命的有效期，投身于某种政治事务与活动，比待在屋子里去空喊理想要好。 一个人，无法选择时代，正如同自己无法选择出生一样。 死亡都是可以自行做主的选择，唯出生与时代无法选择。 在自己活着的时代，每天清晨可以挺身起床，不颓废、不消沉，有生活的勇气，是值得去过的一天。 如果你谋职于行政，以行善而不作恶为行事标准，也就守住人的底线了。 若你不作为，你说你以虚度抗击你认为不理想的时代，你只能在终日的无所事事中向隅而泣，孤独结束并无多少价值的此生。

谁有资格选择一个理想的、值得颂扬的时代？ 恐怕很难，连神也没有这等福祉，更何况凡人。 神是受尽磨难、与天下庶民同悲的苦痛之人。 如果连神都如此苦难，我们凡夫俗子又有什么可以抱怨的。 抱怨者，胆怯者。 不抱怨，起身做事，做有益的事。一个人做事才会成为成熟的人。 奢谈高调，都是不谙世事者的迂腐。 实践，然后明白个中奥秘，做一个明白清醒的人，那么，这才是有意义的一生。

如马基雅弗利这样的明白人，他当然接受了命运的顺境与逆

234

境。 但他仍然想把对美第奇家族前辈所做的好事写下来，这是公允之论。 他把一部《佛罗伦萨史》呈献给美第奇家族的人。 兴许他们没有来得及仔细阅读，并不了解马基雅弗利的一片苦心。 书送上去以后，一切，石沉大海。

马基雅弗利彻底断绝了再次走向仕途的幻想。 他知道，今后他的命运，便是纸上谈兵、纸上治国。

妻子莱莉亚，温和而美丽，她照料着家庭和子女，对于顺境和逆境的马基雅弗利，都是理解和心疼。

马基雅弗利退出了政治舞台。 兴许，这是上帝安排他承担在世更重要的使命，比当一个公务员更有价值的事情。

从政治舞台退下来以后的马基雅弗利，在自己的居住地完成了蜕变。 白天，他在自家的葡萄园干一会儿活，午饭后小憩；下午，到外边的酒馆与当地农人聊天。 他穿着朴素，因户外活动面色黧黑，和农人并无二致。

只有当傍晚来临，他才真正回到属于自己的世界。 有 4 个小时的时间，他与正在写作的人与事对话。 他沉浸在往事的总结与辨析中。 正是在这退隐的日子，他完成了重要的政治学著作《君王论》和《李维论》。

他写作前，总会脱掉沾有泥土和草屑的衣服，换上正式一些的官服。 他在自我的激辩中，讨论君王应当承担的责任，君王得胜与失败的经验教训；他也在讨论何为共和、人民与自由；何为德性、道义与利益。

他自己都被自己的论述吓坏了：这些观点一旦发表出来，可以想象会遭到多少人的反驳与诟病；因为它无法站在道德的制高点，以不容辩白的优越感制胜。它是隐晦的、幽暗的，却是复杂人性悉心咀嚼后的真实言说。

写作《君王论》，马基雅弗利想要讨论的是一个君王的责任。君王的责任应该是为民众谋福祉，捍卫国家在世界格局中的安全。如果能做到这两点，这将是一个为人称颂的有作为的君王。可是，要做到这些，又是何等不易。比如对内，让民众有享受福祉的惠利，这得有政治的正确政策、经济策略的灵活可行，还要有对财富创造者以法律为尺度的鼓励与引导，最关键的是要对各级层掌握权力者有监督惩治手段。对外的安全保障，更是考量君王的能耐。自己强大，不畏外敌恐吓；而一旦有入侵者，可以有足够的武力打垮他们。

成为这样一个君王，何其不易。

在一定程度上，权力者与责任感相关，你有多大的权力，就应该负多大的责任。必须是这样。

对于强势的、可以让人民安居乐业的君王而言，他能够内外兼顾、稳操胜券是重要的；至于他怎样做到这一切，他运用怎样的手段达到目的，则是可以忽略不计的。

这就是马基雅弗利遭到后人攻讦的原因。人们会问，手段怎样可以不计，只讲目的，置道德于不顾的手段也应该使用？"马基雅弗利主义"后来成为厚黑学、阴谋论的代名词。

马基雅弗利写作时，并没有想到那么多。他在深夜，在万籁俱寂中，往事一幕幕浮现。他曾经和那些政治人物打交道时的形态总在面前浮现。 他有责任将自己的工作实践总结出来，把直接和间接的政务体会写出来。 他有时会奋笔疾书；有时会停下笔来，静静思索。 他几乎是责无旁贷要做这件事。 有的人写作，但不一定参与过长期政治活动，并且是与高层直接接触；有的人从政经历丰富，却不一定有兴趣拿起笔来总结撰写这些经验。 况且，撰著这浑厚庞大的内容，的确考量人的认知水平。 历史叙事的意义，就在于可以透过表面现象，反思、分析真相与内幕，这是为了给予后来者以警惕。

《君王论》的写作下笔时颇费踟蹰。 他必须写出一个君王治理他的国家时，不仅是掌握权力的人，而且是承担责任的人。 这个君王必须要有狮子的凶猛，而且要有狐狸的聪明。 后人将狐狸的聪明理解为狡猾也没什么关系。 君王的眼界、心智、气魄之于民众太重要了。 有的君王个性荏弱、判断失误，纵使他们有情怀、有理想，可能会好心办坏事。 他们面对严峻事件时一筹莫展，只能把民众引向厄运和灾难。 有的君王刚柔并济，能妥协，有内在力量和谋划，可以做到高瞻远瞩，他可以将自己的民众引向顺境，其国家也可以从容立于世界之林。 民众只有一次的生命，他摊上一个什么样的君王就有什么样的命。 有的人可以在安然顺遂的环境中度过。 也就是说，只要你不作，没人可以随意置你于险境；若是自作，便是自受，上天也帮不了你。 有的人则可能只在兵荒马乱、颠沛流离中度过。 差劲儿的君王，或因自己对内的政策失误给民众带来不幸，也或许是因自己国势衰微而引来外敌觊觎入侵。

君主制下如此，共和制下不也是如此吗？ 掌权者的作用太大了。 权力即能力。

马基雅弗利仿若帝王师，他苦心孤诣，在劝诫掌握最高权力者要担负好的、正面的责任。 他们当然不能为恶，为恶者，多行不义必自毙，不义者有好下场吗？ 比如古罗马的尼禄。 当然，也有巧取豪夺者坐了江山，但也大都因判断力有错命不久矣。 应该知道，这个世界经历了那么多恶毒、罪孽而不灭，正是有大道理管着小道理。 正道即天道，管着历史发展的规律，护佑人类。

到后来，马基雅弗利的一番劝诫让不谙政务的文人和知识分子很不爽、很讨厌，马基雅弗利是分歧最大、最有争议，却在社会政治学与伦理学中无法绕开的人物。

伦理学讲良心道义。 这是冠冕堂皇的话语，千古不倒，万世不变，这自然毋庸置疑为人称赞。 但在社会政治事务中，若你只会这一套，就任人宰割去吧。 大国与小国、强国与弱国，其间有太多微妙。 即使大国，若君王无能，依旧任人欺负，割你版图、逼你赔款，你不这么做，坚船利炮伺候。 大自然加诸个体的厄运比起弱国之民的屈辱都是短暂、可以过去的，唯后者，不知要让人熬煎到哪一天。 聪睿而有力的君王，暗中自我发展，却又对待敌手不卑不亢。 他知道该怎么出牌，算得清楚明白，遇事不会乱了阵脚。 尤其是到了近现代，最高权力执掌者，听智者切中要害所言，不会轻信文人墨客鼓噪。 在国与国间的博弈中，知道每个人都有利益诉求，人所谓无利不起早，不要听信唱高调的迂腐之谈。任何人、任何国家都会将自己的利益放在前头。 让自己吃亏，别人占便宜的宣传从来都是骗人的。 再一次重申：判断一个君王的好，一是他给民众带来的福祉，二是他维护了国家安全。

所有的政治家对马基雅弗利感兴趣，所有的文人则对他嗤之以鼻。 实践者和空谈者对待他的态度全然不同，这里边的意思可就大了。 马基雅弗利去除遮蔽、还原真相，将政治学和伦理学进行区分。 他超越知识分子的幻想，警惕想象真理压倒事实真理，为治国者寻一条适宜理念。

切记，马基雅弗利绝不会只提及君王的感受，他不会遗忘对民众的感受。《李维论》一书，一改对君王的关注，而对共和、民主议会之下的民众予以热忱相帮。 民众与君王是互为关系，也就是我们中国人常说的民可载舟，也可覆舟，便是这个道理。

深夜沉思的马基雅弗利在《君王论》中必须提及一国之兴衰与君王能力的重要，无论古代或现代，国家这艘巨大艨艟，掌舵者十分重要。 但他不会顾此失彼，不会忘掉君王也要依靠的传统，其中包括传统的美德、恪守美德的精英与庶民。

他开始写作《李维论》。 李维是了不起的古罗马史学家。 他的著作大量散佚，仅留下的《罗马自建城以来的历史》，足以让他名垂千古。 马基雅弗利很年轻时就购得李维这本著作，时时研读。 当他经历仕途，从复出走向退隐，他才读懂它，并且可以写出自己感同身受的心得。 现在，他与李维对话。 他仿佛看清李维论述"历史循环论"的一个个怪圈、悖论之下有颠扑不破的道理，无论君王，还是精英人士与庶民百姓都应恪守的，那就是一国承继的美德传统，它由虔敬、忠诚、和谐、纲纪、信义、审慎、理性、勇气、贞洁、尊严、节俭、仁慈构成，他几乎把人的所有美德一网打尽了。 在所有美德中，他特别推崇以爱国为核心。 一个人的批判都是为了让自己的国家更好而不是毁了她。 毁了自己的国家对你又有什么好处？ 一个人对自己国家的利益应该维护，尤其当面临心怀叵测者的诋毁栽赃时，欲将你的国家置于险境时，你绝不能为他国递刀子。 道德教化与爱国情感是《李维论》的核心。

而这些，又为后来文人推崇的空洞的世界主义者提供批判的靶子。

无所谓，他苦笑了一下。 权力政治有多少人能懂，权力政治不是厚黑学，它基于客观实际，基于人类面临重要抉择时的清醒与否。

世事更迭太快。 共和的佛罗伦萨选了美第奇家族的后代朱理·美第奇为大主教，朱理一向对马基雅弗利有着好感，朱理向他征询治国意见，1520 年，马基雅弗利将《论战争艺术》呈献给朱理。1523 年，朱理当选为教皇，为克雷芒十世，他不忍这颗政治明珠从此掩埋尘土，他起用了马基雅弗利为城防委员会秘书，参加朱理的教皇军队与神圣罗马帝国的作战。

城头不停变幻大王旗。 1527 年，美第奇家族又一次倒台，新政权开始清算马基雅弗利，因为他曾经为美第奇家族效力。

失意和忧伤是肯定的。

夏季的暴雨猛烈袭打着窗棂和门扉。 地里的葡萄架上仍然青涩的果实比较耐得住雨水的冲撞。

马基雅弗利病了。 他躺在床上，胃部难受，对任何食物都不感兴趣，难以下咽。 人不吃东西，病就大了；人乃五谷饲养，无食则无命矣。

马基雅弗利躺在床上，情知不好。 此时的他，并不了解胃溃疡的得病起因。 一个人，若是长久处在颠簸跌宕的政治命运起伏中，若是总在紧张抽搐的情绪中，肠胃难免痉挛。 马基雅弗利多年来被胃溃疡和阑尾炎所困，难受异常。 这个夏天，他的病情加重。 看他异常难受的样子，平时给他治病的医生为他的药物加了剂量。 他喝下去，疼痛仍难止住，豆大的汗珠滴落。

此时，他在想什么呢？

他不怕后人的误解，说他如墙头草一样总在为不同政权服务，他不会辩解。 对于自己而言，不想枉为人子，总是想在此生有所作为，总是想把自己经验所得的理论运用于实践，总想把正确的施政理念告诉当权者以便少走弯路，让他们尽量制定一些施惠于民的政策。 他无法选择时代，无法选择统治者，他只是想将这一时代民众承受的悲剧减到最少。 青青子衿，悠悠我心，谁能理解我此等拳拳之情。

马基雅弗利流下最后的眼泪，挣扎一番，平静下来，死去。这是 1527 年 6 月 21 日，死时 58 岁，可惜了。 他可以客观冷静地分析历史的大问题、大事件、大变局，却无法客观冷静地认识自己的身体。 他的病并不是绝症，完全可以通过食物和正确的生活习惯调整过来，但是他不懂，他的家人也不懂。 直到现在，又有多少人懂得化险为夷的自我治疗办法呢？ 许多人死于无知，包括许多伟大的人。 伟大的人，可以躲过暴力与阳谋，却是躲不过对自己身体认知的局限。 之于马基雅弗利，58 岁的生命，已经足够了，他来到世上不足花甲，却已做了那么多事情，该回到天国了。

五　时间的风

时间的风，将我的思绪吹向辽远。

我醒了醒神，知道自己仍在佛罗伦萨的君主广场。 我的思绪缥缈无际，因为佛罗伦萨有太多可解读的历史传奇。 无边无际的旷野和田园、街衢与广场，留下了比闪电还强烈、比火光还璀璨、比呼吸还珍贵的伟大艺术与人。 金钱易失、生命易朽，文艺复兴之光，永远闪耀。

我坐在石礅子上，让自己心绪平复。

实际上，这次到佛罗伦萨，我震撼于美第奇家族、惊骇于马基雅弗利；同时，我还对法拉奇感兴趣，我很想到她位于市区附近的故居走一走。 因为我是随旅行团而来，探访法拉奇故居不在此项游览之列。 不得已，我只能遗憾地对自己说，以后找时间一定要再来一趟。

我写过关于法拉奇的散文《我说，人就像你这样》。 法拉奇，享誉世界的意大利女记者，在 20 世纪六七十年代采访各国政要，两卷本的《风云人物采访录》影响深远。 她对世界风云人物诸如基辛格、阿拉法特、甘地、勃兰特等都有采访。 她在采访刚刚出狱的希腊抵抗运动领导人阿莱科斯时,两人陷入爱河。 这是1973年,她37岁,他小她9岁,才刚刚28岁。 阿莱科斯与她在佛罗伦萨建立了一个爱巢。 不停歇的革命冲动,让阿莱科斯无法安于平静安恬的日常秩序生活,他继续着一贯的造反、毁灭、无政府主义思想,最后被人暗杀。 他们相恋3年;他死后,她用3年时间疗伤,并写出怀念与反思阿莱科斯的《男子汉》一书。 法拉奇又活了30年,她在世时采访过我们改革开放的总设计师邓小平。 她死于2006年,享年77岁。 她在30年后与她的阿莱科斯相遇,并解决了在世所有的争执、矛盾。

现在,法拉奇与阿莱科斯曾经生活过的故居仍然保留着,那里有她书写的桌子,有她与他共度良宵的床榻。 墙壁上挂着她与母亲、与阿莱科斯的三人合照。 阿莱科斯精干瘦削,嘴里叼着烟卷,自由洒脱;一旁的法拉奇神态柔婉,却又刚毅果绝。 既动情又冷静,一如她惯有的女知识分子的气质。

在佛罗伦萨,想要去的地方太多了,一时无法满足,只能留下遗憾,期待下一次的到来。

佛罗伦萨完整解释着艺术如何战胜死亡的道理。 因为但丁、薄伽丘,因为达·芬奇、米开朗琪罗、拉斐尔、提香,也因为马基雅弗利、法拉奇,让一切战胜了时间的朽蚀。 "看哪,如果花儿可能凋谢,就请用生命之美将它浇灌!"浇灌的是感官抚摸过后的世界,移走压抑,轻松呼吸,以人性的名义。

法兰克福书展巡礼

一　前往法兰克福

2009 年 10 月德国第 61 届法兰克福书展，中国作为主宾国，派出了 100 多人的作家代表团前去参展，并且进行文学交流与座谈活动。 我们广东省作家协会由我、杨克、温远辉、范英妍和邱超祥作为派出代表参加了这次富有意义的文学盛会。

我们先是从广州坐飞机抵达北京。 坐在进入市区的大巴上，北京最美的秋天如一幅幅画面飞掠眼前。 两旁的树仍绿着，树隙间或有了金黄色叶片，再来几场风和雨，便有落叶缤纷的萧索气质

244

了。

进到市区，下车，那凉爽而清澈的感觉扑面而来。

有固定的日常生活，在一个熟悉的地方待久了，人少了活力，精神有些倦怠；而外出，从秩序的模式跳脱出来，让人有了一种好心情。2009年，我在欧医生那儿的治疗已是第五年，我的身体在慢慢好起来，阳气在上升。一个人身体健康了，外出是一件愉快的事情。好心情将伴随我此次全部的行程。

全国各省（市、区）的作家们简单集中以后，我们乘飞机前往目的地。经过十多个小时的飞行，抵达法兰克福国际机场。法兰克福的地面温度比北京略低一些，感觉有些寒气袭人。阴天，空中雾蒙蒙的，那灰褐色路基旁有细茎的蓑草在风中飘荡，车子七拐八转载我们去事先安排好的酒店。路上，晨雾渐渐散了，干净清朗的法兰克福呈现面前。

关于法兰克福，跳入我脑海的便是"法兰克福学派"。

读过西方理论和政治哲学的人，应该对这一学派有所耳闻或了解。在法兰克福大学社会研究中心，聚集着一批致力于新马克思主义研究的人。他们中间有弗洛姆、马尔库塞、阿多诺、霍克海默、哈贝马斯等人，本雅明也属这个流派，但他是个自由写作者，不在大学的研究中心工作。

1923年，这个学派成立，以恢复马克思主义的经典意义为初心；与被误解、被篡改的所谓马克思主义研究者划清界限。第二次世界大战以后，研究中心的犹太籍学者纷纷逃亡；战后的1950年，幸存者才返回法兰克福。

二战结束之后，法兰克福学派的知识分子最为世人瞩目的学术贡献是他们提出的否定辩证法以及批判理论。他们怀着对马克思主义发扬光大的激情，对资本主义及其意识形态进行着揭露与批判。资本在利益的驱动下，以不停歇的、如野兽般吞噬的力量呼啸向前。当资本如滚雪球一样无休止扩大时，表面看上去这一切正在为世界带来科技进步、生活富足，但事实情形是，人类已丧失节制、隐忍、适度匮乏的自我限制和禁忌，任凭欲望张开贪婪的大口。关于责任、义务、德性的道德良知在消失，人类的感受力、想象力在下降，灵魂在苍白中萎缩。贪婪的欲望借着技术的能力，人类在挑战自然与神性的底线。现在的人们，已在不知不觉中承受着另一种压迫和奴役。现代社会，不再是一个健康有力的躯体，它已百病丛生。

　　一路回顾着法兰克福学人的学说，不由惊出一身冷汗。现代社会正在和将要发生的一切，不幸被其言中。我心想，这次来到法兰克福，一定要去法兰克福大学走一下。即使只在校门外徘徊，也可以想象那些学人在这里工作、生活的场景。

　　住宿等一应琐事安排妥当，我们便到法兰克福书展的活动现场了。

　　我实在想象不到活动现场如此热闹，气氛热烈。阔大的广场，人群熙攘，你在这里可以看到不同肤色和着装的世界各地的人。广场上有许多化装成各种各样角色的年轻男女。这造型多是仙女、女妖、精灵、海盗、吸血鬼一类，夸张而富于戏剧性，类似于电影《魔戒》中的人物。这是西方盛大狂欢节日的表演；一场书展，便是一场盛会。

广场上，中国作家在逐渐聚拢。 风凛冽地吹着，我们不觉裹紧了衣服。 在门口，我看到铁凝。 她身着黑色西装，短裙，脚上是黑色高跟皮鞋。 她衣品高级经典，好看又体面，但不御寒。 我一向阳气稀薄，特别怕冷，衣服总是穿得比别人多才觉舒服。 看人家铁主席，真是阳气充沛、能量过人。 我在想：她怎就那么耐寒，她不冷吗？ 看来，人和人就是不一样。 身体条件不一样，命运走势也不一样。 2006 年，铁凝 49 岁，当选为中国作家协会主席。

寒风中的铁凝，神态自若。 她那双黑亮有神的大眼睛，沉着而喜悦。 她的短发显然烫过，蓬松而微鬈，人显得十分神采飞扬。 人有飞扬感，无论男女，那得有多少好东西才能支撑起这神态。 铁凝是个通透的人，她虽身为高官，懂得现实的中庸和妥协，但她也不会完全放弃自己的审美理念。 至少，她不会丢弃一个女人的美好形容。 她的着装，暗合了低调的奢华道理。

我记起来，1986 年初在北京京西宾馆召开第二届全国青年作家创作会上，我在晚上的一个舞会上第一次见到铁凝。 铁凝面庞端庄秀丽，神态活泼生动，一排齐刘海覆在前额，后边梳着高高的马尾辫。 她眼神清亮，生动而传情，站在那里，犹如盛开的大丽花，浓烈鲜艳，野猎奔放。 不久前，她的《麦秸垛》发表并获奖。《麦秸垛》以凛冽峻严之风，一改当初她的成名作《哦，香雪》的清新淡雅。 我非常喜欢读她的这部小说。 而坊间，对大美女铁凝，又有多少传奇在讲述。

那晚，我近距离观察铁凝，她身上有着火焰，多么激荡人心。这样的女人，当然会书写。舞会上，她不停地跳荡着、旋转着，马尾在脑后飘逸。她恣意放达，青春无敌。

那次青创会上，有很多自由活动。年轻的中国作家，在自由浪漫中嬉戏聊天，从这个房间串到那个房间，大家度过了一周难忘时光。这是石块也可迸溅火苗的激情岁月，一周聚拢，光是见见人、想想事，已足以催发叙事，启示灵感。随后，我读到了铁凝的《棉花垛》和长篇《玫瑰门》。铁凝成为有力量、有胆识，可以穿透人生命运思考的大女人。我曾为《玫瑰门》写过一篇评论《把女人的性别发挥到极致》，发表在 1989 年的《当代作家评论》上。这是我的有感而发，谈不上是成熟的评论。但我的确被大气磅礴的铁凝征服了。

我对铁凝始终怀着好奇，深以为她是集秉赋心智、审美、能量于一身的奇女子。

后来，我的女友、河北籍的女性批评家谭湘有一次对我说："铁凝智力超群，情商尤高，世事练达，通透圆融。她特别能照顾到别人的情绪，善于斡旋人际关系。老中青、左中右她都能摆平，都说她好。"

让所有人满意不大可能，神仙也做不到。但在懂得人情世故的铁凝那里，她深谙人性之幽暗复杂及真实，自己也常存危机意识，并无多少道德优越；这保证了她的平抑低调、谦逊待人的本心。听说有基层作者给她写信，她都会亲自回信。她眼里没有三六九等，她除了冰雪聪明，还有侠气豪爽的风度。她懂得为官之道和为人、为文之道，她本身就是个有意味的存在。

女人对女人，总有观察和感受。且让我暂时中断这些纷纷思绪，随一波又一波的人流前往中国文学馆。

上电梯，又上电梯，穿过一道又一道厚重门扉，中国文学馆那带有强烈东方人文之光的设计呈现眼前。

一摞摞的书籍、一沓沓的纸张、一汪汪的水漾，连同活字印刷，中国的古老文明与文化，携带着昔日的光荣和今日的梦想，以永恒不衰的精神意向弥漫于无穷天地，那么漫长古老，又那么弥新传神。

右手边的巨大墙壁上，一张张放大了的中国作家的黑白肖像贴挂在那里。那些男男女女，都是当代中国文坛比较活跃的人物。他们的面孔严峻冷静，有灵魂受难的气质。我的心不觉一震。作家，大都是心事浩茫、沉郁顿挫的人，每天欢天喜地的人做不成作家。人的灵魂若无战栗怎么会出感受、出语言？但是我有着庸俗的秉性，真心希望致力于原创性写作的人，要懂得一些日常保健，能够身心无恙地活着。我可以灵魂受难，但我恐惧肉身疼痛，任何一些不舒服，比如头痛、失眠、憋闷、心悸，都影响到我的日常生活，当然更包括写作。写作即思想。在思想途中，我们要完成的不是在世的功名，不是书印刷多少，有无很高的知名度，而是说在我们的写作过程中，不追慕虚名、不打诳言妄语，不以卑琐企图传递不好的东西。凡落到纸上的，都有敲击人心的影响力和神圣性，以虔诚敬畏之心而书写，才是写作者一生的宗旨。一生很长，却又很短，打一个哈欠就老之将至了；而人生修为何其漫漫，若尽可能以健康之身活得长些，以迎接那一场场春风化雨般蜕变的年轮，最后可以走向澄明清澈之境，那该多么好。

我正在那里出神，突然听到后边有人喊我，扭头一看，哦，原来是张江。 张江在广州时与我是邻居。 2000 年我们广东省作协单位宿舍楼竣工，我分到 5 楼，张江分到 7 楼。 成邻居之前，我们就已相识。 那年，他从广西调来广东工作，我们在一次朋友聚会上见面，彼此留下好印象。 他是学者型官员，本科学的是外语，同时又是笔杆子，热爱理论，具有思辨力。 我们交往，从来不觉他是省委宣传部副部长，大家只是朋友，可以交流学术心得。 可能广东从来都是淡化政治情结，很少官位崇拜。 当年刘昆任广东省财政厅厅长，他与我们喝酒聊天，相处甚欢。 记得那年，他，还有华南师大校长颜泽贤，分析哲学教授张志林及我的女友、《经济日报》驻广东记者站站长庞彩霞，我们在珠江边一酹江月，不舍离去的酒酣耳热之夜，令人难以忘怀。

我和张江握手。 时隔几年，在异国他乡遇旧相识，非常高兴。 他笑盈盈站在那里，我发觉他有些像演员段奕宏，只是更和蔼可亲。 他已从广东调往辽宁，正是 2009 年 5 月，他正式被任命为辽宁省委常委、宣传部部长。 听说他为林建法任主编的《当代作家评论》给予了不少道义和经济上的扶持。 他一定会这样的。

站在我面前的张江仍是健康结实的模样，他从不像苍白的文人和傲慢的官员，他一见到我就说："艾云，你怎么变黑了？"张江甚是可爱，他观察细节、富于感性，这正是我们平等交往的基础。

人群熙熙，我来不及告诉他，我现在是身体好了。 我们认识时，我身体不好，阳气不够，血色素偏低，自然面色苍白。经过欧医生多年治疗，我正在阳气上升，血气兴旺，脸色也有了红晕，不那么苍白了。匆匆中，无法详谈，只是看来这老兄仍是文人眼光，看的都是细节，挺好。

我们未及详聊，就被冲散了。

人实在是太多了，有参观的人一拨拨涌进。我在这里见到了许多久未谋面的人。这不，我见到了河南作协的郑彦英、邵丽等人。我在河南省文联供职 10 年，与郑彦英是老朋友，此次相见，又是欣喜。邵丽是我离开以后调进的，不大熟，只知道这个美女作家写了不少有影响的小说。

在拐角处，我竟意外地碰到了李洱。这个小兄弟，极其聪慧，是个人精。我在河南省文联《奔流》杂志任理论编辑时，他那时还没有到上海华东师大读研究生，还在河南郑州某一所高校教书。我们距离较近，他常到我办公室小坐。他那时正在苦读博尔赫斯，入迷博氏的智性书写中交叉花园的小径。后来，我迁徙广州；后来，他去上海读书毕业又回豫，后来又调往北京。他的小说已崭露峥嵘，《花腔》出来，赞誉声隆。

李洱拿有相机，他为我拍了不少照片。

认识和不认识的中国作家，比肩接踵，都在法兰克福邂逅。

二　文学的、世界的

隆重的书展开幕式在法兰克福会议中心举行。

进入会场，我们坐在可以随时搬动的红色塑料凳子上，一切设施都不甚豪华气派。 西方举办任何活动，即使大型活动，不讲排场奢侈，只求务实办成的做派，倒真是值得我们好好学习。 我们学西方，不是崇洋媚外，而是要借鉴正确的、行之有效的、理性周全的东西，小到日常细节，大到典章规则，都应该学习对我们有用的、有所帮助的好东西。 这正是为了让我们扬长避短，改变形式主义、行为乖谬、盲目自大的恶习。 偷盗天火，是为了照亮自身，这正是强我国力、壮我国威的实际操行。

这次开幕式，规格的确是高。

德国出版协会主席讲话、法兰克福市长讲话以后，中国作家代表莫言、铁凝发言。 这里边有个小镜头可以记下来。 铁凝发言完毕走下台阶时，她穿着西裙，一个趔趄，险些摔倒。 她赶紧站稳，化险为夷。 她微微一笑，非常可爱。

作为这届书展的主宾国，时任国家副主席的习近平亲自莅临开幕式并讲话。 他讲到文学的和世界的，掌声不断。 习副主席从门口走向主席台时，我们可以近距离看到他。 习副主席讲话结束，德国总理默克尔讲话。 这个温暖柔和的女人，执掌德国最高政治权力，让人心服口服。 在德国，舞台一向是为男人准备的。 且不说政治舞台上有腓特烈大帝，有俾斯麦铁血宰相；就连文学，也鲜见德国女人的身影。 比较邻国，英国至少有盖斯凯尔夫人，有夏洛蒂三姐妹，也有伍尔夫这些女作家荣耀英伦。 法国那就更多了，斯达尔夫人、乔治·桑以及近代的波伏瓦、尤瑟纳尔、杜拉斯都有响亮的名声。 德国很少有女作家。 当年狂飙突进时期，有热爱思想的谢林夫人卡洛琳娜，她也只是趁着男知识分子们讨论研读时在一旁端茶倒水的空当，学会了倾听。 她所有的文字，只留在她写给友人的信函里，并无其他著作问世。 德国女人一向习惯了在边缘沉默。

却是默克尔，一旦登上政治舞台，她是那样光彩夺目不同凡响，有着杰出政治家的开阔胸襟和卓识远见。 在面对严峻的世界大事件时，在变幻莫测的历史风云中，她掌舵德国这艘巨船，沉着冷静，稳健务实，又有原则立场和价值判断。 她为德国赢来声望与光荣。 她对中国很是友好，在她执政的若干年里，秉持的是与中国互利互惠的立场。

在我们作为主宾国的书展开幕式上，默克尔来了。

事先发了耳听转换器，可以将外语及时译成中文。 但耳畔乌喇喇作响，也听不大清楚默克尔在讲什么，但知道她的友善，就足够了。

随后，在法兰克福有自由活动时间，我们开始在市区游览。

天仍阴着，但是没有雾霾。 市区空旷，街道两边的屋舍，无论平房还是楼宇，看起来都比较整齐规范，很少见潦倒颓败的破房，这显然是注重日常维修的效果。街面洁净，空气无尘，一切都充分显示着秩序感。

我们一路步行，穿过大街小巷，浏览沿途景致。

穿过一道拱门，发现了一大片有着历史感的建筑群。这些灰白、浅黄、赭褐的楼宇大都三四层，不高，但建筑风格经典考究。最吸引人的是外墙精美的浮雕。我发现，在欧洲国家，人们很愿意将艺术表现手法装饰于外，浮雕艺术尤其引人注目。那浮雕多是久负盛名的历史人物，人物形象生动逼真；也有很多装饰性花卉缭绕，线条优美流畅。这是将艺术置放于大地之上的公开展现。每当人们经过这里，都将是一次艺术的感官唤醒。

深秋的风吹着，叶子落在锃亮的石子路面上。空气清冽，冷香幽幽，让人惬意。

悠悠走着，我们居然来到法兰克福大学。门口一大片草坪，草坪后边，有一座红赭色主楼，这应该是代表法兰克福大学形象的楼宇了。这所大学不像德国其他大学历史悠久，它创办于1914年，属国立大学。

在主楼两侧，可以看到一幢幢米黄色的7层楼房，这应该是学生宿舍吧。

望着这些楼房，我在想，阿多诺、马尔库塞、霍克海默他们那闻名世界的"法兰克福大学社会研究中心"在哪个房间？我甚至可以想象他们安静地沉思、阅读，然后又热烈讨论的情景。

走着想着，在校门外西边，突然看到有一群人在那里聚集。

参加者戴有法西斯的显眼标志。不一会儿,有赶过来的警察将他们驱散。

这多是些年轻人,情绪极为反常,以为愤懑反抗会让他们显得与众不同。他们不懂历史的残酷真相,以为希特勒的法西斯政权给德国带来了强盛国威。这些极右翼势力,在德国仍有一批拥趸。他们不了解,法西斯的所作所为从来都是上帝无法原谅的罪孽。

我始终无法理解当年希特勒的反犹太人能够为德国人所响应、所支持。犹太人怎么了?他们因勤劳、聪慧、顽强柔韧地活下去就该遭受杀身之祸吗? 1000多年的流亡,没有居所、没有祖国,他们在缝隙中如野草一般坚忍地活着,这该是他们惨遭屠戮的原罪吗? 人类的劣根性里边有欺软怕硬的基因。犹太人流离失所的悲苦处境,在无法存活的环境挣扎着活下去的勇气,成为这个民族的原罪;犹太人的聪明才干、融资能力、科技创新、人文探索方面的努力,成为原罪。要知道,犹太人中的杰出人物实在太多了,创立共产主义的马克思,法兰克福学派有许多犹太裔知识分子,他们在屈辱中呐喊。世界的秩序,不能仅仅由一种制度独宠;增加一种警策的声音,防止霸权,实乃必要的清醒。

在国外,我不禁联想到如今居住在世界各地华裔的处境。我们中国人走到哪里都保留着勤劳节俭、顾家、不忘习俗的传统,这些习俗并不一定会为异国文化所接受。比方说,中国人认为勤劳才能致富,他们把点滴时间都用来创造财富上。国外开商店,8小时以后、节假日之中肯定要关门不营业。中国人开店,节假日很多店照常营业。 只要有顾客，有需求，我肯定会开门迎客。 外国人认为你华裔这么做，岂不是侵害了我的利益。 再比如说，中国人挣到了钱，他们肯定会想着赶紧寄回国内，接济帮助家乡的亲眷。 国外的人则认为你在我们国家赚钱，却不在这里消费，还要将所挣钱款寄回中国，这是无法容忍的一件事。 再比如，中国人无论在哪个国家定居，总保留唐人街，有大的事情总会祭祖烧香舞狮子。 国外的人认为你为什么不能完全融入我们的文化传统啊？国外的人对华裔存在根深蒂固的成见，这是两种文明、两种文化传统的冲突。 早些年间，美国制定的《排华法案》，印尼后来残酷的排华行为，都让在海外谋生的中国人经受了痛苦而惨烈的不堪境遇。 后来，伴随中国的崛起和强大，国外的华人才可以挺直腰板不那么受人欺辱。 祖国强大，才是可以依仗的靠山。

正在走着想着，大家折转身来，往歌德故居走去。 这一位，才是以创作为生命的作家们所要朝拜的同行。 歌德，是法兰克福的儿子，他出生在这座城市；我们来法兰克福，肯定要去歌德故居参观。

穿过几条街巷，来到市中心西思格拉大街。 说是大街，并无车水马龙的喧闹，街道不宽，非常僻静。 走过一段有坡度的道路，便见路边一座四层楼房，楼的正面墙壁浅白带黄，一侧的楼面爬满青藤。 这里正是歌德出生、长大、生活的地方。

我们中国作家团各个省（区、市）的作家也陆续前来参观。在等待的那刻，我听到有人喊"陈应松"。 循声望去，但见应者是一帅哥。 我知道此人便是陈应松了。 陈应松在我当《作品》编辑时，曾给予我不少支持，但大家都只是书信联系并无谋面。 异国若是见到，不可放过这等相逢机会。

我扭过身来朝向他，然后自我介绍，我们握手。

他笑着道："艾云，我真没想到你还这么年轻。"我并不年轻，估计在他人想来我应该很是苍老了吧。 那一年在北京见到周晓枫："艾云，我原来想象中的你，高挑个儿，面色苍白，架副眼镜，很苦涩的那种女知识分子形象。 没想到你是个生动温暖的人。"有一年朱文颖来广州，我和魏微与她一起聚餐，她也一直说："艾云，你真的比我想象中要年轻。"

估计我的写作总爱讲个道理，偏于理性色彩，这在别人看来，那一定是案牍劳神愁苦、衰老的模样。 我原本是这样，身体差，从小老相，后来硬是自己想办法把自己救治过来，有了些生气和活力。

匆匆中不宜深聊，与陈应松寒暄几句，大家便各自活动。

我们从一个侧门进到歌德故居里面。

歌德家世并不寒微，可以说是比较富裕。 这里有 16 个房间。第三层，歌德 1749 年 8 月出生在这里。 第四层，是他写作的地方。 歌德站着书写的斜面桌子还摆在那里，书橱里有 5000 多册图书。

歌德这个人非常有意思，他从不把自己弄成苦哈哈的样子。他求学、漫游、沉思，也不耽误他做官、社交、入世。 他在莱比锡大学学法律，毕业以后他有一段游学时光。 那些经历，让他写进了《威廉·迈斯特》。

歌德应该遗憾他没有到中国漫游吧，但他对中国文化与文明怀抱热忱，他讲到中国人时不无赞誉："那些人几乎和我们有同样的思想、行为和感情。我们觉得和他们是同类人，只不过在他们那里，一切都来得更加明朗、纯洁，也更符合道德。"

　　不管我们有没有歌德说得那么好，说得那么明朗、纯洁、道德，总之，歌德对中国非常友好。而中国作家和读者，尤其近现代，你问问，那些粗通文墨者哪有不知歌德的？文化彩虹，通过文字，架在彼此的心房。

　　我望着这间书房，想象歌德当年站在这里写作的姿态。他不仅是书斋的，他也入世。那一年，德国中部魏玛公国的卡尔·奥尔斯特公爵，也是图林根国君，召歌德前来魏玛公干。26 岁的歌德欲以在实际事务上有一番作为，他欣然前往。奥尔斯特公爵是歌德的小迷弟，他将许多国务活动交给歌德，歌德随后担任枢密大臣，相当于部长职位。在这里，歌德为郊外的房子设计装修，他从此爱上了园林与建筑；也是在这里，他爱上了夏绿蒂·施泰因，为她写下 1600 多封情书；在这里，他与女工克丽斯蒂娜产生恋情，却一直没有给她名分。直到儿子 17 岁那年，感于克丽斯蒂娜患难之中依旧不离不弃，他才同她结婚。

　　身上流淌活人复杂鲜血的歌德，知道自己的庸俗和渺小，妥协和薄情，但他仍是自省的，他将精神追问写进了作品。他 23 岁的成名之作《少年维特之烦恼》，写着懵懂青春岁月的烦忧；但若是没有他的诗性悲剧《浮士德》，他将无法进入世界文化巨擘的序列。有了《浮士德》，歌德名垂千古。这是歌德一生的追省：他借浮士德与魔鬼签约，将一个人求学、旅行、恋爱、入仕等在世的活动实践写进诗章。那是跌宕起伏的追省，涵盖了歌德的一生。这部著作，歌德的确是写了一辈子。没有很多的体验，他写不出来。他经历着然后创造着。后人将歌德的《浮士德》与荷马的"荷马史诗"、但丁的《神曲》、莎士比亚的《哈姆雷特》并称不朽之作。歌德不虚此名。

我们这一趟的行程里边不包括魏玛，有些遗憾。但是能来法兰克福的歌德故居参观，亲临歌德生活场景，仍是让人宽慰。

我习惯于走神。我在想，一部《浮士德》，歌德花毕生精力去写，放在我们，谁能做到？我们很多人写作，不习惯灵魂自省。我们要么喜欢对他人、对社会去否定、去批判，借此让自己有种天然的伸张正义的道德优越感；要么，我们从个人生活的鸡毛蒜皮写起，以为这是接地气的文字，是现实关怀。

批判精神与现实触及都是必需的，但在经验之外是否应该有超验维度？我们中国作家是否也应该考虑一下灵魂追省？有人说，超验，作品富于思想性，是一种精神奢侈，那些面色枯槁，蠕动苟活的人不会去想这些问题。仅这一句道德高调，一下子可以堵住所有人的嘴。但是，关心穷人、无产者，必须要在精神拔擢之后。那些经过知识储备、思想训练的人，才有宽广的胸襟为无产者悲苦的命运揪心地疼痛，并努力改变。

灵魂问题，是我们开阔眼界以后必须要正视的。所有的写作，不仅仅是呈现被污辱、被损害者的卑琐，不堪处境，还要有救赎的形而上精神。将智识拓展，让心胸强大，正是创作者应该奉献给读者的不可或缺的精神食粮。 对于一个写作者来说，关心灵魂问题，不是一个人吃饱了饭没事干的呓语。 只要你写作，你就已经超越了自身的阶级规则。 无论你是穷人还是富人，无论你是托尔斯泰那样的贵族，还是歌德那样的廷臣，你都会冲出本阶级命运的规定和局限，成为代人类发出人性真实声音的一分子。

关心灵魂问题，是文学的也是世界的永恒话题，没有族群、性别之分，正如同生死。 当年歌德在《浮士德》中抛出的人在世的种种挣扎与思索，无论哪个国度、哪个时代的男男女女都要面对。

从歌德故居出来已经是中午了，我们去找餐馆吃饭。 都说德国的咸猪手很有名，来这里自然应该品尝一下。 于是，大家在一家专门的咸猪手饭店坐下。

三　灵魂的与身体的

我有些头疼，决定放弃这顿美味佳肴。

来德国的这几天，酒店提供的自助早餐比较丰富，牛奶和奶酪很香，不免多吃了几嘴。 但这浓郁、热能较大的食物，我的身体消受不起，略一多食，便觉冲头。

我没吃午餐，喝了几口柠檬水，便在街上溜达。 凉风吹着，大概过了半小时，我感觉头脑清醒多了。

欧医生常说：让身体说话，你要懂得倾听身体告诉你的讯息。我在欧医生那里治疗 5 年，身体在变好的同时，也在变得极其敏感。任何不适，身体马上会表现出来。我吃的热量过了，就会头疼，这提醒我要减少食物热能摄取。我们现在的人，一不舒服马上就会去吃西药，或者要进补，以为是营养跟不上。这看怎么理解，如果一个人真的营养不良，是要增加营养；可是现在的人，尤其生活在城市的人，有几个营养不良，大多是营养过剩。欧医生一直在说：现在人们的很多毛病都是吃出来的。这话，说给人听大都不信。人们有病，首先应该做的不是补而是清，清比补更难，这里边的学问更大。

有的人说，能吃是福，吃到嘴里就是赚。于是，那些条件好的，肥膏丰脂、浓汤厚油一并入肚。有的人说，我肠胃特别好啊，吃什么都香，吃多少都不撑。殊不知，这后果很可怕。若你吃什么都照单全收，没有任何不适，可能是你的经络堵塞，身体麻木，已发不出感应灵敏的信号。时间长了，等你觉察到了，一去医院检查，肯定就是大病。还有的人，前期，身体对不良的生活习惯和饮食还有回应，比如吃热能过多头疼。但他从不自己找原因，而是马上去吃止痛片。头刹那不疼，他以为病好了，仍然热能进口多多。又头疼，又吃止痛片。药片，尤其是西药，乃大寒，特别伤肾，破坏免疫力。你只要吃上西药，以后再有不适，肯定会逐渐加量，直到把你全身器官都弄出毛病。本来，聪明的身体在提醒，也在向你发出求救信号，你不但不理睬，反而祸害它。一个原本健康的人，这么一路下来，没病也有病了。本来，就是饿一下，减轻肠胃负担，如此简单的收支平衡之事，让我们越弄越复杂。连医院的医生，又有几个可以有耐心和悟觉倾听身体发出的真实声音。现代医疗机构正如福柯所说作为"沉默的暴力"存在。一个医疗机构一旦建立，它必然要配置行政人员、专业技术医生和后勤保障部门，还要不时更新购买检查的各种仪器，这还不包括医疗研究种种。这些都需要支出，钱从哪儿来？当然是支撑医院办下去的患者。在这种前提下，各种不必要的检查、过度治疗等，都在治病救人的旗号下冠冕堂皇进行。私人行医者，对于患者的医治要有万般的小心，因为你直接担着具体责任。但在大医院，却没这种担忧。是你患者主动找上门来的，怎么用药、手术，都是正大光明，你爱做不做。对自己生命茫然的人，只能听医生的，但医生从来是只治病不救命。因为连医生自己也不清楚身体的奥秘。

不久前看到一个新闻，上海一个从事生命科学的专家 48 岁死于绝症。对于逝者，我们不可妄议，死者为大。但研究生命科学的人，自己的生命却如此短暂，这是医界的损失，也让人唏嘘惋叹。我们迷信西医，以为有钱可以买到最昂贵的药，可以找到顶级的专家诊治。殊不知，这是妄念。多少有钱人能被救活？若可以，很有钱的乔布斯可以不死，可他却死了。对生命的认知，是我们每个人都要重新体味的，其中包括作家。

我在凉风习习的法兰克福的街上走，脑子里想的却都是些庸常世俗的念头。中国作家及思想者，那致力于原创性的，许多人是以血为墨而书写，长期的伏案写作，逐渐将残破的肉身成为语言的发送地。 他们谈及殉道、献祭，莫不充满美学的悲壮感。 这样的作家，将与沽名钓誉者流拉开距离。 这部分人虽是少数，却足以延续作家与思者的光荣基因。 但是，他们读很多书，社会的、哲学的、文学的，却不去读身体这本大书；具体来说，他们不大重视中国医学，即博大精深的中医理论。 我是因为自己长久患病一直处在亚健康状态，才陆陆续续接触到中医理论，并庆幸得到一位中医大师的诊治。

我想说的是，之于一个作家、一个以写作为日常功课的人，大多数并不是对功名放不下，而是对自己心里想写而又未写出来的东西放不下。 我常常会在半夜惊醒，我惊醒过后便是一阵阵的心焦魔乱。 包括这几天在德国。 面对优秀的写作同行，敬佩之余，也对自己有鞭策。 我之不才，却又心有不甘。 在我日渐老去的余生，我不是为衰老而难过，而是心有不甘。 曾经的日子，我写下过许多断片残羽，却因为无力成形结构成文，一直放在书橱和抽屉里，厚厚一叠，上边落满延宕的灰尘。 我希望自己有一天可以清理出来，让这些札记归于适宜的章节。

我努力医治自己，不是为别的，只是想让自己此生少留遗憾。但我深知，人要有足够的体能和一定长的寿数，才可以将一些书籍消化运用，将一些遗存的问题思考清楚。 一个作家，将此生要做的做得大致不差了，不留什么遗憾了，自然会坦然面对后来漫漫的死亡暗夜。

一路想着，人在旅途中，体能在休歇，一些事情也想明白了。我估计他们午饭应该吃得差不多了，便折转身来去找他们。 到店里坐下，我浅酌了一小杯清冽甘甜的德国啤酒。

晚上，我们去法兰克福剧院听一场音乐会。

豪华富丽的音乐大厅里，发现德国听众都打扮得相当隆重，女人们衣香鬓影、环佩叮当；男人们西装革履，头发闪亮。 在公共场合，人们欲把最美好的精神面貌、姿容仪态展现出来。

比较起来，我们穿着还是普通的衣服。 作家们讲灵魂，往往在幽隅苦思冥想，精神撞击成陨石碎片，砸得人生疼生疼。 于是，一种抽搐、受难的表情成为我们的常态。 我们总是忧伤的、不快活的，喜乐之事是我们必须远离的，我们的语境总是雾霾深重，在阴郁之中，我们沤着自己的心和魂，吐哺一些文字。 眼下，这奢华的音乐大厅，这些舞台、公共活动的场所，更适合热爱世俗生活的人。 他们衣着光鲜、神采奕奕，与环境和背景匹配。若是走来一些面容愁苦、衣着落伍的人，则显得格格不入。 所有的场面，的确不是作家擅长展示所在。 作家是在炼狱中经由疼痛抵达神圣。

我经常游走在此岸与彼岸，既想了解事物背后深刻的本质，又想咀嚼此世的丰富感受。 我的妥协与中庸，注定我的写作只能是对有限的、匮乏的、卑琐的个人，进行重重复重重的灵魂追问。

法兰克福书展活动暂告一段落，我们将分成不同的小分队，分别前往德国不同的城市进行文化采风、文学交流与座谈。

四面八方的光在凝聚

一　从四面八方凝聚而来

参加完第 61 届法兰克福书展的开幕式以后，中国百余名不同省（区、市）的作家分别组团前往德国各个不同的城市进行文学交流与座谈。

我们这个小分队由 15 人组成。除了我们广东省作家代表团的 5 名成员——我、杨克、温远辉、范英妍及邱超祥，还有中国作协的杨承志、胡平、艾克拜尔、岳雯和王莹，浙江省作协的郑晓林、王手、杨东标、嵇亦工和一名年轻的随团翻译庄玮。

在崇尚思想、哲学与诗歌的国度，在产生过康德、黑格尔、费希特、谢林、洪堡、胡塞尔、海德格尔、雅斯贝尔斯、阿多诺，在产生过海涅、荷尔德林、歌德的国度，我们将与异国的同行，碰撞出思想的火花。

是的，世界的各个地方，存在着不同的声音与观念，但那四面八方的光会在一个点上凝聚，那就是人类的命运和命运感。符号与象征、叙事与结构，都是人生意绪的共鸣，将分离与纠纷，编织成低吟叹息中的斑斓织物。人类听得到公正时间中纯粹的语言和人类命运发展的相同趋势。

大巴载着我们 15 个人在飞驰，我们将去海德堡、杜塞尔多夫、美因兹等城市的大学。一个帅气的德国司机负责我们这几天的行程。近距离接触，且让我简单介绍一下小分队成员吧。

我们广东省作协的就不用多说了，先从中国作协的 5 位成员说起。

杨承志，曾任江苏省委宣传部副部长，2007 年调任中国作协书记处书记。她虽然是领导，但身上全无官架子。她是江苏美女，笑意盈盈，一双杏眼温婉喜庆，透着善意，让人全无提防，令人如沐春风。她齐耳短发，头发蓬松覆盖着右额一边，显得既干练又俏皮。她着装规矩得体，面料不错，符合她一贯从政的风格。一开始我们和她还有些拘谨，后来越发熟悉，大家都放开了。她是个懂进退、知上下，深谙为官之道的人。作家协会系统的，都知道在文学面前人人平等。这里没有尊卑贵贱之分，不论你有多高官位，大家都不摆谱。否则，人们心里谁会服气你。杨承志与我们一路下来，愈加自若。 平时工作中的端宁日益被欢乐的表情所代替。 她如美丽的秋菊，丝丝缕缕舒展着、怒放着，到处弥漫岁月无痕的芬芳。

胡平，中国作协创研部的主任，鼎鼎有名的大评论家。

当时的他，黑而瘦，这使他显得个子高拔。 他有复杂的气质，了解民间、江湖和庙堂的做派，自己却不动声色，神情淡然。他眼睛并不犀利，有着放松洒脱的飘逸。 他是识人知事的，却又是良善宽宥的，他有几分冷幽默。 他沉静的外表之下，还是能够让人感受到内在的火热激情和浪漫情怀。

他必须冷静。 由于自己的工作位置，他必须拎得清任务和使命之间的区分。 他有任务，要参加各省（市、区）不同作家的作品讨论，要上台发言，要对某种文学流派予以追踪，他要客观，也得说些面子话。 繁重的阅读，真是会消磨文字本身的敏感度，但还必须耐着性子去做这件事。 阅读过后还要判断、命名，这真是考验一个批评家快捷反应能力。 胡平手中之笔和善宽宥。 有人说，批评文字一定要犀利，以揭短批判为主，否则，就有吹嘘之嫌疑。 也未必。 那呕心沥血之作，总要有给人以启迪的一面，及时讲出此文之妙，也是批评家的责任。 从道理上来说，批评家不会因为顾及一个人的颜面将很糟糕的作品夸得天花乱坠。 批评家应该守住某种公允的底线，否则就是自己砸自己的牌子了。

胡平作为批评家，也是工作，他掌握手中之笔，也是掌握着批评话语。 他和善而体己，尽量发现一个写作者的文学努力与价值。 有人说，批评家就是要眼里容不得沙子。 哪有十全十美、挑不出瑕疵的作家。 记着，任何作家都不完美，他或她愿意把时间和精力花在写作、梳理自己或虚构人生上，就足够了。 至于市场，那里自是有苛刻的检验标准，没人买你的书，没有流通，读者不买账，你的写作就打了折扣。 当然，那高邈致远的思想性文字，也有曲高和寡的凄凉，但这是另一种标准了。

有人自费出书，不惜花费不菲资金，那也没什么。

这也不该一味贬斥为纯属浪费。 人生什么时候不都是在浪费中吗？ 精力浪费、纸张浪费、过程浪费，这又怎么样呢！？比起战争的消耗，比起轰炸中将一切化为废墟的行径，比起将无数生灵化为尘埃的悲剧，所有的浪费、空耗，的确不算什么。 在这个过程中，只要我感觉到某一瞬间的充实，我又愿意将我的这一瞬间记录，并用我自己的金钱将这种记录出版，就足够了。

良善的批评家明白，批评是公允的裁定，同时又是妥协的尺度，再锋利的刀刃，也有宽恕无辜丝绸或棉帛的胸怀。 一个批评家，总需要发现写作者好的一面，对于糟的一面，要有善意的指出。 实在不行的作品，却由于写作者位高权重而得一时吹捧的作品，早晚要被淘汰。

胡平作为专业批评家，要在任务和使命之间努力平衡，他也真不容易。 光那快捷的反应，也足以让人佩服了。

艾克拜尔，方正的面庞，肤色白皙，长相敦厚，人却机警聪慧。 此时，他接手《中国作家》主编一职，责任不轻。 他是哈萨克族，在新疆出生、长大。 这个从小不会讲汉语的人，后来竟成为中国出色的作家。 他先是在《民族文学》任编辑，而后出任

《中国作家》主编一职。他不仅要办刊，还要考虑发行、生存，是个懂文学又懂市场的通才。

中国作协机关，总是会从全国各省（市、区）抽调优秀的文学创作者充实到自己的组织之中。比如阎晶明来自山西，施占军、吴义勤来自山东，而我曾经生活的河南，也有抽调至北京的，如何向阳、李洱，以及何宏。艾克拜尔正是从新疆抽调至北京。他讲一口地道的北京话，不时可以听出有些哏。认真端详，他的外貌还有几分少数民族的痕迹，但他骨子里已融入中华民族的汉族文化传统之中。他一直在说："要用最优美的中文，写最美好的中国人形象，为全世界热爱中文的读者服务。"

路上我和艾克拜尔聊天，自然问到在《中国作家》工作的老友杨志广的近况。我知道杨志广近段身体很不好，患上肺癌。他才53岁，怎么会得这么严重的病。可是在2006年，我的女友、杰出的女性思者萌萌也是得了肺癌。她在与病魔抗争8个月后撒手人寰，去世那年才57岁。友人凋零，让我心生凄楚。

艾克拜尔说，他不久前去医院看望过杨志广。杨志广是在一次体检中发现肺癌的，已有两三年时间，也是边治疗边工作。艾克拜尔说，杨志广是个笃诚厚道之人，他与杨志广合作时非常愉快。杨志广是《中国作家》比较资深的办刊人，艾克拜尔2006年负责这个刊物的工作，时任副主编的杨志广从来都无怨言，不会争抢，而是积极配合主编的工作。

我讲到杨志广，那是很久以前结识的老朋友了。我在1982年大学毕业分配到河南省文联机关刊物《奔流》杂志工作，杨志广是我们的作者。 当年，他的小说《博格达山下的小车站》荣获我们刊物的首届奖项。 他来领奖，高高的一个年轻人，戴着眼镜，讲话声音不高，很和善，是个可以引为终生挚友的人。 随后，大家不时有着联络。

我调来广州以后的某一天，收到杨志广的电话，他说他有一个侄子来广州打工，但多天没有音讯。 他告诉了我侄子的姓名，然后让我帮忙到罗冲围的地方寻找，看能否查到他侄子的下落。 杨志广的嘱托我肯定不会怠慢。 于是，我当即到广州西边的罗冲围。 我到一家又一家工厂询问，这如同大海捞针。 问了许多工厂，问了很多人，我问了一整天，仍是无果，只好灰溜溜回去。我电话告知他结果，只能深表遗憾。

通过这件事可以看出杨志广对我的信赖，他将家事托付于我，无论能否办成，他第一时间想到我，足见我们之间全无隔膜的深厚情谊。

我和艾克拜尔感喟着，希望我们共同的友人杨志广能够度过此劫。 不想，2009 年 11 月 3 日，杨志广去世，年仅 53 岁。 我为同龄人唏嘘长哭。

后来与艾克拜尔仍有工作上的联系。 我们广东省作协开办了"三名笔会"，每年邀请名刊的名编、名家为广东的作家在创作方面出谋献策。 艾克拜尔作为《中国作家》的名刊主编，对我们的这个活动给予了大力支持。 记得那一年的"三名笔会"在广东的中山市举办，我作为组联部主任，直接负责这个活动的接待任务。我又一次见到了艾克拜尔，他对我说："艾云，你是一个出色的组联部主任，接待工作很是细致周全。"我估计他并不了解我是写作中人，以为我是一个称职的行政工作者。 这更好，起码证明我有一定的组织工作能力。 这是对我在其位、谋其政的肯定。

好了，下面我要说到岳雯和王莹了。

当年这两位小妹都是 20 多岁的年轻姑娘，她们一个机警一个温婉，让人一见就喜欢。

先说岳雯。 岳雯清秀，皮肤白，但她正为脸上长的几粒青春痘苦恼。 我告诉她要穿暖和些，不要让湿寒入体，慢慢脸上的小痘痘就会消失。 我走到哪里，总会告诉年轻女孩子注意保暖。 要美丽，但别冻着自己。 女孩子只有保证体内足够热能，让脉络通畅，阳气上升，才不会出毛病。 岳雯很认真地听着。

她穿着黑色皮夹克，秀雅中带着飒飒英气。

但她是收敛的，羞涩一笑中又见出几分的调皮和诡魅。 我们吃自助早餐，她有时会来晚，有些睡眼惺忪的模样。 她并不是随时迸发的、积极向前冲的，正是她的某种虚无和消极感，我判断这姑娘饶有来历。 凡一上来就踊跃、积极的人，那少了些后退、忍让，个性中会少了好玩儿的成分。 人一乏味，还有何世间发现。

那时的她，刚到中国作协创研部两年，作为后备力量的年轻批评家，正在隐伏阶段，欲待展翅高飞。 2009 年秋我第一次见她，并有几天的朝夕相处，友情早就在心底萌芽了，却是岁月倏然而过，十几年里我们很少联系，但我会认真阅读她所写的评论文章。看到当年这个青涩可爱的小妹妹已茁壮成长为栋梁之材，由衷赞叹。 她的评论文章很有个人风格，她有慧根，有判断力和命名力。当年的她，总是默不作声，但这姑娘冰雪聪明。她至今为文，深谙世道人心，懂命运，说理让人信服，难得啊。

我欣赏年轻一代的女性批评家。女性写作本属不易，若又做了批评家，更是难上加难。可我欣喜地看到女性批评家以既洞晓事理又探幽入微之义活跃于当代文坛。我越来越喜欢与比我年轻的女性写作者交往，其中多是搞批评的，正如同人们常说的人不亲行亲吧。我还好，原来与60后、70后的无代沟，现在与80后的学人交往好像也无代沟。我时时警惕自己倚老卖老，陷入落伍陈旧而不知的迷津。类似岳雯她们，正是我学习的榜样。

说到王莹，她始终留给我邻家小妹的印象。她更温婉，涩楚的眼神我始终忘不掉。她待人十分有礼貌，安静顺遂，与岳雯整体风格有所不同。

我仍记得那次在免税店买东西，王莹说要给她父亲买一件T恤，让我帮着参谋一下样式和颜色。我说那件黑色巴宝莉长袖T恤就不错，样式经典也耐穿，不挑人，她听了我的建议买下了。分手后，我们还为工作上的事通过电话。再然后，多少年过去了，鲜有联系。知道她们这个年龄段的姑娘在忙，忙着事业和生活。我在心底，祝福着王莹小妹一切都好。

说完中国作协的这5个人，接下来要说的是浙江作协的5人。我想，我不能再过赘言，还是言简意赅为好。

首先要说到郑晓林。他个头高挺、儒雅俊朗，江南才子模样。他待人亲切，行动敏捷，不仅是个文学创作者，还是个热心而有能力的文学组织工作者。当时他任浙江省作协秘书长。一路上我们相谈甚欢，记得还说以后用通信形式搞个文学系列对话。后来大家都忙，此事也就没能进行下去。

王手呢，已写了不少小说，闯出了一片自己的天地。

王手长相笃厚稳重，不大像江南人，倒像个粗犷的西北汉子。可若是近距离接触，你则发现他是如此温文尔雅、内藏锦绣。他穿着体面，衣服看起来不显山不露水，实际都是名牌。他自己本人是老板，经济条件自是宽裕。他是个懂生活、懂时尚的人，我们买什么东西都会找他做参谋。

大家去逛商店，王手见到手表就买，说是送人。在德国，无论超市、大小商店，就连我们住的酒店大堂都可以见到卖手表的专柜。德国手表不像瑞士手表那么有名，但因工业、机械制造业发达，即使很便宜的、不出名的手表也不太差。王手买了手表说这比送巧克力要实际。的确，德国手表不贵，折合人民币也不吓人。当然，我们也知道王手有这实力。他经商却又痴迷文学，硬是把闲事当正事去做，日益成为饶有名气的小说家。

浙江团里还有一个长者，剧作家杨东标。后来我才知道他和我省老作家章以武为浙江宁海同乡同学。估算起来，杨东标老师当年也有 70 多岁了。可他身板挺拔，老当益壮的精气神儿，让人敬佩。他创作的戏剧《王阳明》，演出后博得好评。路上，我们讲到相熟识的人，感觉迅速拉近了距离。

嵇亦工，勤勤恳恳的文学人，任过杭州市作协主席。自己写，也热心文学组织工作。

随团的还有一个小伙子是浙江推荐的德语翻译庄玮，是浙大德语系年轻学子。他面孔白净，工作负责，一路帮我们翻译介绍，尤其是当我们与德国文友进行座谈交流时，他发挥的作用可大了。

好，我絮絮叨叨的先介绍到这里，接下来，我们即将踏上文学旅程。

二　海德堡的夜晚

我们进行文学交流活动的第一站是海德堡。

交流活动安排在晚上，我们稍稍提前了一些抵达，一是尊重，二是利用空隙时间浏览一下海德堡。

在我，心头早有了一种亢奋。多年来对西方哲学史的研读中，海德堡大学早已镌刻在脑海中了。而且，也附加了自己许多的想象力。那里，曾经出现了那么多哲学家、思想家，而且都是赫赫有名的大师级人物。不说远的，只说近当代，就已经有胡塞尔、海德格尔、迦德默尔、雅斯贝尔斯等人。这些享誉世界的人，只是一个观念、一种意识，就足以撬动地球，成为人类思想发展史的杠杆。

我们来到海德堡，夕阳已经将这里点缀成梦幻般的景致。其实，我们所到的海德堡小城，就已经是海德堡大学的组成部分了。小城和大学，是密不可分的一体。也可以这样说，因为有了这所大学，就有了这座小城。 这里面，当然没有通常意义上我们所见的学校四周的围墙和栏杆。 它的不同系别，散落在小城不同的区域，只是楼宇和房子的风格不同而已。

海德堡小城街面不宽，地面铺着青石板，有些路干脆就是粗粗加工成平坦的块石，经过多少年来行人的踩踏，有些地方光滑圆润，接缝间的粗粝，又可以防止滑倒。 人们慢慢踱步，尽情饱览这美丽迷人的景致。 靠北的方向矗立着白塔，它见证了这里的历史。 塔下，是著名的莱茵河，碧绿澄澈的水，缓缓地流淌。 更让人动容不已的当属海德堡的古堡。 在不远处的山上，错落有致的古堡外墙呈现着褚赭色和铅灰色。 许多古堡建于中世纪，有些已经是墙坍壁圮，但是更加显现出那威仪、神秘的气息。 旁逸出依旧葱茏的树木，让这种纵深里平添着生意盎然的现实留恋。 那些经过修缮的古堡，磅礴大气，仿佛史诗，给人以荡气回肠的力量。若是楼宇，每一层窗与窗的夹距间，雕刻出历代君王征战从戎的威猛形象。 德国的历史没有希腊与罗马长，但是东哥特人和西哥特人征服了罗马，征服了意大利，勇者开疆拓土，才有了日耳曼民族和历史。

征战之于一个民族，并不是它全部的骄傲与光荣。 哲学、文学、思想、文化，才是一个民族让自己的族群在世界赢得信任的基石。 德国人比谁都懂得这一点。

渐渐，晚霞在西天编织着绚丽多姿的色泽和图画。 也到了我们开始文学交流的时间了。

穿过几条巷子，有一个很朴素的楼，呈现在我们面前，这就是海德堡大学汉学系。

海德堡大学汉学系已经有 60 多年的历史。 最早的一个教授巴格纳，在他的努力之下，汉学系规模逐年扩大。

前来迎接我们的是汉学系硕士生梅艾嘉。 这是她的中文名，她的德文名叫卡雅。 递来名片，上边就画着淡粉色梅花。 她说，她喜欢中国的梅花，在严寒的悬崖上绽放。 她熟悉中国的电影，喜欢中国台湾导演张艾嘉，于是为自己取了这个名字。 她的汉语说得非常流畅，她既是此次座谈会的组织者之一，也为这次交流会做现场翻译。

梅艾嘉笑意盈盈，非常热情和诚恳。 她生得娇小玲珑，秀美得如同我们江南女子一般。 她的确长得很东方，如果不是她的眼睛在黑亮中闪烁的一丝碧蓝，如果不是她的头发飘过的一际金黄，你完全可能把她当成中国姑娘。

来的人可真不少。 这里面有汉学系师生，有德国人和中国留学生，还有居住在德国的华侨。 会议室挤满了人。

座谈交流的第一个仪式是互赠礼品。 我们分团由杨承志书记代表，赠送的礼品有几方中国丝巾、中国集邮册，以及一些书籍和杂志。 他们回赠的是几块巧克力。 西方人只重礼节和仪式感，并不太在意礼物有多贵重。

接着，我们分团成员纷纷朗诵了自己的诗歌、小说和剧本片段。 梅艾嘉快捷而准确的双译功夫，令人啧啧赞叹。 她就坐在我右边。 毕竟大脑要高度紧张和集中，我看她额头微微冒汗了。 我握了一下她的小手，柔软而温暖。 与她好像没有任何的距离，她就像一个邻家小妹。 会前她已告诉我们，她的妹妹和母亲也来参加会议。 她的妹妹个子比她高很多，但苗条俏丽。 而梅艾嘉则是柔婉优雅。 她的母亲是典型的德国女性的模样，棕色头发，看起来骨架硬朗，人健壮结实，很能干的那种。 她育有两个可爱的女儿，热爱东方，熟谙中文。 她能来会场，应该说对中国文化和文学，也是情有独钟吧。

朗诵在继续进行。

他们激情地朗诵，梅艾嘉细致准确地翻译，在现场，时而安静之极，时而掌声雷动。 所有到场者，无不感受到汉语言文学的迷人和思考与创造的魅力。

再接下来是对话交流，互相提问。 我们这边杨克首先提问：德国对这届诺贝尔文学奖得主，现为德国人的泰勒女士怎么看？有回答说他们对她都不大熟悉。 诺贝尔奖项总爱爆冷门，由此可见。

与会者给我们提了不少问题。 有的是文学和作家方面的，有的则涉及一些敏感性问题。 我们的团副、哈萨克族的艾克拜尔以他缜密而又真诚的回答，以释疑惑。

一位老者站起来提问，他首先介绍自己，在中国上海出生、长大，工作生活 50 年，移民到德国 20 年。 他用带着浓重上海口音的普通话问了我们许多现在国内的问题。 他像是中国人，仔细端详，他皮肤过白，眼窝过深，似有一番来历。 会议结束以后，他一边推着自行车，一边与我们话别。 他告诉我们，他的父亲是上海人，母亲是德国人，两人都在上海的华东师大任教。 他因为这种家庭背景，国内几次运动，家中都有波及。 他后来因为母亲的缘故移居德国。 但他说他从来都没有把自己当作德国人，他只承认自己是中国人，身上有中国血统。 他希望中国更加强盛，希望他过去厂子里的同事和邻居们生活得更好。 他步履稳健、精神矍铄，他说自己每天坚持游泳和骑自行车，完全看不出他已是古稀之人。 他说德国环境好，尤其适合养老。

话扯远了，就此打住。

时间过得真快，气氛热烈的文学交流活动就要结束了。 大家开始互换名片，合影留念。 如果是常言的相忘于江湖，此一去，则直接是相望于彼岸。

入夜，风凛冽了些，吹在面颊有些凉，我们裹紧了衣服。 小城的夜，更加朦胧，更加恍若梦境。 近处，风格别致的各家楼房都亮了灯，橘黄色光晕隐约从窗口泄出，闪过街面，扑朔迷离。 不远处的古堡，灯光从下往上打，显得更加森严肃穆，仿佛奇窟夺宝的舞台布景。 街上人更加少。 夜晚的海德堡，莱茵河水在汩汩流淌。 同行的朋友们说，这里的确是诗意的栖息之所啊。 我们可以在这里住上一两个月，再长时间，可就受不了了。 它太安静了，静得你可以听见自己的心跳。 它有许多的福利和方便，却也没什么可想、可干的了。 我们还是适宜在自己祖国，在那个喧闹却热烈、繁杂却日新、纷乱却充满活力的地方。 出了国，这一切的感受更强烈。

难忘的海德堡之夜。

接下来的几天，我们还要到杜塞尔多夫的中国中心，到美因兹大学等地方，再去交流与吸纳，再去倾听与观看。 因为文学在世界的任何地方，人无碍无障，心心相连。

三　文学之光

我们坐车前往杜塞尔多夫，将在位于国王大道上的杜塞尔多夫中国中心举办这次的文学交流活动。

车子穿过熙熙攘攘的街衢，我们看到了这座时尚之都的繁华。街道两旁有不同时装品牌店，有通信广告交易店。 这是一座拥有强烈物质主义气息的现代化城市，可我的内心仍沉溺在对海涅的想象里。 是的，这里正是德国伟大的抒情诗人、散文家和批评家海涅的出生地。 1797 年那个寒冷的冬天，海涅出生在这里。

说起海涅，中国读者对他了解太多了。 他的译本早早就在我们的阅读书目里。 在中国，粗通文墨者谁不知道海涅呢？ 我依然记得早年读海涅《德国——一个冬天的童话》《论浪漫派》《论德国宗教和哲学的历史》的那种启蒙性震撼。 阅读海涅，因为他的诗性语言与表达，年轻时期人的道行还浅，竟然觉得比阅读黑格尔、康德、谢林等德国哲学家的著作要舒展自如很多。 海涅的文辞给人以灵感的撩拨。

有着德国古典文学最后一个代表之称的海涅，他身后享有较高殊荣；但在生前，却是活在流亡、屈辱、疾病与疼痛的熬煎中。他出生于犹太商人家庭，犹太人在德国可以发家致富，却受到敌意和排斥。 海涅在外地上完大学，便在流亡中游历。 他身体不好，肉身孱弱，灵魂却茁壮。 他50岁以后来到巴黎，便因瘫痪困在床榻，过着难以动弹的床褥墓穴般生活。 8年的卧床，他在病床上开始自己口授最后的长诗《罗曼采罗》。 这是将史诗与故事诗做一大胆尝试之杰作。 德意志意识的丛林并不见容于他，他却吹着灵性的竹笛，弹着雄浑的琴键，为德国留下冬天的深情。 8年过去，1856年2月的一天，冬天即将过去，海涅却不想等待春天的来临，他毅然结束了自己痛苦而有所寄托的8年床褥墓穴般的阴郁，辞别人世，终年59岁。

一路上正在思忖着海涅，很快，杜塞尔多夫中国中心就到了。

在国王大道，到处是西欧风情的楼宇；可是来到这里，浓郁的中国传统建筑风格赫然在目。

进到大门口，代表"杜塞尔多夫中国中心"的招牌悬挂着，大红色的底板，下边是DCC三个金黄色字母，字母上端是一条盘踞着的金龙缕沟。

这是一座全然按照中国风格改建的七层楼房，里边融商贸、文化、旅游诸多元素为一体。 它的确是江浙一家企业投资改建的。中国省（区、市）与杜塞尔多夫的联系增多，有一幢这样的中心建筑实属必要。 此时，默克尔执政，这个务实、清醒的德国掌门人，对发展与中国的友好关系甚是上心。 她曾经生长成熟于东德社会主义意识形态的氛围之中，对中国的一切都有扯不断的浓密情感，这在她的执政理念中一定会或显或隐地表现出来。

坐上电梯，进到活动现场。

这次活动，好像规模更大、来得人更多。 事先，我被告知要做关于中国女性主义写作的发言准备，估计大家会就这方面情况进行提问。

双方发言、提问都很踊跃。 果然，有德国朋友提问了关于中国女性及女性主义写作的问题。 我已打好腹稿，自己也专门写过讨论女性主义写作的专著《用身体思想》一书，因此回答起来还算是胸有成竹。

我谈到了女性主义的定义，谈到了伴随中国 20 世纪 80 年代的改革开放而来的思想解放，中国女性从被罢黜出历史之书到进入话语中心，这是一大历史进步。 当然，女性主义的许多理论支撑都是从西方借鉴过来的。 我们说起西方女性理论家克里斯蒂娃、克拉苏，创作者杜拉斯、波伏瓦等，就如同说自己家中姐妹，那种熟稔与不隔，让西方人都感到惊讶。

我谈到中国的女性主义写作与大的时代转折有关，也与中国实行的计划生育政策有关。 当女性有了更多的精力、闲暇，不用忙着妊娠、生育、抚养子女时，她可以学习知识，增进才干，她也有了对自我的更高标准。 若是男性进步的步伐迟缓，两性之间就会产生矛盾。 现代性社会是文明法则，而不是前现代性社会的丛林法则，男人能干的，女人也能干。 不再依靠男性为自己做经济后盾的女性，对不思进取或者不合自己心意的男人有了鄙夷时，她可以掉头离去。 中国女性主义写作很多方面正是表达女性之期待以及落空的失望感。 女性借助书写，在转喻宣泄，她们愈加富于智性思维。 这在一定程度上也会敦促和逼迫男性对自我有所警策和追省，别让一味的性别优越蒙蔽自我。

两性有和解的可能吗？ 当然，一阴一阳之为道，两性若是始终处在冲突中，这世界怎么延续与发展。

面对德国的文友，我不知道这种讨论有无现实意义。 据我所知，德国女性从来不像法国女性对女权、自由解放有着由衷兴趣。 浪漫的法国，充满男女调情的风情，而德国男人严肃安静，女人遇不到与她一起翩翩起舞的情郎。 于是，故事不再，叙事难续。

在公开场合，也就只能是说些大面儿上的话，真正涉及两性隐曲而复杂关系的话题，不一定能拿到太阳底下去曝晒。 我大致谈了这些，以使讨论活动有人接上话荏儿而已。

发言完毕，我坐在那里陷入沉思：性别冲突应该说是女性主义写作回避不了的。 但是，这种冲突又在婚姻和欲望中有不同的表现形式。 婚姻的功能是延续后嗣，双方结成经济同盟，财产私有化可以找到血缘的直接继承人。 当婚姻中的这些因素弱化以后，生儿育女有限，仅一个，无论是儿是女。 经济问题也不再具有严重的依赖性，不再像旧时代女性嫁汉为的是穿衣吃饭。 现在的女性很独立，经济独立人格也独立，如此下来，就有闲心去考虑别的了。 婚姻中的琐屑，肯定会耗蚀人的所有激情，接下来怎么办？

欲望的满足从来不能由婚姻承担。

现代意识与观念更新，正在于个体生命的觉醒。 我仅有一次的生命，我的恣意奔放，我的快乐欢畅是不该被压抑、被阻遏的。

当人在观念上可以自我解脱时，僭越将成为秘而不宣的秘密。

欲望相遇的男女，当他们不在生育的隘口，只有身体的相互吸引，他们既撕掳又纠缠，这才叫难解难分。 见面的刹那，深情地拥吻以及云雨翻腾。 双方准备着饱满、健康的身体，并以优美高贵的表情呼唤与应答。 他们因珍惜欲望而呵护肉身，使之成为生命的图腾崇拜。 他们热烈地将千年冰川融化，芬芳缭绕。 这是真正的性别和解。

直到现在，中国实行了十几年的计划生育政策宣告更改。 当人口呈现负增长的可怕趋势时，女性主义写作全然不被提倡，社会鼓励生育，并将繁衍后代与民族的未来放在一起掂量。 现在，当年妖姬般的女人都已迟暮，接下来年轻一代的女性将有她们的责任与负轭。

杜塞尔多夫文学交流过后，我们在莱茵河上泛舟。

来到这里，岂能辜负这著名的河畔风光。 市区就无法游览了，无论老城还是新城都只能匆匆照面，也很遗憾不能在古色古香的老城区，坐在小酒馆喝上一杯清冽爽口的德国啤酒，当然也更遗憾没有时间去海涅故居参观了。

泛舟莱茵河，仍是令人高兴的。

我们坐船缓缓而行，很放松、很惬意。 大家望着两岸的老宅、古村、塔楼以及风车，安静地坐着。

俄而，大家开始有些小兴奋起来。 面对美景，我们拿出相机开始拍照。 那年月，手机拍照还没流行，我们带着相机拍人拍景。 一向端庄宁静的杨承志也在我们的感染下一改拘谨。 我拿出自己带的几条彩色丝巾给她变换着围上，并让她摆出不同造型留影。 她时而微微一笑，时而半遮粉颊，时而迎风而立。 她已不再是严肃认真的行政领导，全然是娇憨可爱的小女人。

下得船来，我们到岸边一家饭店用餐，喝上了地道的德国啤酒。 有了酒就有了气氛，大家互相敬酒，推杯换盏。 酒真是个好东西，在微醺中，我们增进了解和友谊。 曾经的生疏，一杯酒便成熟悉；即使有过芥蒂的人，在敬酒时也露出诚恳友好的表情而一泯恩仇、尽释前嫌。 我们在难得的快乐旅途中。

现在的人，快乐是越发少了。 什么才是快乐？ 很优渥的物质享受吗？ 不是。 享受感官的激情也不快乐，狂迷过后将有更大的空虚和坠落。 食与色、情与欲，并不能使人快乐；甚至功名利禄，争取时还有奔头，到手以后也就那么一回事，不稀罕了，也无甚快乐。 过去，思念眷恋有快乐，现在没有了。 过去，对世界本质的探究、对真理的发现有一种生机勃勃的热情，现在，则质疑那鼹鼠般的生活。 每天都躲在幽隔不见阳光，写下沤出的文字，这是少数人的心思，公众不想听，也不是为大众代言。 越是进入自身，越是感觉灵敏，所有的嗅、听、触都成为惊天动地的大事件，在刺激与碰撞中产生无尽的思忖与联想。 每每在谛听自己的心跳，日益感觉心脏无力承受，憋屈、胸闷、气促，在检省中语言。以前，对这内在探勘还有发热病一样的疯狂，有虔诚的目标感和动力，现在，激情难再。

一边想着心事，一边与同行的文友碰杯。 旅行途中，可以将一切放下，放下感觉和目标，放下挣扎和功利。 我和身旁的胡平闲聊，一路上，我们已经成了很好的朋友。

他对我说："艾云，我猜你是大学毕业就结婚，结婚了就生娃，生的是儿子。

"你怎么知道，你太神了吧。"

他说，看得出来。 这个老辣的人，看出我不大像其他女作家那样的义无反顾，看得出我对秩序生活的遵循和守成，也看得出我不想在风雨无阻中闯荡的妥协。 是的，我被胡平兄一眼看穿。 我害怕成为一脸苦兮兮受难模样的女人，我想要明媚健康，花费悟性去寻找其奥义。 我以为对世界的馈赠首先是让自己的命运有连续性，这样才可以体味复杂真实的内容。 我恐惧铤而走险，即使有所僭越，也在安全稳妥的可控范围，我对放达纵阔的生活只是敬而远之，不想躬身践行。

饭毕，大家竟都有了几分醉意。 走出饭店，但见天已幽幽向晚，杜塞尔多夫城的栗子树在霞光中闪着奇异的蓝光。 那长长的叶片，中间已长有绿茸茸的果实。 一切安谧，我们休息一晚，明天将去美因兹大学。

在美因兹大学的讲座我这里不想赘言，我只想讲讲另一种体会。 在美因兹大学讲座时，我看到不少中国留学生。 说实话，这些海外留学的孩子，脸上总有一种惊恐不安的表情，这让我心疼。

在域外，我时常发现这样的眼神。

2007 年，我们广东省作家协会代表团曾经到美国进行文学交流。 在纽约，我们与当地的华裔作家见面。 他们在一家中国餐馆招待我们，听说是他们 AA 制凑钱置办了这桌酒席。 我发现这些写作者，虽然有一定的文学造诣和成就，但他们衣着陈旧，全无光鲜靓丽，尤其那凄惶甚至是惧怵的眼神，让人看到作家对外部世界的特殊敏感，是边缘和压抑中积攒的心理印痕。 眼睛是骗不了人的。 记得我和张梅交换了自己的直觉，她也深以为然。 在异国他乡，表面看是融入了主流社会，实际上他们时时感受到异乡边缘人的不安。 我们深深感到自己生活在中华大地的妥帖与自在。 当然，人不能故步自封。 放眼世界，始终是应该的。

这里我想说的是，我们国内的许多父母总以为千辛万苦积攒钱财送子女去海外留学，就可以保证自己的孩子有一个幸福顺遂的未来，其实没有那么简单。 国内的父母，如果你不缺钱，想让孩子经受锻炼，见见世面，当然可以大把撒银子。 但是，不出国不知道，出了国你才明白，那些到海外去的孩子并不一定能学到什么东西。 日常的受压、空虚，可能会让他们在知识以外得以成长，这正是有人概括"洋插队"的写实。 西方社会，全然不是我们想象得那么美妙，盲目崇洋媚外的幻梦终会破灭。 见见世面，浴火重生也要看个人造化。

好了，感慨发了，到此为止。

从美因兹返回法兰克福路程很短。 中国作家此次法兰克福书展之行使命完成，文学之光在四面八方凝聚，我们将欣然回国。

我把心遗落在海德堡

一　我终于来到海德堡

车子驰往德国的文化古城海德堡时，一路上我有些许激动。多年来，阅读西方政治思想、哲学理论、文学作品，德国的思与诗给予我深深的震撼。 而海德堡，又诞生、活跃着多少哲人贤者。黑格尔、费尔巴哈、韦伯、雅斯贝尔斯、迦达默尔、汉那·阿伦特等这响当当的名字，都与这座城市发生着重要而深邃的联系。

黑格尔曾经考入海德堡大学的神学院，后来，他转学到杜宾根大学。 但在 1816 年，即他 46 岁那年又来到海德堡大学教书。 那年秋天，他在海德堡大学对学生发表的演讲，一改平时的晦涩深奥，在流畅的谈笑风生中，给哲学以新的生命。猎猎旗帜，从此云集了不少同道及后来者。

费尔巴哈，马克思专门列出专题讨论的人，1823 年入读海德堡大学。正是他，如迷弟般研究黑格尔哲学理论，既忠诚又批判，也不失一种思想史的旁证。

韦伯，被认为博学通才之人，在社会学、经济学、宗教学、政治学都有建树。他在海德堡有祖屋，他的遗孀玛丽安妮在他去世后，守在海德堡的老宅，编辑、整理、出版他的大量著作，也因此，韦伯声名远播。我们中国读者，对韦伯也并不陌生。

雅斯贝尔斯，由精神医学转向心理学，又转向哲学。二战之后他的《罪责问题》影响深远。他与汉娜·阿伦特形同父女般的关系，也为了解这两个杰出人物提供着细节与背景。

那么，下边自然要说到汉娜·阿伦特与海德堡的特殊关系了。她曾经在这里师从雅斯贝尔斯，完成了她的博士学业。她来这里也为疗伤、修复。当她抖擞精神，那展翅金羽便是更加光彩照人了。

把迦达默尔放到后边真是不该。只是他与海德堡的关系略为靠后。这个只是师承海德格尔短暂时间的人，一生以海德格尔的学生自称。胡塞尔、海德格尔、迦达默尔，穿起连贯的现象学和存在主义的哲学一脉。迦达默尔 1949 年受聘于海德堡大学时 49 岁，接替的正是雅斯贝尔斯离去的职位。日后，《真理与方法》的问世，让他声名远播。他是长寿的哲学家，2002 年以 102 岁高龄辞世。

车程不长，一路遐想中，距法兰克福 60 公里的海德堡古城很快就到了。

这是一座有着 600 多年历史的小城，它的静谧与安详，让人的浮乱情绪很快得以平复。

我们抵达时仍是上午。 阳光出来了，一扫深重的欧洲秋天特有的寒峭。 树未苍老，却有黄金般落叶飘在清亮的鹅卵石路面。这座城市真是美啊，它躲开喧嚣，让人回归内心。

回归内心，自然是教育和哲学的伊始。 正是如此，海德堡的老城区就是没有设置围墙的海德堡大学。 当你走过浅灰、本白、褐色、红赭色那古色古香的一座座雅致俊则的楼宇，它可能就是大学图书馆，某个系的教学楼，或是享誉世界的某个研究中心。 海德堡就是大学，大学就是海德堡，城市与大学如此完美和谐地融为一体，这里就是。

内卡河静静流淌。 有水，使人可以居住。 筑舍建城，人口繁衍有了可能。

河畔星星点点的美丽建筑，犹如五光十色的钻石镶嵌在波光粼粼的两岸。 老桥和白塔，更添灵性。

我们还没有上到最著名的海德堡古堡，远远望去，已让人心旌摇曳。 王室山上，那红褐色的古堡，由山上的红砂岩筑成，这是 13 世纪选帝侯的官邸。

17 世纪，法国人摧毁了它的大部分房屋，19 世纪又进行修复。 有的被炮火袭击过于严重的房屋，现在仍是断壁残垣的模样。 海德堡古堡，是这座城市的象征，它端宁地立于丘陵，姿仪高贵而神秘。 那些尖顶和塔楼，在与苍穹的接壤中，更让人感到神秘。 海德堡，注定是被形而上事物笼罩的哲学之城。

我们先在海德堡古城的大街小巷闲逛。 我看到许多临街的民宅，有小小的阳台，阳台上无甚杂物。 门口有木制的花架和花盆，栽种着紫色、黄色和粉红色的花卉。 这是私人住宅，整洁清爽。 我只是想，临街住宅是否少了些隐秘性。 好在，海德堡古城人安静、车稀少，一切都缓慢。 时光不急，人也不躁，宅第无论在哪里都是宜居的。 进到商店，德国著名的"咕咕钟"各式各样、琳琅满目。 这些定点报时的钟表，是由各种动物的声音组成时间的提醒。 钟表的设计，在虚幻和童话之间，别出心杼。 嵌于钟表表盘之上的，有绣楼与美女，有内宫和公主，有农舍和少女。背景处，总有丛林和树洞，隐约间的树熊、啄木鸟和布谷鸟啾啾。钟表与时间，具体而抽象，在世与虚无，像极了哲学家倾其一生的讨论和思索。

我终于来到海德堡。

嗅着甘冽清爽的空气，我追忆自己在阅读中已经熟稔的与海德堡有千丝万缕联系的大师们。 旅游参观任何地方，我会惊羡于景物之美，但我对那里深远的历史背景和曾经活跃其间的人物、那发生在他们身上的活灵活现的日常故事更感兴趣。

树梢晃动，紫霭浮现的光晕，有杰出男人依次显影的肖像，也有两个女子既沉静又婀娜的仪容。 她们一个是日后以揭示极权主义起源、提醒人们警惕平庸之恶的社会政治思想家汉娜·阿伦特，一个是站在伟人身畔，却是帮助夫婿完成未竟之作的韦伯夫人玛丽安妮。后者，我不熟悉，借着这次机会，我有心想要多多了解她。她们和海德堡有着那么奇异的联系，也因为她们不同的作用和影响，串联起欧洲近代社会政治与哲学的动人图景。我的目光，从现在游览中的海德堡，必然投向遥远的往昔。

二　阿伦特来海德堡是为了疗伤

　　1926 年夏，结束了一个年度的学习，汉娜·阿伦特从马堡来到海德堡。来车站接她的，正是新的导师雅斯贝尔斯。她望着这个高大、儒雅的人，心里涌出一阵温暖。

　　她来这里攻读博士学位，也是逃离伤情的旋涡。

　　雅斯贝尔斯将阿伦特接到自己家。师母同阿伦特一样都是犹太人。她在这里，感到一种熟稔而又久违的亲情。

　　阿伦特此次投于雅斯贝尔斯门下，是马堡大学的老师海德格尔推荐的。正是在马堡，她与老师、年长自己 17 岁的海德格尔发生了强烈的恋情。

　　表情峻冷、为人严肃的海德格尔在讲台上，以穿透介质的席卷之力，以思想的狂飙、语言的诗性迸发，给下面听课的学生以震撼。汉娜·阿伦特眼神迷离，她被开启，一种异样的情愫在心底萌芽。

老辣的存在主义大师当然读懂了这个姑娘心底掀起的波澜。他望着这个美貌无双，如同拜占庭壁画中女神般的年轻女子，她眼眸柔情而深邃，她的未来将有着无与伦比的智性能力，她有存在的勇气和能量。 海德格尔，存在与时间的受启者，当然可以领会有限生命中"在"的本相，它比真理还准确，比无限还光芒。 烈焰将穿透物质，抵达感应者的胸膛。

当海德格尔召唤阿伦特到他山上的"林中小屋"时，她毫不犹豫地来到这里，他们将度过灵与肉共在的销魂时光。

这个不足 20 岁的姑娘，人生初始的情感与性欲起点都太高了。 她敞开自己，犹如献祭一般。 她的灵魂被肉体打开。 愈沉迷愈深刻。 从献祭中，她将展开诸多人类话题，绵延不绝。 她沦陷了，她需要完整地占有，可以放弃在世的未曾到来的光荣。 她还太年轻，不知道这场初恋只是她进入历史舞台的短暂序幕。

她不知，他却知。 海德格尔知道他们两个不属于私己，终将属于历史。 他有世俗的考虑，有教职、妻子、两个儿子，还有如日中天的声望。 他也为汉娜·阿伦特有着考虑，这个姑娘的天命担当还没有开始，何谈完成。

他们已触及双方底奥，领会了智性生活的多情丰富，他们的恋情，将成为思考的浓郁而又真实的重要背景。

一切，该停下了。

海德格尔将阿伦特介绍给自己兄长般的好友雅斯贝尔斯。 他相信她到海德堡可以有更宽广的远景。

雅斯贝尔斯当然知道阿伦特仍在痛中，他什么都不问，他知道疗伤需要时间。

雅斯贝尔斯有多年的心理学研究临床经验，他了解到阿伦特急需一种宣泄式自我救赎。她从事理论而不是小说叙事，理论的超验和智力发挥，更有利于她在记忆、观察、反刍中，将经验化为哲学领悟。他建议阿伦特去读一下公元 4 世纪至 5 世纪古罗马帝国天主教思想家奥古斯丁的著作，重点是他对幸福、理性与爱的理解。

导师的一番话，让她一阵清醒和自责。她在个人私己情感中耗费太久了，她必须寻找更高的目标让自己活转过来。在海德堡大学的图书馆，她借来奥古斯丁的著作，她重点研读的是《上帝之城》《忏悔录》。当她读到奥古斯丁写下的关于爱的文字，犹如一阵阵陨石雨砸向自己："火焰趋向上方，石头趋向下方，它们在重量推动下寻找着自己的恰当位置。我们的爱就是我们的重量；不管我到哪里，都是我的爱把我带到哪里。"

阿伦特读到这里，不禁泪流满面，她擦拭掉眼泪，然后再读。愈读、愈往深处理解，她才发觉奥古斯丁不仅是早期的基督教神学家，他更是一个哲学家，他尤其创立了新柏拉图主义。他谈论爱，承认爱在人的生活中不是偶然和附加的东西，而是内在的本质，就像落石的重量一样。

奥古斯丁虽然承认爱在宇宙中是普遍现象，所有的事物都可以在爱中寻找根据，是自然法则；但是爱的基础则是秩序，爱在秩序中才能找到适当的位置。"贪爱与纯爱"，是截然不同的两种感情，前者是无序，后者才是有序。

阿伦特是在联想与延伸中阅读，她明白奥古斯丁对爱的概念和定义，一个人能够从感官世界，从原罪中拯救自我，需要秩序，也需要理性。理性比秩序更重要。她了解，奥古斯丁早年同样在感官世界沉溺，17岁那年他与一个情妇同居，却并不想娶她。他们关系延续了14年。

阿伦特在本子上写下阅读心得：

"就奥古斯丁把爱看成一种欲求，又把欲求的目的看作幸福而言，他更像一个柏拉图主义者，而不是像一个基督徒。"

她将博士论文定为《论奥古斯丁"爱"的概念》。这是一次梳理，她将与海德格尔的恋情做超验思考。人不能将爱当成信仰，而是要凭借可靠的理性，灵魂才能一点点将自身引向具有美德的习惯和饱满的生活之中。

当她把论文提纲和札记给导师雅斯贝尔斯审阅时，她看到他赞许的目光。

这一天，她坐在雅斯贝尔斯家中。阳光明媚，金粉色泽透过窗棂照进来。师母煮了咖啡，师徒二人坐在客厅的沙发品啜。导师要为她的博士论文开题了。

雅斯贝尔斯一开口便肯定阿伦特将奥古斯丁作为一个哲学家而不是神学家研究的主旨。他说："光是讲信仰，这种绝对性会取消思想的要义。信仰之于信众，是必须、不容置疑，把自己的一切都交给上帝，自己脑子不做功，这是普通人的思维和行止；只有进入哲学，奥古斯丁的意义才彰显出来。"

听到导师这肯定的话语，她年轻的面庞泛起激动的红晕。

他娓娓讲述，她静静倾听；他停顿，让她发言。她的思维在讲述中条分缕析，从一座山攀到另一座山，处处可以见到峻拔而又新奇的风景。高度紧张活跃的精神训练，让她兴奋。

说了不少累人的话题，他们暂时休歇。雅斯贝尔斯说："我们缓冲一下，说些闲话吧。"

雅斯贝尔斯道："奥古斯丁生活在那个人的寿命普遍不长的年代，居然能活到 76 岁，也算长命了。对于我们这些从事理论研究的人来说，其工作和创造都与小说写作者不同。进行叙事性文学创作的，生活经历可以立马成文，可以很快抒写内心的隐秘，只是如实道来，便是上乘文字，譬如法国的卢梭。卢梭也写《忏悔录》，可他是将个人的压抑、屈辱、纵情等复杂心理做着摹状；而奥古斯丁的《忏悔录》，则是精神蜕变成蝶以后的哲学文本。那么也就是说，思想与哲学的领域，要求人从开蒙、训练、博学一步步走来，又要有立场、价值、判断；最后，当成熟之时，又要有结构成形的能力。这需要有漫长的准备时间，没有一定寿数，做不了这些。我最担忧的不是死亡，而是在离世之前有那么多未竟之憾。"

说到这里，他有些咳嗽，气管里堵了一口痰。阿伦特给他倒了一杯热水，他喝下去，才渐渐平缓下来。

雅斯贝尔斯接着说："我这是老毛病了，从小得气管炎，总难治愈，就这么着吧。孩子，我不知我的计划能否此生完成。你们当努力，世界的诸多困难、问题都要有明理之人去思索、去判断，去发出清醒的声音。"

听到雅斯贝尔斯称她"孩子",她的眼泪都要流出来了。 7 岁那年丧父,她逐年长大,可在潜意识里一直有寻父情结。 她对海德格尔的感情,固然有精神迷恋的献祭,也有无意识中的恋父。

今天的雅斯贝尔斯似乎特别有聊天的愿望,他清了一下嗓子,又言道:

"当海德格尔将你推荐过来时,我已经知道了你们之间的关系。 他说我们要共同栽培这棵难得的好苗子。 要知道,如此骄傲且有些戾气的海德格尔,让他承认另一个人的价值并不容易,况且是他的本科学生。 我当然是无条件答应,因为我知道海德格尔所托不虚,所言无假。 然后,上苍看我可怜,真就把你派往我身边,像派一个女儿一样派往我身边。"

阿伦特听到这里,忍不住啜泣起来。

师母也坐在一旁,她的眼眶湿润了。

雅斯贝尔斯接着又说:"海德格尔于我,有知遇之恩。 我们在1920 年现象学大师胡塞尔的生日酒会上碰到。 他向我走来的刹那,我的心一阵跳动。 交谈以后,他虽比我小 6 岁,其卓识、其文采,让我敬佩。 那时,他在哲学界已有名气;而我,则是由精神病理学转到哲学的初来乍到者。 1920 年,正是我敬重的韦伯去世的年份。 我失去了一个导师,却得到了一个兄弟。 有一年,海德格尔来海德堡看我,我将自己的著作赠送给他。 不久,他写出一篇评论我的文章并且发表。 一个思者对另一个人的评论,可以说是一种惺惺相惜的领会。 这让我坚定了进入哲学领域的决心。"

关于她和海德格尔之间发生的一切，雅斯贝尔斯只字不问不提。他只是说："爱即道路。你走自己的路吧。"

阿伦特明白了导师的苦心。她会很好地完成自己的博士论文。爱，将是她与海德格尔之间故事的转喻。她将从个人的具体经验转喻为人类的普遍经验。日后，她所做的一切研究和理论，都将与自我的生命感受息息相关。

她望着雅斯贝尔斯，心里拿他和海德格尔做着比较。

海德格尔时而如山中机警的野狐，时而又如在泥泞中耕作的柔韧的农夫。他身上有一种男人的魅力，席卷中让她为之迷醉、甘愿为奴。

雅斯贝尔斯虽然仅仅年长海德格尔6岁，却以温蔼沉厚，让她感到犹如父亲。在海德堡，她庆幸自己遇到了雅斯贝尔斯，这是海德格尔对自己深情热爱的一种明证。日后，在离别的日子，每每想到雅斯贝尔斯，她都满含热泪。

雅斯贝尔斯已看到阿伦特眼中的泪水。他有些动情地说："我一生无儿无女，却想不到，上帝垂怜于我，让我有了一个这样的你，一个你这样的女儿。"

从此，阿伦特将雅斯贝尔斯当成了真正的父亲。

已近午时，师母已做好饭菜留她吃饭。她不必客套，便在这里用餐。来这里，犹如回家。

三 这里有促使精神生长的语境

阿伦特在海德堡的每一天都很惬意。

她徜徉在海德堡的大街小巷，一切都那么美好宜人。 内卡河水流淌着，绿波、绮楼、白塔，那种和谐迷人让她发觉自己来海德堡实在是太晚了。

我走在海德堡的青石路面，想象着当年阿伦特面颊吹拂的那一阵风，可是现在我面颊吹来的风？

月痕弯弯，阿伦特在夜晚会走出宿舍，在月影晕晕中，如同我们一样走在青石路面。 我的思绪又无可抑制地回到那个年代。

阿伦特已熟稔了海德堡的环境。 关键是她在这里寻找到促使思想生长的良好语境。

在马堡，她对一个人崇拜；在海德堡，她除了遇上引导自己的人，还遇到了许多同道。

海德堡大学，以培养精神贵族而非精神附庸为要义。 这里，有太多可以交往、聊天的人，思想的语境，带有另一种邪魅的诱惑，让阿伦特置身其中，乐不思蜀。 各地的学者涌进这里，以开放、创新闻名于世的海德堡大学，形成了另一种文化奇观。 阿伦特有些庆幸，庆幸自己恰逢其时，在海德堡度过了如此难忘而重要的日子。 导师雅斯贝尔斯引荐她见杰出的学者，让她去听各种重要的有价值的讲座，她进步神速。

这一天，她和雅斯贝尔斯到山上的小径散步。 一条土黄色的小路直通山顶，两旁树木葱茏，散发着植物饱满的清香。 雅斯贝尔斯说："我气管有病，肺腑呼吸困难，来到山里，氧气充沛，感到人清醒很多。 我一身毛病，苟延残喘，唯独依靠健康的生活方式让自己多活些时间，以还夙愿。"

她陪着导师，如同一个女儿陪伴父亲。

走了一段时间，二人在山中一块石头上坐定。 雅斯贝尔斯说："当年，也就是1816年，黑格尔在海德堡大学任哲学系教授。这个创造辩证法的人，现在已成为继康德之后德国哲学界的另一巨擘。 当年，他也常在业余时间来这座山上，沿这条小路散步。 歌德也多次来海德堡，来到这条小径。 歌德留下的话至今让人难忘，他说，'我把心遗落在了海德堡'。 可以想象海德堡多有魅力。"

两人聊着。

阿伦特害怕雅斯贝尔斯累着，便说："我们已经走了不短时间，下山吧，以后再来。"

二人走到山脚下，但见一座漂亮的白色房子。 雅斯贝尔斯道："这个房子，是韦伯的祖屋。 他在这里生活了10年。 现在，韦伯夫人玛丽安妮仍然住在这里。 每个周日，她继续着韦伯生前的沙龙聚会。 我们到那里，你应该认识一下韦伯夫人。"

他们顺坡向下走去，走到这座白墙、青黛屋顶的房子前。 门口水渚边生长着茂密的杂草，穿过一片草坪，便见一位美丽端庄的妇人迎了上来。 她正是韦伯的遗孀玛丽安妮。 雅斯贝尔斯向她介绍了阿伦特。

阿伦特十分诧异，她想不到韦伯夫人就住在海德堡，她也想不到年已56岁的韦伯夫人这么年轻。 玛丽安妮穿着灰色丝绸薄衫，显得低调而奢华。 她面孔白皙，她有着坚毅、沉着的神情。 她额头开阔，那是智性人物特有的前额。 她明眸皓齿，脸上的表情既安详又沉静，这是一种说不出的却是让人感觉十分舒服的神态。她已经历风霜雨剑，却很是奇妙地隐去了一切的折磨和蹂躏。 她风韵依旧，十分迷人。 女人容易被同性中美好卓绝者所迷倒，尤其之于心灵开阔者而言。

她迎二人进屋，喝茶。 因是路过，也不久留，说上几句话，便自告辞。

玛丽安妮望着阿伦特，诚恳地邀请她以后每个周日都可以来参加沙龙。 阿伦特愉快地答应了。

返回途中，雅斯贝尔斯告诉阿伦特："这个韦伯夫人可不简单，她和韦伯1910年搬来这里，不久，夫妇二人就开办了沙龙。海德堡大学的学生，有兴趣讨论问题的老师，还有喜欢精神生活的人，都会来这里相聚聊天，碰撞着思想火花。 韦伯夫人目前在海德堡大学的女性主义研究所做研究，她本人也是在德国女界享有盛誉的学者。 以前，人们称呼韦伯是'玛丽安妮的先生'，如今颠倒过来，称她为韦伯夫人。 她在韦伯去世后，可是做着关于他大量遗稿的整理、编辑、出版工作。 韦伯逝后荣誉，正赖于夫人的全力推动。"

每当雅斯贝尔斯讲话，阿伦特总是默默倾听，不怎么插话。她从倾听中学习到很多东西。

雅斯贝尔斯走得很慢，他又讲道：

"在我，应该说有两个人至关重要。 一个，就是你的师母了。 当年，我们认识以后，她正为家族遗传性精神病所苦，其初恋男友自杀；我呢，也好不到哪儿。 我也被医生诊断得了怪病，活不过几年。 两个同病相怜的人在遇见的刹那，仿佛被砸中。 我们彼此陪伴，身体却一天天好起来。 正是你的师母，让我从孤寂无边的幽室走向丰满的生活。 没有她就没有我的今天。 我会永远看护好她。"

他接着又说："我身边另一个最重要的人是韦伯。 他不仅是我进入海德堡大学的引荐人，他当之无愧是难得的伟人。 他不是天才，不是电光石火的诗性闪烁；他是伟人，他说理、辨证，每每能看清事物的本质。 我1913年在这里认识他，一旦相识便是相知，尽管他比我要大上25岁，他是我精神之父。 他宽广，从不打诳言妄语，句句话语都够耐人咀嚼，他超前，所有时代病灶或是后来人类困境，都被他一一言中。"

不久，玛丽安妮邀请汉娜与雅斯贝尔到她的沙龙。 师徒二人如约前往。

这一次的聚会，是玛丽安妮的新书《韦伯传》的赠书仪式。

玛丽安妮手里拿着《韦伯传》道："韦伯临终之前对我说过这样的话：真实的东西就是真理。 他的这句话，我记在心里。 他走后的这几年，我必须振作。 我们有幸成为关系紧密的伴侣，我有责任将他的传记写出来。 写作让我寄托哀思，转移痛苦。 这本传记得以出版，也仰赖各位朋友、学人一路的支持携扶。"

接着，她目光逡巡，又说："我想请雅斯贝尔斯讲几句，他对韦伯有比较深入的了解。"

雅斯贝尔斯站起来道："我以为，韦伯如同重视科学精神的伽利略。 伽利略探索苍穹与潮汐、天体与宇宙的奥秘，绝不人云亦云，哪怕为此遭受囚禁。 这是在为真理献身。 韦伯庞大的研究，对政治、经济、哲学、宗教领域都有深刻见解。 他热爱伟大的事物，对之怀抱热忱。 尼采和克尔凯郭尔也非常伟大，但他们属于青春执拗的释放。 尼采谈永恒轮回和权力意志，克尔凯郭尔有着恐惧与战栗的信仰；而韦伯是忍辱负重前行的探索者。 他在价值判断和事实真相面前紧张、踌躇，为伊消得人憔悴。 他疲惫、病倒，甚至分裂，可他从不放弃责任，不放弃学者的责任，并且也不放弃政治的责任。"

阿伦特听到这里，被深深震撼，从不放弃政治责任，这是导师的遵循，也从此成为日后她跳脱书斋，面向现实政治和历史真相研究的重要课题。

阿伦特在这里见到了许多人。

接下来，大家聊天，签名赠书。 阿伦特看到她旁侧一个年轻男子微笑着，友好地向她伸出手来道："你是汉娜·阿伦特，我早就知道你。 很荣幸在这里结识，我叫冯·维泽。"

阿伦特看这男子，应该比自己大不了几岁。 他身材高挺，头发金黄，眼神清澈，是个安静的美男子。

往后的日子，阿伦特周日没什么紧要事情都会到韦伯沙龙来。在这里，聚集着海德堡的文化精英。大家讨论问题，激活灵感。她在共同性语境中，感到思想飓风在旷野无边中席卷。在马堡，抵达托特瑙堡的山中小屋，是一个少女秘密通道的开启；在海德堡，开放与智性，她被更加辽阔的世界所吸引。

在韦伯沙龙，大家一上来就讨论超验话题，或是沿着杰出者的心灵轨迹展开伸展性思考。语境如风，巫魅诱惑，一粒种子正发出嫩芽。一旦开口，不成熟的意见在唤醒中逐渐成熟。憋闷的肺腑在吐纳中撬开郁结的块垒，人很兴奋，颓靡消沉的情绪被驱赶，积极向上的创造力蓬勃生长。

阿伦特对孤独不拒绝。所有的创造者，都是在孤独中生成思索与文本。但在久隔幽室以后，人会感到烦躁，心区也会郁郁不解。这时，走到共同语境之中，抽离负值情绪，交谈、讨论，会拓展思路，促使人更加进步。

在韦伯沙龙，阿伦特了解了当年韦伯在家中招朋唤友的苦心。他不是为了社交，只是为了让海德堡浓郁的思想语境到来。人们若是想要了解韦伯，了解无论是学者的韦伯或是活生生个人的韦伯，并且准备为韦伯画一幅逼真的肖像，都离不开海德堡。他虽然在这里生活的时间不是全部，但他在忧伤、悲哀、疾病到来时，总会来到海德堡。他在这里念大学、当教授，也在祖屋住下来。浪漫、秀丽而又深情的海德堡帮他治愈、苏醒，他在这里找到灵感和写作的方向。

在韦伯沙龙，以纯粹的精神交流为特征，它有别于 18 世纪法国巴黎的蓝屋等沙龙。 法国人在沙龙上，暧昧的眼风悄悄传递，形而上与调情共在。 浪漫与思辨，点缀着沙龙的粉色屋檐。 韦伯创建沙龙，不以鸟语花香为特色，重在思想交锋。 韦伯有太过庞大的写作计划，他剥茧抽丝，在讨论过后，有更多的写作冲动。 人们散去，他沉在更执迷的书写中。 沙龙语境，帮他进入超验澄澈之境。

　　韦伯逝后，玛丽安妮没有关闭韦伯沙龙，她继续主持沙龙活动，让它成为海德堡炫目的风景。 海德堡因此形成智性强力集团。

　　若是 18 世纪的德国在耶拿有过哲学繁盛时期，谢林、洪堡、费希特、施莱尔马赫创造着德国思想的狂飙突进；此时，在海德堡，一茬又一茬的思想精英在这里呼吸着强大有力的养料。 冻土在融化，嫩芽在拱动。

　　阿伦特与韦伯沙龙中的常客冯·维泽恋爱了。

　　阿伦特喜欢穿着绿色衣衫。 她已学会抽烟，总爱叼着金属镶边的烟斗，妩媚中又显得酷帅。

　　她十分迷人，具有特异的气质。

　　迷人的她当然不会中断恋爱。 有一段时间，她与诗人利奥文森有过一段长时间的通信。 利奥文森和海德格尔属于一个年龄段的人，他的文字让她痴迷，他们在书信往来中生出情愫。 阿伦特有多血质的热情，不可能不爱。 她如初春的蓓蕾，需要经历爱的滋润，然后绽放色泽浓郁的芬芳花朵。 她尤其热爱诗化哲学和绚丽文字。 利奥文森是个直觉很好的诗人，他可以在隐秘的洞穴栽培语言奇葩。 每每读到他信中飞扬的句子，她就让自己的热情升温。 她与利奥文森的关系，某种程度上是一种弥补，她从海德格尔那里的失落，必须有另一种情感填充。 这一次，她仍是恋上比她大很多的男人，恋父情结还要持续一些时间。

后来，利奥文森从柏林来海德堡看她。 实际接触下来，她比较失望。 在美学上，她尤喜夸饰浓郁的诗意表达；一旦落到实处，她会对性格不具稳定性的人难以眷恋。 但他们一直维持着通信来往，直到利奥文森 1963 年去世。 诗意与理性，从来都是阿伦特飞翔的双翼，但她每次都会将影响她判断的诗意暂时搁置。

在感情的空窗期，冯·维泽向她走来。

两个十分耀眼登对的年轻男女相互吸引，并为人们祝福。

后来，冯·维泽退怯了。 叛逆迷人的阿伦特不可能是为他调羹制餐的贤妻良母，他要的是拥有世俗持家能力的妻子。 后来，他找了一个温柔的女人结婚。

之于阿伦特，她被辽阔的精神所吸引，也在恋爱中让精神的发育更丰富，她要让思想可以在生动的情感中舞蹈。

1928 年，她的博士论文《论奥古斯丁"爱"的概念》完成并顺利通过答辩。

1930 年阿伦特告别老师，告别海德堡去柏林，然后她和斯特恩结婚，过了几年离婚，又与布吕赫结婚。 她经历着二战时期希特勒对犹太人的围剿，在颠沛流离中依旧思考，不辜负杰出者对她的栽培和厚爱，成为闻名于世的政治思想家。

四　精神是海德堡之魂

我走在海德堡，静谧安详的氛围让我总是会记起曾经阅读过的关于这里的岁月，以及活跃的人与事。 那是海德堡风云际会的年月，树梢晃动，是思想的扇动；风在絮语，是对真理领悟的表述。一个城市的迷人魅力引人入胜，一定是这里灵魂生动、精神茁壮，所有的楼宇、街衢才因此被吹拂得富于灵性。

我走着，这座城市，仿佛亘古，从来不新也就从来不旧。 让人惊讶的是，它居然躲过了二战的炮火，美丽依旧。 但在德国的许多城市，则成废墟。 这里也是蒙受上帝眷顾的奇迹了。

我走着，穿过一片石子路，来到著名的海德堡古堡。 古堡神秘，总有幽灵窜动。 那些宫殿、议事厅、酒窖，虽然已见残破，当年的奢华与辉煌仍然令人遐想。 走进古堡，有穿越时间隧道的恍惚。 古堡其实更值得远眺，那塔楼、堞垛、宫邸、碉堡，在错落有致中，让天穹显得妙不可言。

我从古堡的王室山下来，又在市区蹀躞。 或者，我可以去看一看当年海德堡大学的"学生监狱"。 当年，这是为了惩罚那些激素过于旺盛的学生修建的。 年轻时节的男儿，谁不年少轻狂和乖谬，谁没有过激、造反的革命浪漫冲动。 在海德堡大学，一种青春的释放与成长，注定与胡作非为的反秩序有关。 夜不归宿，酗酒滋事，扰乱街衢安宁，爬墙翻壁。 校方肯定要对犯事儿的学生施以警策和惩戒。 被关到学生监狱的学生，他们或三天或一周闭门思过。 他们聚在这里，却是吟诗诵读，墙壁涂鸦，这是另类洗礼。 一旦放出，便改了秉性。 那秉烛夜读的刻苦、对严肃事物的关注，让他们一下子脱胎换骨，成为新人。 若是日后那些男人的记忆里没有蹲学生监狱的往事，就好像特没面子。

当年的韦伯在海德堡大学读书时，加入兄弟会，喝酒斗剑，放浪形骸。 一旦他收心敛性，便成为严苛要求、自律至极的人，成为关注严肃而庄严事物的杰出人物。 这让我不禁联想，男人青春时节，多血质者总有犯上作乱之行止。 但有人在释放过后，成为峻峭抱负者；有的人，若一直继续着晨昏不分、得过且过的破坏性生活，他可能成了渣滓，为社会所唾弃，一辈子都将厄运临头。

韦伯后来在海德堡大学教书，因为身体不适，他无法上课。大学仍然愿意为他发放薪水。 他拒绝。 闲下来疗愈时光，他在海德堡祖屋的花园，栽种丁香、雏菊和报春花。 他在阅读疲累时，会出来松土、除草，这是他的乐园。 在这里，他思考范围浩茫无际，他用此生有限的生命，无法完成庞大的写作计划。 幸亏有玛丽安妮在他逝后帮他整理完成磅礴伟岸之作，韦伯的思想才能为当代和后世所享用。

韦伯沙龙在哪里？ 哦，这个地方，在韦伯夫人玛丽安妮1954年以84岁高龄去世以后，已成为一个公共场所，现在是海德堡大学德语国际培训中心。 那里树木葱茏，山毛榉、黄杨树飒飒作响。 花园的花儿品种又有增加，郁金香绽放着华美丽姿。 海德堡大学至今还有"韦伯社会研究所"的建制。

对了，还要补充一句，韦伯死后火葬，他就埋在海德堡郊外的山上。 墓碑上刻着歌德《浮士德》中的一句话："我们将再也见不到他的同类，尘世的一切莫不如此。"韦伯完成着与海德堡的生死依偎。

再之后，韦伯的情人艾尔泽在丈夫去世以后，也来到海德堡。韦伯的另一个秘密情人——一个女钢琴家也来到海德堡，来到韦伯沙龙。 三个与韦伯关系最亲密的女人没有仇恨，她们聚拢在一起，组成了"海德堡神话"。

1954 年，玛丽安妮 84 岁那年去世，她就死在艾尔泽怀抱。 玛丽安妮与韦伯合葬，夫妻二人躺在山风阵阵、绿树荫蔽的幽深去处。

我走在海德堡的街上，心里一直在想，雅斯贝尔斯的家在哪里呢？ 恐怕没为他的故居专门设立纪念馆。 也是，他后来离开了海德堡，到国外教书去了。 雅斯贝尔斯离开他热爱的海德堡纯属无奈。 他原来以为他与妻子可以在这里一直平静地生活，不想，二战爆发，他们在危险的刀丛挣扎地活着。 早在 1933 年夏天，他的妻兄、朋友迈尔就对他说："人们终有一天会把我们犹太人赶进草棚并点火烧掉这些草棚。"他听了以为言过其实，是幻觉。 1938 年打砸抢之夜过后，雅斯贝尔斯因为妻子犹太人的身份，被威胁必须与妻子离婚，他拒绝，因此他被剥夺教职，书籍禁印禁发，他们的生命安全也无保障。 他与妻子随身携带自杀的药丸，紧要关头，他们会吞下药丸以保留最后的尊严。

当他活着见到新世纪曙光时，他对二战的分析振聋发聩。他说，当我们的犹太同胞被运走时，我们没有走上街头呼喊一同响应，我们还活着，这是罪责。他说，一直生活在一个做过这一切的国家，尽管我们没有道德或刑事意义上的罪责，但我们既然生活着，就必须为所作所为负责，承担起政治责任。

雅斯贝尔斯以良知和正义的呼喊，写《罪责问题》一书，是为二战所做的更为深刻的揭示与反思。他后来离开了海德堡，他于1966年应邀在德国北部一家电台讲演："精神并不争得权力，因为它仅仅是精神。"他在异国他乡活完他86岁的一生。

我漫步在雅斯贝尔斯曾经生活的地方，他的存在化为精神。我对这个老人心怀敬意，是因为他对中国文化及历史的了解与肯定。他曾经讨论过"轴心时代"，在人类的初年，仿佛约定好了一样，希腊出现了荷马、苏格拉底、柏拉图，中国出现了老子、孔子，印度出现了释迦牟尼，波斯出现了查拉图斯特拉，巴勒斯坦出现了先知。他对多元文明予以赞赏："建立在技术化的沟通手段和暴力，让人类的一体化摧毁了所有的氏族传统，埋葬了所有人生存的本真起源。"

漫步在海德堡这秀丽、浪漫、深情的城市，精神是她的魂魄。她不一定赞美，却创造，以教育之名。街上，那白色的树干闪闪发亮，头顶上白云袅袅。这里的历史，在虚拟中提示时间的存在，又犹如转动的钟表，日夜不停。风，推着一棵树唤醒另一棵树；云，飘荡着一朵追逐着另一朵。灵魂飘缈又坚毅，一个个在暗夜寻觅中被词语照亮。

紫雾之夕

一　最是那一低头的温柔

去到日本，无论是在东京或是奈良，无论是在街衢或是寺院，我都在观察日本女人。 中国现代文学史上，谁不知道徐志摩那首诗：最是那一低头的温柔，像一朵水莲花不胜凉风的娇羞。

他写的是低眉顺目、温柔如水的日本女人。 难得他运用时兴不久的白话文写诗，并且写得如此款款深情，诗句如此清丽婉约。

话再远一点。 话说清朝末年，中国的有志青年感觉沉暮病态的清朝阻遏着中国的发展，他们纷纷走向海外，寻找先进的政治与文化理念。 有一批人到法国等欧洲国家，还有相当多的一批人到毗邻的日本。 尤其在1905年科举制废除之后，学而优则仕无望的读书人，加快了留学的步伐。

去日本留学的人逐年增多。 一是我们距离较近，再就是同根同源的传统。 早在唐代，日本凡事必学中华。 从唐太宗李世民的"贞观之治"，到唐玄宗李隆基的"开元盛世"，都让日本人钦慕得很。 他们不断派人赴唐学习取经。 唐代的饮食、服饰、建筑都对日本产生着重要的影响，乃至于现在，你在日本随处可以看到这有着诸多方面的遗风。 就连奈良的朱雀大街，仍沿袭的是唐代长安的街名。 而宗教与文字，更是中国的渊源。 宗教方面，日本原始宗教是神道教，鬼鬼魅魅，对于人的精神慰藉并无大的作用。后来，东渡日本的鉴真和尚，直接将在中国成熟的佛教传入日本，这才有了日本的佛教传统。 文字方面，日本学习中国的汉字加拼音，创造出自己的片假名，才有了日本的文字。

曾几何时，学生超过了老师，老师国家的年轻人要到曾经学生的国家学习。 日本仰赖于本国的明治维新，他们实行改革，清除旧弊，走上了一条富民强国之路。 在苦闷中探索未来的中国年轻人，开始向日本虚心学习，其中的孙中山，作为开拓者，是其中的佼佼者。 孙中山那一代志向远大者进入日本，而在日本高层已有暗中旨意，这旨意便是不阻挠，甚至鼓励日本女性与中国留日学生恋爱乃至结婚。 日本方面很清楚，这些留日学生回国之后，将是中国未来政治、经济领域的栋梁。 若他们娶的是日本妻子，其考虑对日政策时必然有所忌惮。

除了政治人物，又有一大批文人、写作者进到日本，郭沫若、郁达夫、鲁迅、周作人，以及徐志摩他们都曾到日本留学。 正是这样的经历，让徐志摩写下这一唱三叹的关于日本女性形象的诗句。

我抵达日本以后，自然格外留心观察这里风清婉转的可人。我发觉，日本的年轻女性，她们像全世界正待启航的所有知识女性一样，聪慧、有学历、有进取心，勃勃有力的脚步在匆匆的人流中踏实前行。 她们面容干净白皙，短发整洁，身材精瘦，十分飒爽。 她们衣着品位隐而不宣，灰、黑、白是四季的颜色，做工精良而少夸饰，经典的工作中人的款式，时尚的概念是永不出错的典雅。 她们除了戒指和耳钉，几乎很少有饰物。 若看她们的面容，神色冷峻，没有欢快夺人的喜悦。 她们有冷静的姿仪，这正是多年面对困难、亟待处理每件棘手问题带出的形象。 工作中有板有眼、创造利润、增长盈余的工作，哪容得她们感性、发嗲，她们要有足够的冷静，哪里还会找到娇羞涩楚的形容。

那么，若是要看传统日本女性的余韵，那只能借助晚霞，隐约去找潜在痕迹。 这应该是进入秋天的女人，有的是初秋，有的已在深秋。 叶片仍未全部凋零。 她们又传统又现代，其中的含意更加耐人寻味。

若是在街衢、旅游地看到有心闲逛的日本女人，那都是有一定资格的了。 她们不再年轻，已经完成了生儿育女、将儿女抚养长大的责任。 她们的经济生活应该有所保障，不太有后顾之忧。 她们走来，有的是两人结伴，有的是三人成行，不会更多。 她们脚步轻轻，如浅草和睡莲，随分安详。 她们面颊不再娇媚，却是肤色白皙，白如初雪。 那是化妆的效果，也是肌肤本身的底子。 她们肌肤透亮般的干净，她们个子不高，一律清瘦，很少有胖子。她们从年轻到年老，都很少有臃肿的胖妇人。 这和她们的饮食习惯有关，也和她们极端的警醒、自律有关。

必须得在这里发一下感慨了。 相比较而言，我们中国女性年轻时还注意自己的体形，但是到了中年以后就收不住了。 许多人身材走形，发胖肥硕，脸上的颜色黯淡，总像是洗不干净，到处是色素沉着和色斑。

有的人说，怪不得日本女人很少有胖子，她们食用海产品，食不厌精，脍不厌细，自然是清简如兰了。 这样说，只说了问题一个方面。 是的，日本四面临海，海产品是他们随时可以捞取的就近食物。 但在近年，日本频频将核废水排入大海，给海洋生态带来极大的破坏。 日本人吃海鲜也有所选择，有钱人更多选择全无海洋污染的海鲜。 有一年我们到西太平洋的岛国帕劳旅游。 这个小国，原来是西班牙的殖民地，一战被日本接管，二战由美国接管。 这里大海清澈，游鱼在水晶般的水中自由摆尾。 这个人口极少的土著民，却将保护海洋化为习惯。 来这个岛上的观光旅游客，要填写保护海洋的资料，在岛上不毁坏一草一木，离岛时不带走一片贝壳、一粒沙石。 如此的海域，海产品之纯净鲜美可想而知。 聪明的日本人，大量进口帕劳的金枪鱼和鲭鱼，这都是海鱼之上品，是餐桌佳肴。

嗜好海产品的日本人另一种聪明劲儿是既知海鲜之美，又懂海鲜的副作用，他们在饮食上，会用相辅相克之理，平衡结构。 海鲜味美，略微品咂可以；如果长久食用，它会增加体内毒素。 聪明的日本人，我想，确切来说应该是聪明的日本女人，她们懂得在饮食安排上绞动脑筋，护卫家人的身体。 从中国传到日本的纳豆，在我们差不多已经弃之不食了。 我们顶多做豆酱时，还保有这道自然发酵工艺。 可在日本，几乎每顿餐饭都有小小一碟纳豆端上。 我们对这个纳豆好像不习惯，用筷子可以扯出它长长的黏丝，闻着有股子发馊腐烂的气味，总之是难以下咽。 但日本女人懂得，黄豆煮熟经过发酵，产生的益生菌和其他菌群，对肠胃消化蠕动非常重要。 它促进体内吐故纳新，在平衡性循环中，将食物精华吸收、糟粕剔除，然后排泄出来。 这样，身体怎么吃都不会为疾病所扰，人有健康，就有了清癯干净的精神头儿。

好了，且让我打住这方面的话头，仍然去说目之所及的日本女人。

日本女人脚步轻盈而小心谨慎地走着，轻盈得如同飞花和落叶。 她从你身边经过，小心翼翼，唯恐惊扰了鸟雀和露珠。 女人若是到了一定年龄，已经撑不住灰扑扑的颜色，她需要闪亮一些的色泽将自己的暮气抬一抬，他们穿着相对华丽一些。 若是出外，总要把自己拾掇一番，她们衣着上也总会选择米黄、本白、青绿、幽蓝颜色，这些明丽不闷，而又静谧中有跳荡生气的颜色。 她们向你走来，不再有强烈浓郁的香氛，那是年轻女子诱人入巷的气息。 人到一定年纪，就不会再去煽动火焰，而只要持中守成。 此阶段的日本女人，浑身散发着百合、丁香和玉兰的清芬，淡淡的，让人只有安分随时的舒服。

是的，她们的眼睛不再直视和进攻，只有安妥的宽容，没有挑衅，也没有怨恨。 她们目光迷蒙着向后退，退到自己的明几与花窗、竹椅与木榻。

她们在任何时间都忙于擦拭和浣洗，她们低伏地板在用抹布擦着，光洁可鉴的地面清新异常，一丝头发一星土尘都不再见到。被褥常换，新洗的床单散发皂角的香气。 屋子里连一双刚换下的袜子也会马上洗净晾出，角落没有杂物堆积，也就全无垢渍混合的异味。 寻常人等无法想象日本女人的清洁以及清洁度。 她们没有娱乐和想入非非的时间，一切全用于做事。 这主要指传统日本女人及全职主妇。

这些忙于清洁环境的女人，她们不声不响，总是手不闲着。她们没有谁去监督，本分中担着做也做不完的家务，这是日常生活磨砺出的一份恒心。

是的，这就是低眉顺眼的日本女人。 人们发现，女权主义运动从来没有在日本发生。 在发动过第二次世界大战的德国和日本，男人从来强势，他们没有正视过女人的喜乐与悲愁。 强势的男人为所欲为，女人表面驯顺，内心则在起着反驳。 女人不掌握话语权，她们只是无奈地看着男人们自行其是。

我们了解日本男性作家，那是川端康成、三岛由纪夫，他们耽溺于物哀美学，不惜以淋漓浓烈鲜血试剑锋利，催菊怒放。 1899年出生的川端康成，可以说属于日本泰斗级文学大师。 他的《伊豆的舞女》《雪国》《古都》《千羽鹤》风靡世界。 他的作品被拍摄成电影的很多，这使他影响力更为广泛。 1968 年，他获诺贝尔文学奖。 1972 年深秋，他完成长卷本著作以后，在公寓开煤气自杀，终年 73 岁。

三岛由纪夫比川端康成小 26 岁，两人有交集。 川端康成奖掖这位文坛新秀。 三岛由纪夫出生于 1925 年。 他的《金阁寺》《鹿鸣馆》《鲜花盛开的森林》等作品有着令人惊叹的艺术感染力。 三岛由纪夫长相俊俏，却个性阴鸷。 他健身，将身体锻炼成有雕塑美感的样子，但这肉身崇拜不是为了很好的生，而是为了决绝的死。 三岛由纪夫有对战争的狂热，1970 年他号召武士们起来造反，然后剖腹自杀。 他的死非常惨烈，令人不忍回顾。

我常常在想，日本的审美文化中是否与人类的正向情感互相抵触。 枯素之美、凋零之美，作为某种寂静无华是一种心境维度；如果作用于生存意向，则成为不可思议的东西。 日本作家推崇病态、畸形，冰冷乃至残酷的个性，这种个性的日本男人怎么会由衷地热爱女人，给女人以温暖和照拂。

日本女人在长久的历史走向中默默承受着异性的漠视，她们对于这个国家这种德性的男人，又能怎么样呢？ 只能隐忍、熬煎地活。

在普遍的家庭生活中，早已存在着紧张的两性关系，但大家都不说破。 日本男人多是工作狂，他们让工作将自己全部占满，不给自己留下反思的时间，他们的灵魂害怕负载空远，他们恐惧美好的感情，只有让感受如灰烬般最后沉入岁月的泥淖。 日本女人的婚姻是怎么样的，我们仅仅在大街上是看不到的，这让我想起一个在日本生活多年的友人哈南对我讲过的一些情况，我翻拣出来，作为一种补充。

二　哈南从日本来

哈南是福建莆田人，也是个文学爱好者，他到日本做艺术收藏品生意多年，并已定居那里，但差不多每年都因生意需要返回国内。 若来广州，他总会邀我一起坐坐，聊聊天。

那天我们约在天河北路的浮水印咖啡馆见面。 东拉西扯地说了会儿话，我说我想听听他对日本女性的一些观感，和中国女性有哪些不同。 他说，日本女性十分讲究外观的漂亮。 有再高的境界、再深的内涵，也不可能拿这个为借口忽略优雅的气质。 她们几乎是每个人，每个层次、每个年龄段的人都会把自己装扮得很精致。 她们皮肤保养得很细腻、很干净，衣服穿得大方得体，说话时很讲含蓄和礼貌。 他说我们中国的女性只是有地位、有层次的才会注重打扮，讲究衣着品位和光鲜。 但这只是限于职场。 有些女性不很注意形象，反倒是认为谁土气不讲究，谁就在政治上更可靠、更有被提拔的可能。 有的女性早早就邋邋遢遢，弄得灰楚楚的样子，让人提不起生活的兴致来。 他说除此之外，日本目前有一个很奇特的现象，现在居高的离婚率不在年轻一代，却是在银发族。 这差不多都是在二战前后出生的一代，已到了退休年龄。 按日本上一辈人的男主外女主内的传统，女性大多在婚嫁之后在家操持内务，现在面临退休的也多是工作在外的男人。 银发族的离婚不是个案而是有些共性，即离婚多由女方主动提出。 这可能会让人诧异，心想，一直靠男人养家的女人有何德何能，敢在老了以后抽掉自己的经济来源？

哈南哑了口咖啡，继续对我讲述这个现象。

他说大概有一种条文对晚年失婚的女子不会造成不利影响，其规定是，在有相当婚龄的夫妻中，丈夫离职以后的退休金，要有相当数额分给离异的妻子，或者起码要保障配偶离异以后的生活支出。

这样一来，无后顾之忧的妻子不会害怕孤单，而是在完成了自己的责任和义务以后，想让自己晚年活得自我些，也自由些。 然后我们就这个话题议论起来。

怕日后孤单？ 女性有过不孤单的时候吗？ 早出晚归的男人，除了把家当客栈，他有过对身旁的这个女人的心思进行揣摩、理解吗？ 他常常借口累了一天要休息了，然后回到家里，只是让女人伺候自己，倒头便睡，第二天又是周而复始这样的程序。 女性早已尝尽了孤单的滋味。 但她们能忍。

是啊，日本女性一向给人以谦恭的样子。 她们低眉顺眼地安静，跪地斟茶倒水的温存，莫不显示出女性的柔顺。 这是日本女人给人的强烈印象，因此在大多数男人心目中，妻子就该像日本女人那样，美雅而贤淑，把男人伺候得又熨帖又舒服。 话说到这里问题就出来了。 男人要的女人都是为了伺候自己的，他只是顾及着自己，却不会为女人考虑。 他们以为女人只是物，只要端茶递水洒扫庭院就行了。 他们对那不言不语只知埋头干活的女人心里想什么，有哪些情绪的波动和身体的不适，他们基本上是不想的。在上一代的亚洲男性中，这样的人不在少数。 并且，当他们自己因为工作上的事情或人际方面的麻烦到来时，回到家里，他因为自己的郁闷焦躁，又会把火气发泄到配偶身上。 他认为自己那么辛苦在外工作养家糊口，女人在家待着，好像欠了他很多。 他只要一回到家总能挑女人的不对。 厨房怎么弄得那么乱，菜为什么放了太多的生姜，衣服为什么烫熨得没有那么平展？ 他抱怨着，让女人永远活在战战兢兢中，他一推门进屋她就紧张，不知道自己哪里又做错了，也不知道怎么做才能令他满意。

男人在外工作的确辛苦。 就说日本，战后的经济腾飞，的确是人们一锤一斧干出来的。 尤其日本男人吃苦能干在世界上是出了名的。 他们几乎像工作机器一样，每天早出晚归地干活，不知道娱乐、休息，甚至完全不懂玩笑和调情。 他们当年明治维新之后那样瞧不起近邻中国的男人，是觉得有那么悠久灿烂的文明，有如此广袤辽阔的版图，却又有那么多颓靡消沉的男人拖着大辫子，着繁叠沓马褂，懒洋洋卧榻抽食大烟，非得把祖上留下的银子坐吃山空才肯罢休。 他们理所当然地以为中国皆是这等醉生梦死之人，这样的人哪配享有那丰饶的大好河山。 没承想，中国并不乏血性刚烈男儿，也不乏勤劳智慧男儿。 日本人必然地被赶出中国领土。

日本男人是个奇怪的物种。 他们崇尚枯素，崇尚绝对之美。所谓樱花精神，其取寓意是生命的有效期可如樱花般璀璨，却又可以像樱花一样开放得短暂。 他们曾经臣服于中国无比辉煌的历史文化与传统，从中国习得文字、服饰、礼仪、种种教化之本，反转身来又超越老师，去创造本民族的文化精髓。 但他们不习惯感恩。 他们内心过多的枯寂穆冷，很少形而上敬畏或形而下柔肠，这些具有技术思维的大脑，凡此人文情怀的感动、热爱、谢忱，都很难让他们心头为之一热。 这个民族为什么会这样？ 是岛国之民不稳定的生存带来的危机感，还是二战后知耻与奋发的双重搏命？谁能说得清。 对于日本文学，我很难完整地阅读却是常怀戒心。我很怕那种绝对。 杀身成仁贯穿了全部的武士道精神，也作为潜意识伏藏在这个民族的深层、皮肤及血液里面。 人活得都那么不妥协，还有什么生趣？ 日本男人不大好玩，他们创造了实力雄厚的经济，却觉得他们总是别着拧着，在繁荣与活力之间找不到什么张力。 他们不像法国男人有恋爱高于一切的浪漫天性；也不像美国男人热情勃发得哪怕有些肤浅；也不像英国男人，即使中规中矩，但在荒塬和古堡仍然走来倜傥的骑士；也不像德国男人，固然会在乏味时躲在烟雾缭绕中，却有着对哲学和音乐那沉迷的执着。

男人不能不工作，不能没有目标和干劲。 可是如果男人除了工作，就再也不知怎么去填补内心的虚空，与这种男人待久了真是折磨。 所有涉及两性之间关系的讨论应该说是不分国别的。 聪明的女人，与内心枯燥的男人相处，年轻时她们可以做到隐忍。 忍是心字头上一把刀，在许多不如意、被刁难的时候千百次嘱咐自己不要发火，按住，让自己平静；先喝杯茶，让即使冲口而出的回击卷在舌尖和喉咙，不要发作出来。 女人年轻时有些胆怯，只是诺诺，学会更加地小心翼翼。 女人已经不奢望爱情了，只是期待安稳，她会退而求其次去想，一生的婚姻，却也在同床异梦中维持了大半生。

但男人怎么知道女人那长长的心事？

她对他投来的乜斜和不屑的眼神不会无察觉。 她可以隐忍，可以不发作，但不证明她没有想法。 一个白天，买菜做饭操持家务，她会强忍泪水，有一阵子的发呆，但手里的活计没有停下来。她忍受着空气像凝固一般的夫妻生活，没有任何的交流，她只跟自己的内心交谈、对话，劝慰自己往开处想。 隐忍的人，其实已经有了冷静和理智，她早已判断了事情的得失利弊，她不会做当下对自己不利的蠢事。 即使她是个农妇，只要秉持隐忍精神，不会把事情搞砸，有稳操胜券的那种恒定与确信，可以平心静气，把事情从不好转化为好。 有对命运的谋划，隐忍的人，不分年龄、阶层和受教育程度，一律可称之为有慧心的人。

男人总是对女人爱理不理，他打不开困扰自己的那扇黑窗，阳光始终无法照到这里，他不懂自己，当然也就不懂女人。 他让自己通过工作把自己异化掉，他刁难她，正因为他内心的仄狭和低矮，他不知道还有更美好的夫妻关系。

话又说到日本女人。

在她长长的操持家务的日子，她终究是安静地朝向内心走的。隐忍就是守住内心的秘密。有时候，她会放下抹布，看看电视读读报纸，一般的传播倒也提供给她不少的信息，她的精神就在家的屋檐下一天天扩大起来。某一天，儿女大了可以离巢高飞了；某一天，她的年龄也成熟到有了足够的经验和底气，她无法忍受今后将每天都和这个熟悉的陌生人面对。这个人一生从来都与自己没有过美好的记忆。过去他外出工作，自己在空白中反倒自得其乐，今后，一想到要与这样一个终天板着面孔、肌肉都是僵硬的男人共度余生，会感到恐惧。

哈南说，日本现在会把这些退休后不知干什么的男子称为"粗大的垃圾"，可以想象，只会工作从来没有打开精神世界的男人是又可怜又可厌。

凡事都是：种瓜得瓜，种豆得豆。

人入晚境，会想到该为自己活一把了。有人可能会说，到这把年纪了女人是不是心有些狠？可她们已经把大好的青春年华献了出来，她们现在只想把忍耐、熬煎都结束，只想自己安静和自由些。女人越老越不怕孤单。年轻时都不怕现在怎么会怕呢？她们总是按时就寝和起床，把屋子拾掇得干净整齐，她们每天都有很多事要干。她们也想过执子之手与子偕老琴瑟和鸣的晚年，却是没有过去的良性积累，于是只好走开。走开是为了善待自己。

三　紫雾之夕

　　无论在京都、奈良、冲绳，还是在其他什么地方，你都会看到那些脚步快捷轻盈、眼神羞涩而和善的日本女人。她们衣着清洁，形容低调。她们很少高声大嗓说话、抢白或争执。这是日本的文化传统造就了她们压抑而隐忍的个性。

　　日本一直奉行大神教、天皇制、武士道精神和军国主义。这是以男性为中心的宗教、政治、男权文化。男人很强势，一路传承下来，哪有女人发言声张的机会。她们必须自保，在不舒展、不自由的环境中顽强地活下来。她们明白，男人不会爱女人。试想，剖腹自杀的男人，对自己够狠，对女人还会有缱绻悱恻的眷恋与热爱吗？上前线去侵略别国的男人，其命运一定是生死未卜，他们留给母亲、妻子、儿女多少的悲伤与打击。男人带给女人太多的沉重，尤其在两性关系上，日本男人总是不会对她们正眼相瞧的，他们以为娶过来的女人，是理所应当伺候自己的仆佣和下人，他以为他是性别优越的一方，女人是不会发声、不会反抗的弱者。

　　男人以为女人只是这么低能，哪是哪呢。女人可以缄默、隐忍，她一开始不能全然拒绝男人，因为生存中的经济需要，因为子嗣的繁衍自己命运的连续性，都需要在一段时期有男人的配合。

女人在完成了世俗责任，已无后顾之忧，也到了一定岁数，也不再因生育和生理需求必须仰赖于男人时，她们则开始掌握自己命运的主动。 男人不要以为不声不响、逆来顺受的女人是好欺负的；如果你这么以为，那就大错特错了。 女人心，比海深。 男人，你曾经施加到她们身上的冷漠、轻慢、挫败、折磨，到头来都会交还给你。 女人是记仇的。 女人与男人从不直接对抗，却会在悄悄中进行反抗。 男人从来不想了解女人想什么；那好，你不想，我不说，两讫。 到了一定岁数，女人更喜静谧恬淡的独处，每天早早醒来，伴着晨露和清风，开始清洁房间。 这也是在自我清理，手巧而心灵。 她们内心酝酿感受，自问自答。 在不停的揉搓涮洗中，女人的心格外灵敏，这比一直在外部世界奔波的女人更有感受力。

聪明的日本女人在内心沸腾和自我独语中，只是在宣泄自我情绪，她们不能像平安王朝时期的同性前辈那样用文字语言记载自己跌宕起伏的人生与心志。

现当代日本女性的文学创作比较起法国以及我们中国那不叫发达。 可在1000多年前的日本平安王朝时代，仅仅在11世纪初，几乎是同一时期，出现了紫式部、清少纳言、和泉式部这样被称为"平安王朝三才媛"的3位女性作家，而其中紫式部更为耀眼。她创作的近百万言的《源氏物语》，抵达日本文学高峰，也被称为世界文学史上的第一部长篇小说。

3个才女都是在皇廷中任职的女官。 这3个人，清少纳言最大，生于966年；紫式部比清少纳言小7岁，生于973年；和泉式部最小，生于 987 年。

日本从来难以产生以女性文学为潮流的运动，却唯独在这个阶段相继出现这么 3 个才女，就让人格外称奇了。 为何会这样，仍是有一定的历史原因。

平安王朝时期，流行贵族家庭送女儿到宫廷任女官。 女官的职务是为女主讲解知识、陪伴诗书棋琴之文化熏陶。 这些被送来的女官，大都是中层贵族家庭，她们有一定的见识，曾经在自家习学和抚琴，禀质灵性。 她们不像上层阶级贵族中的女子那样恃骄倨傲、不谙常情；也不像下层贵族阶级的女子那样视野狭窄、心怀忐忑。 中等阶级贵族的女子，既有一定格局，又有对命运的警觉。 她们从小的家庭氛围也利于习学抚琴，增进才艺。 她们仅有姣好的容颜远远不够，还要有心智的力量，这才有成为女官的秉质。 要知道，即使在平安王朝的昌盛期，日本女性也难以获得与男性一样平等受教育的机会，他们的学业，只能在家庭中由父兄开蒙完成。 3 个才女，恰好都生活在这样的家庭，一旦她们入宫，自可光耀门楣。

紫式部 20 岁那年嫁了一个比她大 25 岁的有权势的男人，后来男人死了，留给她一个年幼的女儿。 不久，她被选入宫中陪伴彰子女主。 她是绝对可以胜任这份工作的。 在娘家时，她就从父兄那里习学文化，尤其对中国的汉唐十分了解。 她对唐代大诗人白居易诗的解读，尤其令女主十分欢心。 闲来无事，她给彰子讲故事，虚构了一个源氏皇族的恩恩怨怨，直听得彰子满眼湿润。 这些故事，正是她创作《源氏物语》的素材。 此时的彰子，正在与定子争宠，彰子希望自己的女官紫式部将她的故事写出来，或许天皇会改变对自己的冷落。紫式部断断续续在书写中，后来，写出80余万字的长篇小说出版，也由此真就改变了天皇对彰子的态度，彰子又得宠爱。要知道，当时的日本，树木贫乏，纸张奇缺，能够出版这么大篇幅的长篇小说，背后肯定得有王室的襄助。

《源氏物语》一出，震动朝野。恢宏壮丽的宫廷场景、一波三折的皇族命运，奇诡绮丽的语言文字，让人们惊羡。紫色之雾笼罩着琼宫和殿宇，拖曳繁复裙裾的美丽女人在台阶暗洒清泪。一切都有中国大唐文化的风格，从服饰、建筑到生活日常。再过煊盛的表面，都在权力倾轧、阴谋叛乱中，使那黄袍早已蚀漏洞穿。这悲凉虚无的氛围，成为日本文化"物哀"的开端。后来，紫式部离开宫廷，不知所终。

清少纳言比紫式部还大上几岁，她侍奉的女主是定子。她同样精通中国汉唐文化。她的写作不像紫式部那样一上来就撰著大开大阖的长篇小说，她多从身边景物、心思、感慨说起，写下的是充满灵性的散文随笔，后来结集成《枕草子》。她的个性不甚激烈，所看宫廷也多是祥和一面，没有紫式部那种透彻犀利。却正是这样一个人，日后命运很惨。女官不可能是终身制，随着女主的失宠、皇权变化或是辞世，她们也会离开宫廷。皇后难产而死，清少纳言后来退出宫廷，出家做了比丘尼，这等于是流落民间。但她遁入空门也不得安生，她遭凌辱。后来她割下阴部自杀，也是一刚烈女子对世界最后的控诉。

和泉式部是3个人中最小也是最漂亮的一个。这个绝代佳人自然少不了在尘世的情感缠绕。 她有婚姻，却不可自持地与为尊亲王相爱，不幸的是，为尊亲王 26 岁去世。 在哀恸中，她仿佛情感自然转移，又爱上了为尊亲王的弟弟敦道亲王。 可惜，敦道亲王也在他 27 岁那年离世。 她后来出版的《和泉式部日记》，多是写给敦道亲王的情书。

年轻的女人，冷裘无眠，欲望像一条吐着芯子的青蛇在窜逡。 手拿佛珠捻着数着，如何打发无边无际的难熬。 不甘心一天天在无有念想中等到皤白雪丝拂上皱纹满布的面颊。 敏感多情的女人，她总是在无可自禁中触犯戒律。 血过于黏稠，身体过于滚烫。 不听劝告，血因热烈而显得卑贱，无以启齿的秘密，必然需要文字的救赎。

极美的女人，却又如此惊心动魄地活着，她必须拿起笔，让文字托载狂猎不羁的心魂。 和泉式部的文字诗句较多，旖旎风华，蘸满浓艳之血。 她写：独卧/黑发散乱/我却浑然不知/只将那最初/梳理用以相恋。 睹物思情/池边流萤飞舞/当是我/离恨愁魂。

她哀怨而凛冽，代表着日本女性内在的自由奔放的意志。 她往往将和歌运用到文字之中，其绚丽夺目，颇得汉乐府遗韵。 和歌是在汉乐府基础上继承转变而来。

这里顺便说一句，唐代时期，日本派"遣唐使"来到长安，学习中国的文字、宗教、制度、建筑、服饰以及日常细节，日本几乎被唐化。 后来，日本国内有人质疑，来唐日本人才逐渐少了些。 但日本人已学到唐代太多。 他们因为稀少所以珍惜。 这也给我们提了个醒，我们有五千多年历史文明，因为太多，司空见惯，反倒不觉宝贵，这不好，应该改过来。

再说回和泉式部。她应该是将私人经验运用于语言、以生命入诗的人。她的火热，正是日本女性在隐忍压抑个性之外那喷薄如岩浆的另一面，她将石头也烤化成珠贝。

我在想，日本平安时代出现了这样 3 位不同风格，却又各自霁雨熏风的女作家，真是堪称奇迹，后世无法复制。是偶然，也是必然。有一定身份、地位的女人，没有完全压抑在坚硬难移的石涧岩壁，她们就会倔强生出野草般的柔韧。

来到日本，非常希望能向异国的文学前辈祭拜，只可惜，我在京都停留的时间太短。

文学是跨国界、跨时空的。可以想象，平安时代若是没有 3 才女的出场，那会黯淡很多。纵有峨嵯宫殿、金炉珠帐、蔽日丛榛，若是没有灵性女人在莞尔一笑中隐入暮霭竹篁深处，一切全失了意思。女性作家，于冷树寒烟之上，月斜江波之淖，旁听心跳，词夺清空。

在京都时间太短，本该前去墓地走走，可惜了，下次吧。

只知道这 3 女子都在京都生活，也该葬于京都。

从资料上知道紫式部的墓在京都上京区一处僻静的路边，立有一块单薄的不规则的石碑，上刻"紫式部墓处"。

清少纳言死在阿波里浦。她晚年在京都隐居，现在京都东山区泉涌寺刻有她写的和歌碑铭："鸟啼融夜色，音撼逢坂关。"

京都中京区新京樱町街的遗愿寺，是她出家之处。听说在香川县琴平金刀比罗的神社大门外立有清少纳言的墓，碑上写"梦告之碑"，因为她梦见这里将是她的死亡之地。

我在日本观察着那些低眉顺眼的女人，她们耐老的容颜，得之于内守的平衡和聪慧。她们看起来风轻云淡不事声张，可在内里隐含的坚定倔强，应该是平安时代3才女那疾风般的血缘传递吧。

紫雾之夕渐渐涌来，没有骄阳的火红，也没有夜色的黯淡。隐蔽着心事，诚恳地用俗世劳作托起轳重，这就是日本女人。她们不像法国女人那样热爱潮流和观念，沉迷浪漫和抒情；日本女人不去书写、不去深究爱与不爱，她们本分地活着，清醒却又良善，没那么乖戾跋扈。她们不想去荡游虚无的秋千，也不想陷入麻烦的泥潭。她们节制饮食，清淡健康，深谙养生之道。她们手脚不闲，让陋室可以散发兰馨。她们比日本男人活得明白，可她们掌控不了权力，只有嗫言，她们体验着比石头还要悲凉的寒意，却不去表达，只将喜怒哀乐深藏于心底。

忧患的岛国

一 忧患的岛国

从日本的箱根市出发，车行驶了大约一个小时来到大涌谷。这实在是一个地狱景观。

迎面立着椭圆形黑鸡蛋样的大石头，上边刻着灰白色"大涌谷"三个字。灰石头后边，浓烟滚滚，周围飘散着呛鼻的硫黄味。一阵风将更大的烟雾吹来，让人几乎窒息。

我站在栏杆边，向雾霾笼罩的山那边望去。逶迤一片的山谷和峰岭，白色和黄色的烟雾混合着，从深谷和半山腰发出。这是一座活火山，平时就这个样子，不停地蒸腾着雾气。 没有火焰，没有喷发之时，它供游人参观游览；一旦它发脾气，像挣脱囚禁的困兽跳腾出来，那种景况，该是何等惨烈和悲剧。 这里的地下泉水都有毒。

大约 40 万年前，这里是火山活动的末期。 它停止爆发已经很多年，但又不知哪一天这头魔兽会脱缰而出。 这里，原来就叫大地狱，1876 年明治天皇来这里参观，才改名大涌谷。

2018 年 10 月，我在日本仅仅是走马观花的旅程，已让我生出了许多复杂的感受。

日本是个狭长的岛国，一边靠近太平洋，一边靠近日本海，它实在是一个晃悠的、漂移的国家。 而火山和地震的频发，更让生活在这里的人有着深深的忧患意识。 睡一夜，第二天睁开眼睛，等待自己的不知是什么景况，灾难如悬在头顶的达摩克利斯之剑。他们早已领悟了先行在死中的哲学内涵。 这种领悟不是靠书本习得，而是由自身真实处境告知。

忧患意识无处不在。

我在东京、大阪、奈良等城市逡巡，可以看到城市的繁荣。但是从表面来看，这里还真比不上我们中国北上广深繁华绚丽的城市景致。

东京等地，那些有名的金融、商务等办公大楼，以及酒店宾馆，楼层都不太高；一般的机构和私人住宅，也大都是三四层楼高。 而且，这些楼房不像我们中国用砖石的建筑材料。 他们仿佛是搭积木一样，那些墙壁门窗以及内部设施，都用钢塑等特殊建材，预先在工厂订制，然后拼砌而成。 日本人盖楼不打地基，而是在地下装上弹簧。 这一切都是为了防止地震随时带来的破坏。地震发生时，整座楼房可能被吹跑，但不会造成大的屋坍人亡的惨状。 地处偏远和郊外的私人住宅，用的也是这种建材和搭垒方式。

他们赖以栖身的地方，都是防患于未然的计划和安排。 面对突如其来的自然灾害，必须未雨绸缪，才能躲过一次次的厄运。聪明是被逼出来的，否则，他们这个民族可能早就不复存在了。

穿过大街小巷，你会发现，一切都显得朴实无华。 楼堂馆所和屋宇住宅的外部，多是浅灰色、靛灰色、赭色，很少有浓艳的外墙，更看不到马赛克的墙面。 秋天的树已有了层次，一些叶子变成赤红，有些变成明黄，还有些墨绿。 楼房在这些树木的衬托和掩映中，一切都显得静谧而安恬，也显得低抑和隐忍。

忧患重重的民族，很难是热闹喧哗的，这一切都表现在性格、审美趣味和价值观上。

几天的日本之行，让我无形中对中日两国的文化性格做着对比。

我在日本东京较繁华的三丁木、四丁木一直走到八丁木。 中国游客熙熙攘攘，装点了这里的独特风景。 他们兴致勃勃，从一个商店转到另一个商店，他们采购着电饭煲、马桶盖、保健品、化妆品等一应物品。 他们一路讲着自己的采购心得。

有人说过这样的话，中国游客若是突然在东京街头消失不见，这里将是人声稀少、寂阒寥寥的空城。

日本人对抬高自己经济指标的中国游客是欢迎的。 我们在离开山梨县一家温泉客栈时，车子即将启动，门外站着老板娘和她的员工。 他们正在鞠躬送别客人。 他们感谢能够来到这里住宿消费的游客，其中包括络绎不绝的中国客人。

中国人真的是富裕起来了，他们有大把的钱可以到世界各地旅游和购物。 我们总是喜欢买来许多吃穿用度的东西，万里迢迢扛回家，就囤在那里。 我们习惯了不加节制地购买，习惯了多而杂。

日本人则推崇少而精。 不多，但是珍惜，珍惜所有的东西。

日本是个岛国，有 78 万平方公里的土地，人口约 1.3 亿。 他们的资源相对匮乏，用一点儿就少一点。 他们因此对于一些东西要循环使用，绝不平白无故地浪费，也不会过多占有。 这是对生态环境的保护，也是对自己有限资源的珍惜。

你在日本的很多地方都找不到垃圾桶，但是街头巷尾、公共和私人场所却是很干净，根本看不到地上有纸屑、果皮、烟头、痰渍等杂物。 这源于洁净的空气，也源于人们有自觉的环保意识。 每个人出门，随身带有装个人垃圾的袋子，回家以后再将其分门别类，垃圾收集者也将塑料瓶和塑料制品、纸箱纸张、不可回收物品再分类，可利用的直到送往可以循环再利用的地方。

一切都是洁净的，空气、街道的路面和任何的旮旯，都少有尘埃。 所有到过日本的人，都对这里的洁净、生态保护留有深刻印象。

日本人非常珍惜自己国内的树木，绝不乱砍滥伐。

在浅草寺，神社四周有郁郁葱葱的树林，有的楠木和松木已经有 1000 多年的树龄。 但是这些树，都是他们逐年从中国台湾地区和缅甸运来的。 他们可以用钱来买，用钱能解决的都不是问题。日本人太聪明了。

二　这是些复杂的感受

2018 年的深秋，我们一行人去日本游览。 自从踏上这片土地，我的内心就无法平静，总是生出种种感慨，并涌现出许多复杂的感受。 我们和日本的仇怨，需要时间弥补创痛；而在日本所听到、看到的事情，也需要我们进行另外一种清醒追问。

曾经看过黑孩儿写的一篇散文《小日本大帝国》，主要是就一些日常小事讲中国和日本的国民心理的差异。 她举了一个在汽车冲洗店的例子。 给汽车冲洗，现在也叫汽车美容。 她讲到在日本，如果一辆车来了要冲洗，所有的清洁工都会拿起抹布、水龙头或一应工具起身，一辆车会同时拥上几个或十几个清洗工。 如果恰恰这时工作量不大的话，哪怕这些人只干很少的部分，但他都会去做，而不会说干吗那么多人拥上去，我还是坐着，等下一辆车来再说吧，现在正可以歇歇。 日本人在潜意识里是这样告诫自己，我是这里的工人，我必须去做，这是我分内的事，不管已经有多少人去做。 这里面的国民性之区别已表现在方方面面，而这种区别导致什么样的结果，已经是不言自明。

又曾经在《读者》杂志看到一篇文章，说的仍是日本，是日本高官、某一女大相早年找工作的历程。 她某天到一家公司谋职，主管分派她的工作是洗厕所。 注意事项没具体交代，主管只是自己示范给她看，然后用杯子掬刚刚洗过的厕所便池里的水喝下。 话外之意当然是洗厕所应该达到何等干净的程度。 这就是对待工作的态度：职业无贵贱之分，只在认真、负责的精神。 有句话讲，高贵使人负责。 至少不负责的人是不让人信赖的。 不使人信赖的确不高贵，起码是不好，成不了什么事。 从以上两个例子中可以想见，日本这样的民族，努着劲儿，从上到下都这样勤力勤为去做每一件事，不能不叫人服气。

但是，我们在感情上会痛恨日本人。 南京大屠杀那令人发指的残酷血腥，每个中国人都无法忘记。 七三一部队拿中国人所做的活体试验，日本人侵华时在华北平原进入村庄以后的烧杀抢掠之暴虐，最为惨烈的是奸淫妇女，用刺刀挑死婴儿，这已经不是禽兽所为，而是连禽兽都想不出干不出这种残忍之事。 人绝对比禽兽凶残百倍。 在这里，可以对比一下二战中日本人的杀人和希特勒的杀人。 杀人尽管都是将人致死，但日本人杀人的过程更丑陋，更让人窝心、呕吐。 他们用刺刀挑破孕妇的肚皮取出婴儿摔死，他们狞笑着数着数目比赛杀了多少中国人，并有人拍摄下来，真正是罄竹难书之罪恶。 这里，无意于为希特勒的杀人辩护，希特勒的集中营以煤气炉、焚尸炉为消灭人的最后解决办法，这是 20 世纪人类无法抹掉的丑陋与恶行。 但好像希特勒更以灭族为目的；但日本人杀人，却在展览过程。 这中间有什么区别，一时还说不清，希望有高人能说出更清楚的道理。

这里想转个弯说话。

对于种种的杀人方法，应该说中国人古已有之，并不陌生。像五马分尸，千刀万剐。 受腐刑的司马迁留下一命，被阉割男根。 一个原本弱不经风的女人吕后，一旦感觉有宿敌在旁，她竟可以让另一个女人变成砍了双手双脚的人彘，关进笼子。 而小说《水浒传》则写人肉包子。 有许多文字情节，写剜心蘸酒，大碗喝下，岂不快哉，也如叙家常。 而一代名将袁崇焕被陷害致死，竟是京城人从他身上每割一块肉便有发银圆的骇人听闻之事。

从说到日本人的残忍，又讲到中国人的杀人嗜血，这是不是冥冥中的东方天幕里，有一只同样的黑手遮住了人起码的良知和人性残存的最后底线？ 仍说中国的文化，历史上曾有过杀人如麻，血流成河，一役功成万骨枯，似乎人死灯灭，感情上不再震惊，司空见惯就麻木得很了。 但振振有词的道德遮掩则做得十分之好，这差不多又是民众的集体无意识了。 不相信任何人，却又在表面上虚与委蛇。 这种潜意识已造成从朝廷到乡野一贯的自欺欺人。 旧中国如果不是"天朝中心"的黄粱美梦做足，不是如此的腐败衰朽，何至于让蕞尔日本有那么疯狂的对中华版图的垂涎及入侵？日本人明治维新以后的腾飞，教会了他们国富民强的道理，也让他们在对比观照中，看清了自欺欺人的中国人的自大且无能，自欺却又不堪一击的内部真相。 像华小栓那样用馒头蘸着革命者的血治自己的肺病，咂咂有味地吃着，有看客般的冷酷、漠然，以及帮凶般的恶毒、残忍，鲁迅真正是把中国的国民性看透了、写透了。现在，距离鲁迅当年忧愤的情形，究竟好了多少呢？一切留待我们自己沉思吧。

话说日本，就要话说东三省。1998 年的秋天，我第一次到东北出差，在吉林长春坐车看了市内街景，也到溥仪的伪满洲国去参观。沿途街景，中国各个大城市都大同小异。却是在长春，在穿过许多熙熙攘攘的街衢之后，陡然拐到一片静谧肃然的去处。那是一大片逶迤连绵的建筑群，全是灰墙灰瓦的枯素净淡，布局稳妥冷静，呈着内敛的胜券在手的霸气。同行的当地朋友说这是日本侵华时修筑的"新京"，他们大有落地生根，坐稳这里的江山的念头。这里为他们的政务要地，每道门、每进院都一应安排。一砖一石都很讲究精致，甬道门廊布局廓朗，屋宇院落间大片留空，有敞轩阔昂之感。单一的灰，灰色的瓦脊和墙面，线条平展，显着刻板，也显着严格。日本人的建筑理念和中国的大不同。中国的建筑古时推重飞檐起翘，匠心玲珑，在细部玩小意思，当然也讲皇家气象的华丽伟岸。色泽多为煊盛艳丽，明蕙洋红、亮绿锃蓝，透着乐感文化的迷惘的无由来热情。日本人则一向推重冷谧、枯淡、素洁，好像更深谙中国文人马致远那残阳、冷月、瘦马、西风、断桥、昏鸦一类瑟索无边的落寞感。他们的文化与哲学原本就是从中国习得却比中国人更得其真传的精粹，而中国人则自己捡拾的往往是自己文化中的皮毛甚至糟粕。日本人侵占东三省，以长春为中心建立"新京"，看起来一开始就做好安营扎寨的打算了。岂止是茶寮柴扉的临时门户，而是企划一构便是理念缜密、峨峨嵯嵯、百年不侵的长久恒业。这就是日本人，那种闷头去干，那种努劲儿，在别人的国家盖自己的房产，照样丁是丁卯是卯，绝不含糊，这真让人气绝，气得吐血，可你又能拿这种人怎么办？你不能再用蕞尔小国、岛国孤民等轻蔑性字眼去概括他们种种的心思和行径了，该怎么理解这些，这又得请高人再做深入探究了。

在长春这个城市的另一端，一处面积不大的地方，这是东躲西藏的中国末代皇帝溥仪的伪皇都。说皇都，其实有些寒碜，这里的房舍院落、花园布局都显得狭仄而小气，一砖一石都显得懈怠、粗糙和了无用心，倒也与囚犯般的皇帝落难身份相符。在这个阴濡而郁结的地方，中国的皇帝在干些什么呢？那是官方和民间都已传知的不治的阳痿患者的变态，是婉容与宫中男子私通生子丑闻败露后的被逼致疯，是袅袅不散的鸦片烟雾里男男女女的醉生梦死。这就是当年中国最高权力阶层的精神面貌和日常生活。上行下效，百姓面对此等，该是怎样的潦倒绝望，可想而知。人不怕落入不幸，关键是能从不幸中惊醒和振奋。身为平民百姓，原本都该懂得逆境中如何的幡然醒悟。如果再加上这是个有理性的人，更是会总结经验教训，懂得所谓卧薪尝胆，所谓天不助人人自助的道理。一介布衣所知的常识，却在一国之"君"那里找不到丝毫。一个"皇帝"，每天睡醒睁开眼睛的刹那，连生活的安排、计划和勇气都没有，你还能指望他做什么？安排治国方略？想都别想。想自己已经是烂泥一摊，废人一个了。却是因为几千年不倒的帝制，其不被质疑的政治逻辑是可以把最无能的人推向最高权力之位。有怎样的皇帝就可以出怎样的臣与民，又是可想而知。

好在日本人的阴谋最终没有得逞，他们被赶出了中国。第二次世界大战的全面结束，也使日本人的侵华野心最终破灭。作为战败国之后的日本人又是如何成为世界的经济巨无霸，这些大家都可以一目了然。总在努着劲儿，绝不松懈，凡事都要干彻底，从自身做起，做到绝对，这就是日本人。这是些我们斥为枯燥的乏味的人，是些了无意趣的人。但正是这些人，凡事亲力亲为，而不是取巧、懒惰、自欺欺人。想想曾经觊觎我们的敌对者总是毫不懈怠的精神面貌和工作作风，如果我们依旧在习惯性的虚假自欺、侥幸耍刁中混沌度日，就不妙了。当然，这里不是要煽动民族主义的情绪，但挨过别人的揍，自己该如何自强不息，某种忧患，不该是无由来的庸人自扰吧。

旅途中的味蕾

一　从日本火锅说起

中午来到日本大阪，午饭是火锅。

6 个人围一个火锅，旁边放着海虾、花甲、肉丸、豆腐、粉丝、青菜。 火锅的汤是寡淡的白水，不见荤腥，更没有像我们在国内吃火锅那样的鸳鸯汤料，一半清水清汤，一半浓油麻辣，由你做着不同的选择。 我们吃了没几筷子，涮火锅的食材就告罄。 不好意思频频呼唤服务员添加食材，于是，菜不够，饭来凑，旁边木桶里盛着大米饭，可随便添加。

吃完了午饭，但这清汤寡水的食物，让人没有饱腹感。

下午参观。在旅途中，人困马乏。还好，傍晚时分，我们来到市郊的一个温馨农舍。这农舍规模很大，是几个日本女性创办和经营的，已创出名堂，类似于我们所说的网红店。

几个上了年纪的日本阿姨排着队恭候欢迎客人。

放下行李，便去餐厅。没想到，今天的晚餐甚是隆重。我们所有就餐的人要先换上浆洗干净的和服，然后来到一个房间，就地铺好的长形饭桌上，已整齐摆放好各种碗碟盆盏等器皿。我们依次双腿盘起，席地坐在蒲团上，等待就餐。

不一会儿，有服务员送餐。晚餐基本是我们在中国早已吃过的日本料理。有味噌汤、三文鱼、紫菜米饭团、天妇罗、酸白菜、生菜沙拉等。大家比较不能接受的是纳豆。不大的一个小圆杯里装着纳豆，用小勺挖出来，会有长长的丝条。纳豆口感不是很好，许多中国人都不喜欢吃；可在日本人的食物中，这可是顿顿离不开的佳肴。我倒是比较喜欢吃纳豆，不嫌弃它似乎发馊的味道。纳豆我见过。早些年间，我母亲在夏季时节总要晒上一大缸豆瓣酱。她先把黄豆煮熟，然后一层层摊在案几上，再盖上厚厚的棉絮。几天以后，黄豆发黏，上面泛出一层白醭，然后用筷子可以挑出细细的长丝。这时，就可以从西瓜里取出瓜瓤，与发酵好的黄豆拌在一起，入缸，用纱布蒙口，拿到太阳底下暴晒一段时间，一缸可口的豆瓣酱就晒好了。豆瓣酱若是用小葱滚油炸过，放在一个瓶子里蘸馍馍或拌面条，那真是一道朴实而又令人难忘的饭食。

日本的纳豆，经过发酵，不再加西瓜瓤再晒炙，可以直接拿来食用的佐食。纳豆有非常高的营养价值，经过发酵的黄豆产生了多种活性物质，可以调解肠胃。日本人也承认，纳豆源于中国秦汉，后传入日本。日本人拿它当宝，用来拌饭吃。原产地的老祖宗中国人，则已弃之不理了。

我很喜欢吃纳豆。我旁边的几个团员不喜纳豆，他们把包装的小盒纳豆都给了我。我津津有味地吃着。

这顿仪式感很强，但食材并不丰腴香口的晚餐，让中国游客又一次感到没有吃饱。我们习惯了在一场宴席上大快朵颐，如今，肠胃仍觉意犹未尽。

餐毕，我先生与婆家大姑姐等人开始到外头再次觅食。

东转西拐，终于，在一个偏僻些的街道，我们找到了一家中餐馆。于是，重新叫了红烧肉、酱焖虾等，吃得嘴角流油。于是，大家说，这才叫吃饭哪。

我也夹了几筷子，但吃得并不多。

多年前我在欧医生那儿治病。这几年，也不时去保健一下。前些日子我们单位在广东省人民医院体检，却查出我血压偏高。我想坏了，一定是那次体检的前一天晚上，有外地的朋友来穗请吃饭。席间，那道咖啡虾蟹很对我的胃口，不免吃多了，连汤汁也拌了饭吃。高脂高蛋白食物，势必造成次日体检时血压偏高。我对体检的医生说，我一向血压正常啊，怎么会高出那么多，是否血压测量器不准呢？她白了我一眼，说，大家都这么量血压，只有你特殊？你明天再来复测一次吧。第二天我又去医院复测，高压居然减掉 20 毫米汞柱。

不管怎么样，我仍然是需要警惕了。不日，我到欧医生那里，讲了我体检时血压偏高一事，询问他该如何注意，也希望他给我治疗。

欧医生帮我治疗了几次，人感觉舒服多了。医院测血压的器械有问题，尤其现在用电子仪器测量血压，比起手工操作的要高出不少。这也误导了许多人一看血压高了，就赶忙去吃降压药，而且要终生坚持服药。当然我也不能说自己血压没事儿，有大半年时间，我清晨起床总会头晕头沉。前天晚上无论吃得肥厚还是清淡，都会有这种现象。欧医生说，我的血压偏高是假象，但脉络的确有堵塞。更重要的是，我的饮食结构要做新的调整了。他说我以前是气血不足，要进补；但是现在，进补已足够，我的身体与以往已全然不同。现在不再是进补，而是食物以清淡为主，均衡就好。热能超标的食物贮存体内，会成为毒素，会诱发一些疾病。比如我血压升高，正是近段食物过于肥腴的提醒。我反省自己，近一段，在外应酬有些多，人很难做到自律，在美味佳肴面前很难控制口福之欲。

欧医生让我要注意节制，吃清淡一些的食物。他一直在说，现在的人，都是吃出来的毛病，肥脂膏腴，身体消受不了，堵塞了，然后，当身体向你发出信号时，你又用西药将它给压住了。

听完这话，我回忆起自己几次难受的情形。

有一次到潮汕的亲戚家过春节，那里的海鲜是出了名的。早上，亲戚炖了一大锅石斑鱼粥，里边放些胡椒、姜丝和葱花，好喝极了。我喝了好几碗。

吃完早饭就坐自驾车返回广州。

谁知，路上开始头疼。回到家以后仍头疼不止，我只好躺在床上。这个时候，我已经明白头痛的原因：贪馋，石斑鱼粥吃多了。过量的海鲜让我的肝脏承受不了，肝淤堵塞，势必造成头疼。我太明白了，我的脉络比较通畅而不是麻木，任何给身体带来不适的，身体会以绝不隐忍的方式表达抗议。有的人说，我吃嘛嘛香，我吃好东西特别高兴，并没有在身体上表现出任何不适，你这不吃那不吃，人生乐趣岂不少了很多。

我在家整整躺了3天，只喝开水与白粥。我知道必须熬过这几天等待身体自我康复。果然，3天以后我不再头疼，一切恢复正常。

首先，人若是吃什么都照单全收，说明身体已经没有灵敏度了，任什么都刺激不到，这是很不好的情况。若是你吃了不合适或热能过多的食物能有表现、有反应，比如头疼或身上出疹子，这是在提醒你注意，正常反应是对人的规劝。可许多人不会去听这劝告，头疼，就吃止痛片；出疹子，就吃消炎药。表面看是压下去了，实际内里存的病根更危险。一次次压下去，出不去的毒素贮存体内，天长日久，憋在那些脏腑，会成为结节、囊肿，进而发展到癌症。不听身体劝诫，迷信吃西药立竿见影的人，其身体前景令人担忧。再就是，如果个人是自律的，不贪婪、懂节制，可以拥有健康身体的人，岂不可以用较长的生命时光享人世间的种种美好?

二　适度匮乏

有一次我在广州的扶光书店讲座，讲的是我那本《我的痛苦配不上我》一书。 最后与听者互动，他们问，我回答。 当时记得我说了这么一句："人类发展到现在，是由饥饿记忆而来，这种基因仍在暗中起作用。"我们现在，大都是营养过剩而不是营养不良。当然，你若硬要抬杠，说世界上还有多少吃不饱穿不暖的穷人在挨饿受冻；我们中国，老区、边区、山区的贫困之人，也是营养匮乏。 你若硬要反驳，我只能哑口无言。 我认为关乎国计民生，关乎共同富裕的大课题，不在我此刻讨论的范畴中，我只是想对大家说的是，就目前已解决温饱的普通人群而言，我们的食物过于丰盛，并且浪费已成焉不察的风气，这很不好。 一方面惜物才能惜福，节约节制对个人是起暗中保护作用的，这不是迷信，实在是这样的。 再就是，不要过于贪食，不要吃得太好，甚至是饥一顿饱一顿也无可无不可。 我们比旧社会吃得略好一些就可以了，但不能好得太多。 太多就过犹不及了。 旧社会，人吃得太差，少营养，会得肝炎和肺结核；但是现在吃得不差的有钱人，也多患上癌症，这真是让人难解。 说起来也不难理解，癌症频发，也与富贵病相关。 那么我们现在若想不那么易于患病，至少可以中庸一些，比如，注重营养，但不要过分，不要过分迷信吃很多好东西就能让自己身体健康。 一切可能适得其反。

我说完这些话，肯定有人质疑。 质疑便质疑，若在座的有某个人听明白了，也就够了。 我的确是用极端的话来提醒人们饮食方面不可过于肥脂厚味，我这么说肯定会让人觉得过于绝对。 是这样，我本人也不是极简主义者和素食主义者。 我也会有许多应酬，面对美食佳肴，随便叨上几筷子，也会热量超标。 逢到有宴请，我赴约回来，自己在家就吃很简单的食物，让肠胃得到休息，不能再去填塞很多食物了。 我已经很注意了，却仍然血压偏高；而那些大吃二喝的人，不闹病才怪呢。

在日本旅行，发现日本人靠海吃海，有海鲜作为饮食一种。当然，日本主妇懂得制作纳豆，懂得食物清淡，这也在一定程度上抵销了海鲜本身的毒素。 在日本，你发现他们并不嗜馋牛羊肉，欧美国家则对牛肉特别钟爱，我们现在学欧美的饮食结构，也认为牛肉、羊肉可以让身体更强健。

那天我问欧医生，我可以吃牛羊肉吗？ 欧医生说，可以尝一口鲜，但不可以多吃，或基本不要吃。 他说我的身体与以前是两回事了，已经补够了，再补就会闹病，现在之所以出现血压偏高，不是我血压真的不可救药了，而是因为我进食的东西超过了我每日所消耗的，也就是收入大过支出造成的。 如果要清简肠胃，热能较高的牛羊肉当然应该少吃或者不吃。

我对欧医生的话是信的，可在随后的饭局中，有时并不能完全管住自己的嘴。 吃一些，或许没那么严重吧，我同时抱有几分侥幸心理。

临近年末，广州的饭局不少，大家又开始吃吃喝喝了。

去西北一家餐馆吃饭，有朋友为那里的手抓羊肉赞不绝口，说这羊肉更醇厚、更正宗，有羊肉最本质的味道。

那晚我仍记着欧医生的话，端上来的各种做法的羊肉，我基本上没怎么动筷子。当出名的手抓羊肉端上桌时，我也只是象征性地吃了一小块，其他的只是吃青菜、豆腐和凉拌木耳。后来，每个人的面前都有一小碗羊杂汤，说是味美无比。我捞了几筷子羊杂，把汤喝完了。汤是真鲜美。

却是次日凌晨，我感到头痛。我知道，是昨晚的那顿饭超出我的承受热能之范围，热气冲上来，我感觉头脑涨痛。我赶紧冲了灵芝孢子粉，吃了半个火龙果，喝了几杯白开水。上了厕所以后，我的头才不那么疼。我的身体脉络已经打通，进食任何热能过多食物身体就会起强烈反应。身体不堵不淤时，反应快捷；吃得不对，过量，马上就不好了。

我不该吃羊肉，更不该全部喝下那碗羊杂汤。这不能不信。

许多人说，你真是太矫情了。大冬天的，放着酥香扑鼻的羊肉不吃，你还要吃什么。我真没这口福，只能吃些粗茶淡饭，只能节制饮食，才会头脑清醒，不发涨不发蒙。

这让人想到我们的西北地区。过去那里的人以牛羊肉为主，可以啊，他们骑马挎枪，奔驰千里，每天消耗太多体能，自然要有高热能食物顶着。现在，到处是汽车、摩托、各式机动车，又加上食物富足。只有收纳，哪里还有消耗。热能贮存体内，自然高血压、高血糖、高血脂发病率飙升了。 人们难以拒绝口腹之乐，却又惹病上身，难以摆脱这令人烦恼的怪诞循环。

富裕的国度、丰厚的食物，谁能像日本主妇这样有节制地提供给家人健康清淡的饮食。

有人说过，清醒的节制饮食过去是真正的贵族才可以做到的。贵族有的吃，但他们从来不让自己撑着，而是七成饱，欠着肠胃。人类的原始基因中，要想健康地活着，恢复饥饿记忆十分必要。当然，有人这么做是出于理性，有人这么做是不得已而为之。

这让我想起那年的东欧之行。

来到克罗地亚首都萨格勒布市，两个年轻的小伙子作为导游，领我们去逛十六湖，他们连汉语也不会说，只能比比画画。 我们已有随团导游，实际上完全没必要再派当地导游了。 我们随团导游说，这是规定的，必须有当地导游，这是为了促就业。

两个当地导游是年轻的帅哥，黑头发，身材很好，全无过早发胖的痕迹。

在东欧，见到许多帅哥美女。 这是某种遗传密码的传承。 你看到从事服务行业的，导游、侍从、门卫，全无贫穷样，反倒如贵族般。 东欧和纯粹西欧人有一定差别，东欧人黑头发、黑眼睛；不像西欧人那样黄头发、蓝眼睛。 东欧人五官立体，皮肤也不像西欧人那样过于白。 东欧人与我们亚洲人有接近的地方。 比如匈牙利，人们常说那是我国的成吉思汗打到匈牙利以后，子孙后代繁衍生息的地方，匈牙利也有民众认为自己是匈奴的后代。

帅哥美女不发胖，身材匀称。 东欧人的这种体形，是要羡煞欧美人了。 可东欧近些年来经济低迷，并无太高增长点，他们谈不上更多的发展，也就不会说很富裕。 东欧的许多城市，并无多少新建的高楼大厦，到处是旧时建筑，墙皮剥落，显然是无钱修缮。 比较好的是捷克首都布拉格，临街楼宇都修饰得很漂亮。 正是没有可以驱动经济的项目，他们也瞄准了旅游业。 比如十六湖景区，现已成为当地发展第三产业的拳头产品。 这样的景区，搁我们中国并无新奇，它没有巉岩峻岭的雄浑大气，也少层叠山峦的毓秀钟灵，但是克罗地亚要把它作为自己赚钱的景区供外国人前来旅游，再配上自己本地导游，也算推动经济，解决就业的一个门道。

说起来一定会有人驳斥我，我发现不富裕的东欧人，没有剩余的闲钱下馆子，他们却在被迫性节制中让人看到的是身材轻捷、面相清癯的模样。 兴许他们看重灵魂丰富，外貌上真就看不出破败。

迎面走来一个长者，他穿一件黑色皮夹克，可以看出袖口和肘部已磨得发白，显然这衣服已经穿有很长时间了。 他的神情却是淡定，不显贫穷。 当年他购买这衣服，选的是质地良好的，他不买很多廉价品，只选好的，每季仅仅一两件可以替换就行。 很好的衣服，虽少，但每次出门，总见出体面和尊严。

这里的年轻人不胖，老人也很少发福。

经济发展一般，人们在承受时代所有可能的压力；但他们面容平和，没人喋喋不休去抱怨。 也有暂时找不到工作的人，他们只能靠少量救济金过活。 他们可能要靠一条长长的面包对付一周。

每天切一点，顶多再配少量的蔬菜和奶酪，若奢侈些的再切几片香肠火腿。吃得简单，活命就好。

在布拉格这么漂亮的城市，在街道楼房墙角，看到一对中年男女和他们的狗蹲伏在那里，他们看似无忧无虑，据说这是吃救济金的人。家中的狗也和主人一样有一份救济金。他们看不出苦大仇深的样子，很是平静地坐着，旁边还有一个小提琴。小提琴只是个人喜好，闲时拉上一曲，不是为了行乞。

那一天抵达原南斯拉夫首都贝尔格莱德时已经是晚上，我们被特意安排在旋转餐厅吃饭，这是规格比较高的；当然，餐食也比较丰富，谁都认为对客人的厚待就是要吃得好。饭毕，又上了甜品，奶酪和冰激凌，我都没吃。我不大喜欢甜品，甜品糖分甚高，易让人发胖，我本身对甜品也无喜好。旅行中，自觉控制食欲很重要，否则，走上一圈，回来就会胖上几斤。

穷人才胖。在美国，你可以看到许多胖子。有的人一味讲求自由而非自律。穷人认为自由就是随心所欲，想怎么样就怎么样，他们很难记起自由实在是个人负责与自我担当。大集团化的农业，使得食物不至于短缺，即使你在底层生活，廉价甚至是不用付钱的面包、火腿、香肠也是可以去吃的。人在不加节制时，越吃越导致肠胃丧失饥饱的知觉。拼命进食，却不会止住。普通的人，之所以沦为穷人，正是非理性、不懂节制所致。节制、意志力的自控，才可以让自己脱离穷人的序列。在公共场所，你看到那超级肥胖、肥硕的人，只能是穷人。是否有理性与意志力，人才区分出尊卑贵贱。

三 味蕾的差异

旅途中，世界各地的食物色香味均有差异，这和当地不同的风俗民情及饮食习惯有关。

我对日本的食物比较认可，那种量少清淡，颇合我一向以来粗茶淡饭的习惯。我对食物从无挑剔，我的饮食习惯曾经被友人善意地劝说："艾云，你要把食物当成图腾崇拜，这样才能发现其中的美味之妙。"是吗？我好像适应不了佳馔之奢华，只能像一个农妇那样，一箪食、一瓢饮，简单吃物便足矣。若是太过营养美味，我的身体承受不起，会出疹子，一片片的，奇痒无比。这是我朴素的肠胃对昂贵食物的拒绝。

除了日本的食物我比较接受，好像去以色列的那些日子，对那里宾馆提供的自助餐也有舒服的记忆。大堂的餐饮自取处，摆着许多蔬菜水果，还有各种色拉酱。尤其印象深的是鹰嘴豆色拉酱，非常好吃。我总是拣各种蔬菜拌色拉酱，再来少量火腿片，一碟米饭，就觉得很好了。饭后若是水果佐餐，以色列的苹果很甜。但这里的苹果从外观看并不出众，它个小，形状不匀称、不漂亮，有些歪歪扭扭，可吃到嘴里，却有水果本色的醇正爽口。以色列土地并不肥沃，也可以说土质恶劣。那里多沙漠、少水源，所有农作物和菜蔬种植，都要靠人工滴灌。 长长的管子，从水源处接到每一棵树木、每一株禾苗、每一蓬花草那里；在贫瘠干涸的沙漠里，硬是让不可能存活的植物活下去。 在他们，一切以生态为主，不会滥施化肥、农药。 宁愿不高产，品种长得不鲜亮，但可以保证人入口的粮食、水果与菜蔬，都是有益而不是有害的。 反观我们国内，有一段时间自己骗自己的愚蠢事件常有发生。 种植的粮食、菜蔬、水果，为了增产，滥施化肥农药，产出的东西有不少农药残留严重，重金属超标。 人们在做这样的事情时不知是怎么想的，为多挣那点钱，做缺德事不怕有厄运等待、不怕上天的惩罚吗？ 对于一个奉行无神论的国家，许多人心中没有禁忌，以为自己的所作所为天不知、地不知、人不知。 殊不知，人在做，天在看，缺少良知、突破人性底线的人，早晚会遭报应。当然，这是从冥冥中的道德自律层面说事，目前国家已在政策、法律层面开始从源头上惩治这缺德害人之人。 相信我们保证食品安全的吁请，可以成为全社会的共识。

旅途中带给味蕾的品尝多么不同。 人不会贪求美味，只会希望食物的健康。 即使各国饮食习惯不同，节制与健康应该是共同的祈望。